前行的腳步不停歇

—————— 梅學亮心情記事

梅學亮 | 著

國家圖書館出版品預行編目資料

前行的腳步不停歇：梅學亮心情記事 / 梅學亮著.
-- 初版. -- 新北市：金塊文化事業有限公司, 2023.08
342 面；17 x 21 公分. --（Collection；F13）
ISBN 978-626-97548-0-9（平裝）

863.55.　　112010173

Collection F13

前行的腳步不停歇 ── 梅學亮心情記事

作　　　者：梅學亮
發　行　人：王志強
總　編　輯：余素珠
美　術　編　輯：JOHN平面設計工作室

出　版　社：金塊文化事業有限公司
地　　　址：新北市新莊區立信三街35巷2號12樓
電　　　話：02-2276-8940
傳　　　真：02-2276-3425
E - m a i l：nuggetsculture@yahoo.com.tw

匯　款　銀　行：上海商業銀行 新莊分行（總行代號 011）
匯　款　帳　號：25102000028053
戶　　　名：金塊文化事業有限公司

總　經　銷：創智文化有限公司
電　　　話：02-22683489
印　　　刷：大亞彩色印刷
初 版 一 刷：2023年08月
定　　　價：新台幣360元／港幣120元

ISBN：978-626-97548-0-9（平裝）

步履不停，逐心而行

　　人生就像是一場旅行，不必在乎目的地，在乎的是這沿途的風景，以及欣賞風景的心情。這是梅總的生活態度，這也是一種十分豁達的胸懷。在跨越了17個春秋的時光裡，梅總堅持不懈地用文字記錄了自己的心路歷程，單就這份執著與堅持也是令人非常欽佩的。

　　文字的魅力在於記錄與分享，在於能把志趣相投的人聚在一起，敞開心扉侃侃而談。在閱讀這些文字時會不由自主地將自己代入到梅總的世界，從而產生共鳴。這裡面有成功的喜悅；有決策失誤的自省；有對朋友的真情流露；有對長輩的深切懷念；有對人生的思考與感悟；也有對行業的探索與展望。字裡行間無不透露著沉著與冷靜，謙卑與低調。

　　在許老師的引薦下我有幸結識梅總、鄭總和小曹總，他們都有著同齡人中難得的沉穩幹練、謙虛謹慎、不驕不躁的品質。我非常歡迎他們來到公司進行交流分享。特別是各方團隊的互相交流與學習，總結經驗，彌補不足。從而使得大家都能得到幫助和提升。

　　創業之初大都是充滿激情與憧憬，只是隨著團隊的不斷壯大就不能簡單地以自我為中心，而是要更多地考慮團隊的整體利益，這樣才能使企業行穩

致遠。這點我與梅總的想法是不謀而合的。我也願意將自己多年以來經營的一些心得與體會毫無保留地與同行們交流分享，希望大家能共同進步，一起引領行業發展，重塑行業形象，提升行業品質。

　　步履不停，逐心而行。有幸一覽梅總多年以來的心情記事，感慨頗深。梅總願意將這些文字整理成冊我是非常樂見其成的，這樣將有更多的人有機會讀到這些文字，從中也必將獲益良多。

曹騁（武漢美麗椰島美容美髮有限公司董事長）

初心不改，堅持美髮、堅持寫作

六年多前，廣東省東莞市名藝世家的鄭金城總經理介紹我認識了「浙江省杭州杜尚美髮集團的梅學亮先生」，這六年來，我們有多次合作的經驗，讓我對他的認識更加深入。數十年的美髮沙龍營運管理經驗勤奮學習努力向上，我結識了國內許多美髮業界的菁英和管理高層，觀察到每個人的創業軌跡都不相同，也各自有他們的特色和成就。而梅總經理有幾個令人印象深刻的特質，雖然貴為老闆，但他一點架子都沒有，還常常「不恥下問」，這幾年杜尚業績成長迅速，不斷展店，不斷調整腳步以突破經營上的盲點，讓企業可以更與時俱進迎頭趕上。

梅總經理是設計師出身，在美髮界有許多老朋友，當同業之間有困難，他會一口答應隨時救援，不會因是競爭對手而同行相忌。他在業界受到肯定也跟他的處世態度有關。企業營運大方向和小細節不是一個人可以完全掌握的，當事業體越來越擴充，團隊之間常會出現意見分歧，梅總經理的公司也不例外，就算要說服不同的意見，也是以尊重對方的立場為出發點，最後讓工作得以圓滿解決，這一點最令我敬佩。這是他經營企業的執著。

無意間在微博看到他寫的一篇「自控力」，這篇文章自然真實讓我印象深刻。我接著又讀了他的文章，感覺非常有趣很吸引人。他的文筆流暢，思路細膩又勇於表達，堪稱美髮業界的才子。於是2020年我們在武漢與椰島

美髮公司曹總、名藝世家鄭金城、蘇奇曹觀橋先生聚會時，便鼓勵他將這麼多年的日誌出書，梅總一直客氣婉拒，他說：「許老師我這文章太差了。」我說：「不會的。能從2006年一直堅持寫感想，不斷鞭策自己，這太難得了。老師願意協助你將文章出書，你的文章雅俗共賞可讀性很高，你的經歷可以鼓勵年輕人努力向上，開創精彩人生。」

梅學亮先生雖然學歷不高又是個農村子弟，出外創業沒有家世背景，沒有人脈關係，但是他有設計才華又勤奮努力，經營事業步履穩健，他的談吐斯文為人親切，都讓我們這幾年的合作相當愉快。我在這幾年中不斷鼓勵勸進梅總，他終於點頭答應將這本書出版，期待他能不停地寫下去，繼續跟我們分享他的心情記事。

這本書從2006年的父母開店、在榮榮上班、離開後到苑苑上班，這段時間已有些同業陸續開店，而他堅持要到時機成熟才放手一搏，直到2023年成為杭州數一數二的美髮集團，這一路走來，親情、友情與感情的生命體驗反思、企業經營盈虧得失、內心糾結的人生哲學勵志、數十次國外旅遊的文化衝擊等等，來回辯證，讓我們讀到了、看到了從06年直到23年的阿亮，老師很感動，期望你初心不改，堅持美髮業、堅持寫作，相信你定能持續綻放光彩。祝福！

許瑞林（百福有限公司總經理）

2023年5月2日

相信這本書會感動你

作為這本書原初文稿的第一讀者，我在梅學亮長達17年積累了35萬字的心路歷程裡，跟著他生命的腳步一步一步地走著，一里一里的漫遊。在字裡行間時不時就看到田野的風景、農民耕作的辛勤，彷彿聽到了農村小孩在地里偷花生蕃薯、在河裡游泳的歡笑聲，感受到了即便離鄉20多年，他對家鄉總有著濃得化不開的情感。

可是在另一個段落，人生的地貌風景切換到城市里的車水馬龍和各種商業節奏。這時候，我看到了另一個梅學亮，從安徽宣城數十里外的的汪村鄉下到人文薈萃群雄並起的杭州。他初出茅蘆學習美髮，開展他的髮型設計師生涯，他跟著家人一起開熟食店，一直到他自己創業成立杜尚品牌的美髮沙龍，走到今天，杜尚成為杭州美髮業的旗艦品牌。

但梅學亮17年的日誌隨筆所記錄的並不是他的創業歷程或是商戰經驗，更多的是他非常個人的心情記事：到上海深造研習期間，得空便往上海圖書館跑，他喜歡閱讀所以寫下了讀書心得，而且對於諾貝爾文學獎的作者和作品都有強烈的好奇心。他愛看電影並且從他人的故事情節中扣連到現實人生、社會百態。他關心時事，每每從一些知名人物的言論和歷練里，得出屬於他個人的獨特見解，他心思細膩特別具有文學氣質，敏銳地看待日常生活的大小事務，從而走出一條情感豐富內斂的人生軌跡。

　　從2006～2023年，回首梅學亮的來時路，他一字一句跟你訴說著老家農村、家人親戚和從小一起長大的哥兒們，甚至敘述家裡養的狗兒灰灰的一生。這些人和那些事不僅是記憶，更是梅學亮人生旅程重要的生命元素，作為第一讀者的我，既覺溫馨又感觸良多，我想讀者也會有這樣的反應：喔，原來杭州美髮界奇葩梅學亮的組成元素是如此的豐富啊！

　　關於創業，他在07年6月的日誌裡說：「出來的兄弟們，紛紛開店，可謂遍地開花，可惜都好景不長，不談管理，更重要的是我們沒有那麼好的毅力和堅持心。」眼看著同業們的起起落落，他得到了啟發，非要等到時機成熟了才放手一搏，終而成為杭州數一數二的美髮集團。

　　雖然事業成功，但在梅學亮的文章裡，很少看到他得意洋洋或沾沾自喜，反而是他不斷在錯誤中得到教訓，要不就是記錄了工作夥伴的努力和情誼，他從來不掩飾創業過程的種種波折挫敗，例如他在〈割肉記〉寫道，因為疫情緣故不得不裁減規模，一些夥伴不得不離開，這種不捨和痛苦就像割自己的肉一般，痛到心坎裡。

　　走過千山萬水旅遊20幾個國家，梅學亮是個謙遜的旅人。他喜歡歐洲人的優閒，欣賞新加坡人的親切，他在旅遊觀看的同時也思考著文化的差異問題。他的生命厚度在旅遊中積累，他的人生閱歷攀過一峰又一峰，梅學亮對周遭人事物和時事都有越來越廣博和深入的分析，相當難能可貴，這些素材同時也記錄了整體社會的發展變遷。

　　這是一本告白書，有時好像阿亮在跟你說悄悄話，有時又像喝了兩杯微醺時跟你高談闊論，摻雜著一些往事和家務事，這就是梅學亮，雖不是文學專業出身，也非從事職業寫作，但他的字裡行間就是有那麼多故事、情感，

因為真誠細心，所以特別容易親近。他每每寫著寫著就對自己發問，且常常是哲學性的自我提問，以至於讀著讀著就跟著他走進一個沉思的氛圍裡。

　　梅學亮前行的腳步從未停歇，我來來回回數度閱讀厚厚的日誌，為了出版的篇幅限制，不得不割捨揀選。大家可以從這本書裡讀到一個人的成長、成熟和誠實，就像他在日誌裡引述朋友的話：「文筆是其次，重要的是發自內心的誠實言語」這讓我想到中國文學大師林語堂在《紅牡丹》這本書裡所言：肺腑之言是最美的文字，唯有肺腑之言才能感動人心。

　　這本書感動了我，希望也能感動你。

羅惠珍

（旅法作家）

他的活法和思維方式，
讓人佩服、認可和支持

2013年4月份，在北京一次學習的課堂上，坐我後面的靚仔是一個背包客，靦腆的表情，俊俏的臉龐，突出了深深的酒窩，「你好，金城，我是阿亮，認識一下⋯⋯」。

對於亮的印象，只能用「不是個一般的人」來形容，十年的時間，始終捉摸不到他的內心世界。直到現在他的活法和思維方式，讓我佩服、認可和支持。

在這十年的時間裡，偶爾會在朋友圈看到亮寫的日記，閱讀後能更好地瞭解這個老男孩的想法，和自己認知的生活方式有所區別。時而產生共鳴，時而產生思維上的衝擊，主要區別在於亮的眼界更寬廣，這和他一年幾次出國旅行增添了價值觀和世界觀，思維格局打開了有關。

對於經營企業管理方面，亮是個不斷地學習，總結能力非常強的人，呈現一個人大腦裡的智慧越開發越倍數增長的效應。亮是個心地善良，理智，有主見的創業者，在成長和創業過程中，經歷了很多挫折和困難，但他是個

打不死的小強，信念堅定且明確。

　　我對亮的印象是，積極，樂觀，上進，樂於分享，調皮，睿智，風趣幽默的創業者，得知他把自己的成長記錄編制成書，分享給大家，有幸參與書寫序文，祝福大家閱讀快樂，也期待亮在未來的生活中給我們帶來更多驚喜和參考。

鄭金城（東莞名藝世家創始人）

自序

　　我從2006年開始寫日誌至今17年，期初是因為那段時間即將離開美髮行業改行開滷味店，心中有很多不捨，內心波動比較大，所以有了日誌的記錄，期初就是調節心情，然後這一調節就是十幾年。從一個農村來杭州的小夥子，一路走來經常容易否定自己，所以也是需要不斷給自己打氣。

　　所以我寫日誌的習慣就這樣堅持了下來，它成為了我記錄自己真實生活的狀態，當時的所見所聞以及想法。每每也像是給自己寫月總結，自我梳理，因為知道獲得成就很不易，很害怕再次從零開始。

　　我的日誌總的來說就是自我雞湯，非常的注重自我感受，不太在乎讀者感受。所以我從來沒有想過把日誌編成書出版。三年前我的顧問中國台灣的許老師鼓勵我把日誌整理後出書，我當時就拒絕了，可是許老師堅持跟我說了三年，不斷地跟我說出書有什麼好處和意義，好吧，在這第三年終於把我說動了。本書感謝許老師和編輯羅老師，他們辛苦的把我的日誌做了篩選以及找出版社排版等等。

　　其實我也不知道這本書對讀者有什麼意義？也許就是讓大家知道一個十幾歲初中畢業的懵懂農村少年進城市發展至今，算有點小小成就的心情記事

吧。他的內心活動，隨著年齡變大，日誌內容也發生變化，這就是成長吧。或許對於在這個城市正在努力證明自己的朋友，能找到一些共鳴吧。

　　最後，感謝我的親人和朋友給了我很多溫暖和愛；也感謝杜尚的家人們給了我很多快樂和價值，希望我們一起努力，把美髮行業越做越好。

2006

凌晨有感

上個星期我帶的這個組拿到業績百分比第一，頒了獎金，今早說好帶他們去看電影，下班很急，還好趕上最後一場，原本想看逸飛的〈理髮師〉，不過下片了，買了9張〈雛菊〉，全志賢主演的，畫面很唯美，是我想的那樣，一個畫家與兩個男人淒慘的愛情故事，節奏很慢，但很感人，女生看了大都會流淚，兩個男主演都很有男人味，我更喜歡那個殺手。

這是第三次帶組員去看電影，我真的很喜歡他們，喜歡和他們在一起，因為過段時間我可能要離開這裡了，這會是我人生中一段美好的回憶。曾經我們一起比賽勝利過，我們是最棒的團隊，這是我作為組長最開心的事，看著他們進步，我心裡好開心，希望在我離開前把他們的能力都帶上來，這樣我在這家店的任務也能劃上完美的句號了。永遠不會忘記你們，愛你們！

我的組員：

水手，助理，來自安徽，19歲，原名李嘉民。他本來在老家跟姐夫開船，皮膚黑黑的，我就叫他「水手」，這樣親切點，後來就叫開了。他是個很可愛的人，外表憨實，人很善良，不會動歪腦筋，這樣的人在這個複雜的社會裡真的太少了。曾經他跟我說：「梅老師，你以後有什麼事需要錢的話，我跑船存了4萬塊錢拿給你用」，我聽了真的好感動！其實我再窮也不會用他的錢，他有這份心我就足夠了。

張浩，20歲，助理。聽他說話就知道是北方人，來我們組時間不長，但他是個很能幹的小伙子，是那種做起事來常比你想像中要好的那種，堅持到底以後必成大事！身體很壯，泡妞有一套，呵。記得第一次去看電影時他就帶了一個女孩子，他來杭州才1個月不到啊，據說是辦健康證時認識的，哈哈！

小魚兒，19歲，助理。說實話，我跟店長溝通過，本來想把他開除掉，可他命大，用毛主席的話來說叫百折不撓！隨你怎麼罰他都能把心態調整

好，欣然接受。小伙子跟水手恰恰相反，非常滑頭，進店1個月就欺負剛進店的新同事，瞧他看電影回來的路上那種姿態就能看出他的原形，雙手插口袋，猴肩低頭，十足個小混混，好在平時上班滿老實。在冷燙手學習中他是進步最慢的，讓人頭痛啊！

王盛安，20歲，助理，來自福建武夷山，袁賀生老鄉。今天出奇竟然辦了5張卡，呵，小伙子成長了，要知道我像他這麼大時可沒他一半厲害啊！記得剛來店時梳了個三七分，長的還滿帥的，過了幾天我給他燙了一點韓味的卷髮，哈，有點味道。真希望在離開前能把他帶上冷燙手的職位，這樣我就少了點遺憾。

毛健偉，冷燙師。我覺得他最大的愛好莫過於蹦迪，髮型剪得像流川楓，西湖邊的西子森林好像是他第一生活。

張東雲，冷燙師，本組最大號胖子，實力派。做事往往比你想的要好，有件事我始終不明白，怎麼人才都在我們組啊！不過他有點任性，上次有件事我很不開心，張浩臨走的前一晚，我們全組陪他玩為他送行，可這死胖子硬是說不能喝酒所以沒去，太傷我的心了！

董西萍，冷燙師。寫她時她已經從榮榮出來了，但我還是要把她補上，因為沒有她我們這個組就沒那麼多歡樂了。她是店裡女孩子中不可否認能力最強的，可能是經歷比較多，溝通能力特別強，甚至超過我，這麼好的一個女孩子，我想肥水不流外人田，把她跟我那阿林湊在一起，哈，後來還真好上了，真是出乎意料，可惜她還沒升上髮型師，路還很長，祝福她一路好運。親愛的萍，呵！

陳金林，可以說是我最喜歡的徒弟。我清晰的記得去年剛帶他的樣子，不愛說話，很不自信，現在小伙子成熟多了，業績也做的不錯，快要走了我還是挺擔心他的，壓力那麼大，養著老家父母，還要供姐姐讀書，有時覺得這個世界真的很不公平。祝願他以後每月都能像過年那樣掙8千元工資，這樣

他就輕鬆多了。

　　陳雲鋒，雖是個髮型師，但我覺得更像個大學生。太書生樣了，跟我話不多，我常說他是全店最穩重的男人，可能還小，感覺他對業績的欲望不高，所以我要一直叮囑他，這兩個月好多了。願他一路順利！

　　袁賀生，是我們組裡唯一從中工升上來的髮型師。看著他飛速成長，跟他比起來我很慚愧，他的優點是衝勁強，但落得也快，有點像雷陣雨，我們都叫他大頭，因為他頭確實偏大，哈，有損他形象。

　　汪和根，阿根。哈，差點把你忘了，記得你剛來老榮榮時，滿多人都看不慣你，我也是其中一個，不過後來你還是選擇了讓我帶你，看你那副憨實樣，沒辦法啊，現在回想起來真的是一份美好的記憶。你是全店叫我梅老師最多的，也是問題最多的，有時候真被你煩死了，不過站在你的角度想，你也是好學嘛，真的佩服你的激情，每天都能堅持不懈用話術征服客人。不錯，短短半年多時間技術就突飛猛進，看都超過我了！

　　（新秀報到）周正江，助理。一直到現在我都在問自己：你的眼光真失敗，把他挖過來！我本對他有很大期望，但經過這些天，初步讓我很失望。但我不會放棄，繼續補救，呵。

2006.5.4

　　（續）

　　在我還沒寫完時，張浩就已經離開店了，原因是他的健康證辦不出來，按店規他要被開除，走的前一天我們全組陪他去瘋到半夜，喝了很多酒，還好沒醉。

2006.5.28

永遠記得這一天！

2006年6月9日，這天我離開了榮榮，一個在這裡度過三個春夏秋冬的地方，我見證了榮榮從杭州一流名店到現在的二流雜店，我很傷心也很無奈，酸甜苦辣，我們努力過了，但我們的心已不在一起了！連最起碼的信任都沒有，走到今天早已注定，也是必然。

晚上中工小婷打電話給我，我忍不住哭了。16個髮型師在一起吃了告別晚餐，離別時好心酸，我想我們這輩子再也沒有機會像今天這樣了。大家真的好團結，兄弟們，祝福你們！

好多話想說，但現在似乎已經不重要了，以後再說吧！很喜歡廣告上那段話：人生就像一場旅行，不必在乎到達什麼目的地，在乎的是沿途的風景，以及欣賞風景的心情！

2006.6.10

開店感想

有點累，可沒睡意，剛去樓下買水，可是越喝越渴，終日忙碌改變了我著裝的習慣，我不喜歡但也沒精力去為之操心，無關緊要。我喜歡很晚睡覺，我想這跟我幾年來的習慣有關。

孤單，有時確實會，這在以前從來都不會有，開始主動跟朋友打電話，說的最多的是：你還好嗎！發現這次一起出來的同事幾乎都有點不適應，因為他們也經常打電話給我發牢騷；是的，在一起生活了3年多的這幫人，一幫男人，因為有夢聚在一起，同樣因為有夢而離開。

發展如此緩慢卻無計可施，把店做大不能靠一個人，而是一群人，準確

來說需要一個優質的團隊，然而現在我沒有優質的團隊，更重要的是我現在的處境沒能力打造一個行業裡的優質團隊。本以為可大致相通，可流程區別太大，造就現在的水土不服。猶如一個在香港的司機到中國來開車一樣，即使你車開得很好，還是習慣不了大陸的交通規則，這需要時間。

回頭，再堅持吧，輸也要站著輸！

2006.7.15

最近的生活有點亂

8點多醒來，發現昨晚電腦沒關，呵，這幾天生活很亂，沒有規律，感覺自己是個勞碌命，發現自己歇不住。滿矛盾的，開店呢？還是去工作？如果剛跳出來的那段時間我肯定會去開髮廊，可現在剛轉掉那家店，真的有點累，好想歇會兒，因為我知道開店要承受很大的壓力。

水手意外打電話給我，想來我這裡玩，一個我曾經的組員。

這段時間曲折的路程本在我意料之中，可現在發現自己的抵抗力沒那麼強，呵。不過最怕的就是孤獨，以前從沒有過這種感覺。

15號要回老家考駕駛員理論考試，得加把勁了，要不開不好要重考多麻煩啊！

想念我的每一個朋友！

2006.8.10

懷念

　　從小在農村長大，沒有成天的電子遊戲，沒有衣來伸手飯來張口，可我仍懷念農村的童年生活，在那裡我學會了怎麼過苦日子，7歲我就學會了做飯燒菜，感受為父母做事的快樂！

　　沒有城市中高檔的游泳館，可我們總能找到清澈的泉水與小河，不時來一次與小河的親密接觸，沒有教練教我們游泳，可我們都非常聰明，經年累月個個都是游泳高手，興趣來了還會在河裡抓點小魚螃蟹什麼的回家加菜。

　　記得每年的夏末，小伙伴們每次游泳肚子餓了，都會到旁邊的花生地裡拔花生，還分工明確，一幫人去找樹枝起篝火，一幫人去找花生地，通常我都被分配盜竊花生，一幫小鬼看到花生地，管他誰家的拔了再說，偶爾我們也會到蕃薯地，連那些剛長出的小蕃薯也不放過，直到主人家罵到家裡來，而這時我們早就跑得不見蹤影了！

2006.10.31

不能再這樣憂鬱了！

　　親愛的，這兩個月來一直無法不想你，雖然我知道我們真的不會在一起了，可我還是止不住想你，兩個月來我一直在回憶中幻想。三年多了，我一直以為我們會一直走下去，真的。看著我們在一起拍的那些照片，每張我都能清晰的記得那時的故事！自你離開後，我的性格變了好多，開始懷疑自己，變得很不自信，我努力調整，卻依然對你還有份依賴！

　　親愛的，我知道你還愛我，可是你累了，我知道你承受太多壓力，我能理解，所以對於你的放棄並不怪你！

親愛的，謝謝你三年多來對我的付出和等待，阿亮一生都不會忘記！

親愛的，你真的走了，祝福你，親愛的！

2006.11.3

TONI & GUY學習一

今天星期三，只剩兩天了，暈啊！我一直認為把時間和金錢花在學習上是最值得的事，所以一般只要感覺能提升自己的學習我都會去，這次TONI&GUY的經典裁剪其實我有一百個理由不去，因為剛去過ASAKURA，還沒消化掉，可自己很貪婪，想想學習還是早點好，於是就去了。

事情沒我想的那麼簡單，TONI&GUY這個老師嚴格得難以置信，我竟不知不覺成了班裡少數派潮流最笨的幾個，直到昨天我還一直在給自己找理由，是剛去過ASAKURA的原故嗎？一整天對著個頭模，反復剪10個小時竟還通不過，受不了了，火在心中燃燒，一觸即發；看什麼都不爽，恨不得把頭模扔掉，想放棄了，心裡面罵這個老師，什麼東西，拽什麼拽，不教我，就知道找我的錯誤，老子不剪了，明天不來了！

頭模扔到一邊，去陽台上透透風，22層樓一眼望去好開闊，城市的夜景滿不錯的，涼風吹得我渾身發抖，幹嘛跟自己過不去？外面也不好受啊，或許這下我找到訣竅了，可能一下就通過了呢！開始安慰自己，我怎麼這麼懦弱，這樣離開不是很沒面子，心態應該要放好點，嗯，一定要有頑強的意志力，堅持下去，不要讓別人看不起，哼，再去重新開始，告誡自己，不管結果如何，能堅持下去我覺得就已經挑戰成功了，況且我認為自己是個不笨的人，明天加油，給自己打氣一下，祝願明天有很多驚喜出現。阿門，感謝主！

2006.11.9

TONI & GUY學習二

失敗是在所難免的，再來一次是理所當然的；再次失敗是痛苦的；重新來過是需要毅力的；第三次失敗是傷自尊的；繼續再來是需要勇氣的；第四次失敗是讓人絕望的，重新再來是不可能的；可是俺想了很久，還是重新來了第五次！

天助我也，呵，今天找到了感覺，發揮很不錯，比我期望的要好，嗯，繼續保持，明天最後一天，加油！

過程是艱苦的，結局是快樂的，回憶是值得欣慰的，生活是美好的！

2006.11.10

牛人跟帖

當夜晚來臨時，孤獨總在我左右……

聽著許巍把他10年前寫給田震的〈執著〉如今拿來自己唱，別有一番風味，小紅跟我說分開的那段日子我的腦子一片空白，休息天都不知是怎麼度過的，因為以前只要她在杭州，幾乎所有的休息天我都和她在一起，她說得對，當一切都不再可能，隨著時間的過去，我會漸漸習慣沒有她的日子，只是偶爾很自然的就撥了她的電話！沒辦法，已經養成好幾年的習慣了，如今到了休息日也會有計劃的安排自己的活動了。

我想超越平凡的生活，注定現在暫時要漂泊。

今天有好幾個中介公司給我電話，要我去看房，然而我都不大喜歡；漂泊久了，現在很想擁有一個自己的窩，哪怕小點也行，想買個三塘大關離市區近點的小套二手房，沒錢買大的，8千多1平米，隨便弄都要30多萬，可惡

的是現在二手房過戶不到5年轉手還要交營業稅和個稅，又增加預算，所以現在拼命找沒有雙稅的房子。

　　如今房產廣告無處不在，新房是好，可離市區近的都要1萬多了，遠點的濱江余杭上班太不方便了，我可不願意每天花兩三個小時上下班，況且近些天來在樓市論壇潛水得出了經驗，近幾年來樓市不是很穩定，還是在市區買個小套過度下，萬一樓市下跌影響也不大，租也好租出去。

　　不能買太大的，把自己變成終身房奴，假如若干年後有想法了搞點小事業，手上總要有點鈔票。明天起早去HZ那，去看看他那小套，他有兩套房子，現在很缺錢想賣一套，跟他這麼熟，假如看中的話，我們自己交易可以省一些錢呢！唉，掙錢難啊，得把錢花在刀刃上！

　　9月份剛換了新工作，又是學習，加上添了些裝備，這兩個月都是月光族了，心裡那個難受啊！本來下個月想買條嚮往已久tough牛仔褲，看來只能在這個月拼命努力了。有時覺得自己跟個女人似的很會敗錢，不能逛商場，一逛就花錢，買衣服鞋子品味超差，花了錢買回來穿個幾次又不喜歡，不穿又對不起自己的鈔票，而且現在開始喜歡一些超貴的牌子，唉，可能跟自己的職業有關係吧！

　　有個朋友經常去買彩票，還對我說，假如你中500萬會不會去買個寶馬開開，呵，說心裡話，我從沒想過，因為我知道天生沒那命！唉，早知道生活這麼艱苦，小時該好好讀書，考個研究生，再加上我的智商……早就很有成就了吧！唉，傷心，不說了！

2006.11.13

真是太慚愧了！

昨天逛19樓聽到有網友說漢帛那個韓國髮型師TEI來我們店了，聽阿麥說過，今早去樓上新包廂看看是來了，長得還滿帥的，跟他不熟先下去了。

今天周六，滿忙的，剛上班就有客人來做頭，後面還有一個預約，心情自然很好，至少也是對自己這段時間努力的一種肯定。下午做了一個男客人，建築設計師，我們滿談得來，他下周六就要結婚了，剛看以為他很年輕，後來才知道都33了，唉，做人心態一定要放年輕！

一個天生自然卷的頭髮，他的髮型很像我喜歡的家駒先生，不過他厭倦了，說在結婚前得變得清爽一點。看來得花點時間了，給他做個柔順吧，因為忙，於是我叮囑技師：他是男孩子，髮根停留2釐米，保持自然蓬鬆不能做得太服貼。讓我失望的是這個新來的技師還是給弄到髮根了，結果可想而知，雖然達到了柔順，但有點偏女性化了，雖然他滿好說話，沒有多大感覺，但我心裡真是好慚愧！人家下周要結婚了，我卻這樣子，唉，給了名片，叮囑他感覺不舒服的話過來我幫他重新弄，也只能這樣了。

2006.12.3

自言自語

在杭州5年多來，對自己的評價是生存能力很強，是個非常能吃苦、肯學習的人，一個不算失敗也不算成功的人。為什麼這樣說？所謂初生牛犢不怕虎，當初剛入行一年時就下決心開店，記得那時什麼都不懂，後來賺了錢，到後來有了遠大目標，但很快也破滅了。

人年紀越大膽子卻越來越小，經歷過6月份開頂鼎雞二店的事情後，發

現賺到了錢但並不快樂，可能是自己有關哲學類的書看太多了，只想讓自己的人生更有價值。在轉掉頂鼎雞二店後，曾有將近1個月時間找不到新東家上班，又有了開店的衝動，後來認識了苑苑老總，也就來到了苑苑。

　　現在想想覺得自己走得還算對，雖然在金錢上失去了些，但如小肉包所說，「為了自己想要的生活，要勇於放棄一些東西。」是的，很正確，我挺喜歡現在的工作，我感到自己比前段時間快樂。我學到好多新的思想，他讓我對這個行業有了新的認識。

　　想想自己有幾個同事已經在外面開店了，AT他們開得還不錯，有時候挺羨慕他們的，想想當初在老榮榮時，無論開店和管理經驗及人脈方面都比他們強多了，現在卻看他們開店，自己還只是打工一族，心裡確實不是滋味。不過這三個月來自己的思想改變了很多，感覺考慮比以前全面了，說實話，我現在對AT他們店的未來還是不怎麼看好，這個我當他面也說過，當你花了這麼多錢開店，你必須考慮未來5～10年美髮行業的發展是什麼樣子，當你有了清晰的思路，這樣你的店也會越做越好，如果你的方式一成不變，你會發現越來越吃力，越來越沒激情，當沒有了激情，那店也差不多了。

2006.12.13

流浪記

　　今天休息，我故意把鬧鐘關閉，目的是讓自己睡到自然醒，因為這對我來說是件很幸福的事。但沒想到一覺醒來確定沒睡意了，看看時鐘也才10點，看來我還不是個懶人。草草整潔了一下自己，便到媽那裡去看看，本來計畫一會去親親家園那邊跑一趟的，剛到店就碰到兩個阿姨要回去，我就做個好心人把她們送到火車站。

　　回來都1點多了，吃了點剩飯剩菜做了點小事就開車上路了，順著古墩路一直往下，一路上那個灰塵真多啊，像沙塵暴似的！穿過一個又一個紅綠燈，望眼欲穿，還是沒有親親家園的影子，不得不佩服現在廣告商吹牛的能力，竟然說離武林廣場才11公里，還好我能堅持，穿過遙遠的三墩鎮，終於看到傳說中的親親家園，說句心裡話，社區環境滿不錯的，價格也還公道，可是光這個距離，唉，那不是得要添個硬體設備，人啊，一定要看清楚自己，實在點，就當到此一遊，拍照留念吧。

　　突然間有種想去舟山東路的念頭，曾經我住了近三年的地方，那裡有便宜的CD，有滿大街各有特色且價格超實惠的美食，還有一些朋友、客人，或許今天能撞見一個。去新華書店找了張地圖，瞄準路線開上路了，穿過沙城區上了石祥路，一路東張西望，每一刻對我來說都是新鮮的。

　　不知不覺竟看到了京杭大運河及當年的造船廠，如今已是破敗不堪，想當年也輝煌過啊！時代在變，它終會被淘汰，拍照留念。照片裡夕陽西下有點寒意，像個弱不禁風的老人……

　　很快就到了舟山東路，如照片上拍的那樣，人還是那麼多，由於附近都是大學，在這條街上你會有一種感覺，自己也青春了，所以心情自然很好，帶著回憶，尋找我曾經喜歡來玩的地方，看到了我曾居住的那幢樓，啊，前面已經冒出了一家韓國料理店，仔細一看，哦，那房東可能把後面那些房間改成旅館，因為看到「中正客房」四個字。晚上有人請我吃飯，那我就先小搞搞，隨便吃點墊墊胃。

　　順便去AJ那裡看一下，曾是我的學徒，我店沒開後他一直沒離開這條街，後來在這條路上開了家店，也經歷了酸甜苦辣。有時物質缺少並不可憐，最怕的是無知，這才是真正的可憐。所以年輕人不能封閉自己，尤其是沒上過大學的我們。

2006.12.23

2007

單身日誌 ....

　　最近比較忙！忙些什麼？都是些不可告人的事，呵，空閒的時間不多了，其實以前也沒這個習慣，像是在談戀愛時，遇到開心或傷心的事總是第一個向對方傾訴。直到某天發現身邊沒人可傾訴了，那就把心事寫下吧！自己總結一下，以後回憶起來也算是單身日誌吧！或許有天當有另一半時再無暇去寫心事了，仔細想想，還挺珍貴的，或許有份穩定的感情這輩子就不會再單身了，呵。不過未來的事誰知道呢！人生一世草木一秋，時間真的過得太快了，一些以前不曾考慮的，認為那是大人們的那些事，現在都落在了自己身上，大腦裡突閃出一個新詞語：責任。

　　前兩天看了電影〈滿城盡帶黃金甲〉，映象最深的就是這首〈菊花台〉了，現在我正反覆地聽，呵，好聽就聽個痛快！

　　頭髮太長了，這兩天有空得去把它剪一剪。晚上DLI來剪頭髮，說4月26日她要結婚，那天要我去幫她忙，認識她4年，換了N個朋友，終於要結婚了。不能怪她，只能說她以前沒碰到好男人。祝福她吧！還是那句話：沒有不動心的男人，只有自制力很強的男人；上帝在造人時就已經把更多的欲望和野心給了男人！

　　直到上個月才知道自己是巨蟹座，網友說星座滿靈的，我查了一下，居然說我是居家男人，呵，我倒認為要看另一半的造化了。

　　幫HK前後搬四次家了，從他的行為得出愛情結論：只看外表的愛情是短暫的，人都會老，更何況每個人都喜歡新鮮感。我認為應該找個「臭味相投」的人，性格上能談得來的人在一起會更久些。

　　愛是個很奇怪的東西，一旦沒了感覺怎麼也無可救藥了。所以對愛的承諾是沒有實質性的！幸福是什麼？我曾經常問自己：我幸福嗎？按照資本主

義概論，我沒有足夠的錢，我沒有奢華的住宅，我不幸福！

　　想起了去年5月的事：那天的心情糟透了，自己業績不好，後面的同事追得又緊，為店裡做的事上級又不能理解，上班這麼累，下班這麼晚，每天在緊張中度過，重複著做同樣的事，我厭倦了這樣的生活。下班回家的路上，騎著小電動，我還一直抱怨自己的命運為什麼這麼苦！在一個綠燈的十字路口，忽然被一個快速右轉的車撞上了，僅僅是千分之一秒的時間，還沒反應過來已重重摔在地上，雙腿沒了知覺。我忽然傻了，我的腿，怎麼辦？會不會斷了？我的後半生，天啊！我根本不敢往下想……大腦一片空白，如果真斷了我會沒有勇氣活下去。

　　好心的人把我送到醫院，漫長痛苦的檢查過程，醫生看著X光片說：腿沒問題，休息幾天就好了，那一刻我真的好開心，早忘了還有殘留的痛。我為我的雙腿沒事而高興，為我有一個健全的身體感到無比幸福！

2007.1.24

我的休息天

　　今天調休，好幾個客人都不好意思回絕了，這幾天事情多到頭很痛，昨天去參加董姐的婚禮，唉，那女人幸福得像花兒一樣，用我的話來說，唉，總算嫁出去了！由於開心，肚子也確實餓了，再加上菜太好吃，不知不覺就多喝了點酒，後來頭暈到不行。本來跟經理請了兩小時的假，看來是不能回店裡了，因為我怕剪到客人的耳朵。

　　早上9點起來，去店裡打完卡，又從中北橋到城西去新店裡看看，明天開張準備得怎麼樣了？12點鐘往回趕，路上有電話告知有客人已預約，由於事情眾多，我想做完這個客人要調休了。下午兩點把建行最後一道手續辦好

了，3點去中原把房產證最後一道手續辦好了，中途探望一下昔日好友，4點半去望江門那邊和仲介簽好了租房合同，因為是第一次處理這樣的事件，我感覺自己和房客的合同中屬於比較被動。沒辦法，人都會在經驗中長大。

　　新店明天開張，得起個早，父親和妹妹辛苦了，能忙得過來，再說這家店生意不會很忙，當然不需要我大人物出場了。

2007.4.5

勞動光榮

　　我坐在門口，望著前方發呆。很想把每天的生活過得很充實，時間規劃得井井有條，現實生活中卻難以實現。看著中小工們，他們是那麼開心，雖然每天工作那麼辛苦，比我還累。

　　人跟人之間總有著很大的差異，同樣工作的人，你天天去管他教育他，他還是做不好，自我約束力很差。而那個叫XXX的助理，經理從來不管她，她總是默默的做事，比你想像的做得好。這樣的人有那個老闆不喜歡呢！

　　這幾天是偉大的勞動人民的節日，國家特意準備了7天長假，我沒有假期，難道我不是勞動人民，我是戰鬥在一線的戰士？

　　今天看6號在那裡算業績帳，好用心啊，每天把自己做的業績用本子記下來，而且分得很細，月底還自我總結，找出缺點，真佩服他。上了很多這類型的課程，我不是不知道該怎麼做，也知道有用，可就沒心思做，因為我的心不在這裡，偶爾會有個念頭，先把離自己最近的路走好吧，可很快就一閃而過。

　　一是要有戰略眼光，看到未來並做長期打算；二是把自己身邊的工作力求做到最好；三是走一步是一步，開心就好，車到山前必有路。通過自己實

踐，要把一和二都做到太難了。

　　坐在旁邊的韓國髮型師在和技師小妹聊天，看到他用不流利的普通話幫小妹算命，真是有點好笑，真實的純屬娛樂！我沒有多崇拜他，更多的是想不通和同情。想不通的是，韓國那麼好幹嘛跑來中國吃苦；同情的是，因為語言不通，我看他朋友很少，更多的時間是一個人在那玩電腦。其實他人滿好，也大多能聽懂我們說話，跟我們有相同的愛好，可我們還是很少跟他說話，不知為什麼，可能是文化隔閡吧！

　　今天要剪頭髮了，請9號幫我，坐下後我就盡情享受當客人的感覺，把我的要求跟他說了下，感覺他能理解，我就閉上眼睛，既然坐下了就應該絕對地信任他，過程中對他的剪法其實有不同意見，可我沒說話，我怕提太多意見，會混亂他的思緒，呵，我不介意，誰叫我是髮型師呢！

　　結果出來了，說實話我還是比較懷念過年前在某某剪的頭髮，那是我比較滿意的一次。呵，我也很認髮型師的。

2007.5.5

革命尚未成功

　　天氣逐漸變熱，髮型店慢慢進入淡季，除雙休日，白天一般都不大忙。平常空閒時都待在休息室，人多很熱鬧，可久了發現有點擾亂我的思想，所以今天提醒一下自己：不要待在休息室。

　　昨晚上因為阿姨的兒子睡在我這裡，為了怕打擾他，我很早就斷了網，可大腦不依，就是睡不著，只好打開電視邊看邊等待睡意。難得的無心睡眠，其實跟昨天下午發生的事有很大的關係。

　　昨天下午妹給我打電話，三舅和他女兒小紅因為跟我媽發生口角，不

回老家了，而三舅家的小紅在我們店裡擔當很關鍵的工作，這下子對我們有很大影響，最直接的就是父母會吵架。一切如我所料，妹也提出不想做的請求。現在只能把其中一家店轉掉了，我想父親應該也想到的，雖然二店有很大的發展潛力，但那要到兩年後，現在父親基本一人在管，我在幕後，但因上班時間太長，沒時間直接接觸，只能算三分之一個人。父親的思想太傳統，店員多了，在工作分配和生活方面他有點疏忽了，導致了這樣的結果。早在二店剛開時我就知道會有這樣的結局，但我不好說，不想打擊他的信心，當初是他不顧我反對開在那個地段的。

不是我不拼，是因為我的心不在此，我有自己的野心和夢想，可目前還有些問題沒突破，還有房貸在身，我必須走穩一點。這段時間自己散了點，可出這樣的事件也不是我的責任。呵，樂觀點吧，否則那就不是我了。

前幾天託仲介幫我在華苑公寓找了個三室兩廳的出租房，定金已付，本來今天約好簽合同的，但因為發生那件事，父母肯定還很不開心，搬家這麼麻煩的事還是過兩天吧！

本來沒跟父母住在一起，最近因為店的事，我發現跟父親意見分歧很大，想跟他多一點溝通時間，可惜我的上班時間跟他相反，不好湊在一起，又想想這麼多年沒跟父母住在一起，也該團聚了，雖然可能會出現一些麻煩事，但我想這樣可以多些溝通時間，就忍了吧。年紀大了，必須要想遠一點了。

今天是發薪日，上月遲到有點多，希望經理待會兒能少扣點錢，畢竟我們打工不容易！〈忍者神龜〉今天上映，好想看，但想想要不省個幾十塊錢，下周二去看吧！

2007.6.2

上班工作，下班看烏龜

前台有預約客卻忘記提前跟我說，導致3個老客排在了一起，讓我很為難。一連忙完了5個客人已是4點多，有點累，肚子也有點餓了。剛一個客人買單時給我20塊小費，搞得我一臉茫然，當然我沒收，搞的他有點尷尬，不過收了我會覺得自己很尷尬。為什麼沒收？我想最直接的原因是條件反射吧！不是嫌小費太少，因從沒有收小費的習慣，感覺整個中國的服務行業也都這樣（某種娛樂行業除外），中國人因為剛擺脫貧窮，沒有慷慨給小費的習慣。

昨天5點半店裡停水，經理就宣佈提前下班，大家心裡那個樂啊！哈，去朋友那裡吃晚飯補補，店裡的工作餐我早沒了胃口，導致我現在還是皮包骨頭。

上次一朋友給我60塊錢的新華電影票，今兒時間還早就去新華那看期待很久的〈忍者神龜〉吧！因為周一，放映廳顯得很冷清，四周一瞄，只有3、4個人。靠，這錢花得值，相當於包場了！不過去慣了奧斯卡和UME，感覺新華的音效和環境差多了，且放映廳空氣不好，還有點悶，難怪新華影城宣傳的標語是：打造杭城最便宜的電影院！看來老闆知道自己的弱點。

2007.6.7

80後之奮青

早幾年還在榮榮時，我們一起打拼的兄弟那時真乃「事業的上升期」呀！我們店長每月薪水更是超2萬，隨後也買車，之後「革命」漸漸離開，分散，榮榮也漸漸失去了昔日的輝煌。現在想想，那時我們都還不成熟，在處理事情方面顯得很魯莽，自有一種「老子天下第一」的解放精神，但最終給

雙方都帶來損失。

老大信心十足，出去跟人合夥投資50萬在武林路開了家簡森髮型，後來經營失敗，賣了車子，不甘心又在城西重開，但結局還是不變。這次是真輸了，感覺他信心少了好多，像是有意疏遠我們，或許是想忘記過去吧！其實真的沒什麼，大家可能都會有這樣的過程，我對他並沒有半點偏見，相反比他以前好的時候我更願意和他做兄弟。

出來的兄弟們紛紛開店，可謂遍地開花，可惜都好景不常，不談管理，更重要的是沒那麼好的毅力和堅持心。還好現在還有一家名尊在盈利中，不錯啊，我相當佩服，也真心祝福！雖然昨天挺爺不借我錢，可那是兩碼事。

本月9號，是我們「革命」出來1周年啦！我想兄弟們該聚一下，「梅董」我這兩天要發佈通知了，地點：川味觀。我想說，只要我們有夢想，而且不斷在奮鬥，兄弟們，有一天我們肯定會達到自己所定的目標，走向成功，大家好運啊！

2007.6.18

倒楣的一天

心裡很亂！剛回家看到媽把我房間打掃得乾乾淨淨，又把我所有髒衣服洗了，感覺好溫馨，瞬間讓我忘記昨日的痛。在外多年，已有6年多沒跟媽住在一起了。把飯熱了一下正準備吃，媽隨意向我說了新店已被那個市場經理關門一天了，一下子又把我拉回現實........

昨日本應好好休息，上午去西湖美術館看了「龐貝末日」展。之後逛了銀泰，中途被母親奪命電話催回家，還不是她跟父親為了雞毛蒜皮小事鬧彆扭，望我為她主持公道。我很煩，只一次也無所謂，可這事隔段時間就會爆發。

最初我信自己調解能改善，後實踐證明他們20多年養成的習慣我怎能一時搞定。每次當我和妹妹為之操心、痛心時，不到半天他們又好了。久了，我也明白規律，平常心坦然承受，不要傷及內心深處。然而聽到親愛的母親哭泣，我還是心碎了，趕緊回她身邊安慰。我就是母親的希望，更像是她的太陽；我給了她更多勇氣，而我一點也開心不起來。矛盾漸漸平息，但在以後的日子裡肯定還會爆發。

吃過晚飯正準備回家，小春接到電話，新店那邊王勝的電瓶車被偷，5分鐘後小春又傳話給我，王勝和保安打架了。我震驚了，歎一口氣，命真苦啊！父親不在家，我得過去。很煩，考慮到要把他們幾人帶回來，我得把車開過去。到政苑農貿市場，110已把他們帶走，我跟市場經理交涉，自己過於情緒化，雙方爭論後都氣憤離去，不歡而散。事後想想，我當時說話可能過於衝動，把經理得罪，讓事情變得更複雜了，我想這次是教訓，以後還是得多注意。

怕王勝媽媽擔心，又帶她們去三墩派出所，還好沒事，我們到派出所時他們已回家，晚上11點，我終於可以休息了。

2007.6.20

倒楣後快樂

早上睡過頭，遲到半小時，想找人幫我打卡，電話打給A他還在路上，打給B不巧停機了，看來注定倒楣，就順其自然罰錢吧。騎個「小毛驢」上班，百年一遇。忽然眼睛飄入某不知名灰塵，大難，左眼疼痛難忍，無法睜開，還好我是吃苦長大的，硬是靠一隻右眼看路撐到店裡。

剛到店，又是清水又是眼藥水，總算解決左眼的問題。X的，昨日我休

息，誰吃我碗沒洗，害我今天店裡午餐沒我的份，只好去外面吃，叫碗餛飩，竟然後來人都開吃了我的還沒上，催了老闆一下，剛送上來準備吃，前台打電話過來說有客人在等，靠，真倒楣！本著顧客就是上帝，我冒著喉嚨燙壞的危險火速搞定。

傍晚又遇到一個難搞的客人，臨下班時前台告訴我還有兩個老客。在幫一個老客剪頭髮時她說，「今天這麼晚你肯定累壞了」，我心裡一陣酸楚，感動得淚水差點流下來。最後她又說，「你這麼累技術肯定有影響，那今天稍微修一下，下次上午找你改變髮型。」我當然贊成，但沒想旁邊一老客聽了也不敢找我剪了，怕我這麼晚太累剪不好，找別人剪了。暈，我的職業道德不至於這麼差吧！結果讓我少賺了點錢，唉，真夠倒楣的一天！算了算了，俺心態好，忘掉這些倒楣事吧，阿亮從明天開始一定要加油，加油，再加油！

2007.6.29

想像力

下班後去了DUPIN看好朋友HK，加上DUPIN剛重新裝修過，很想看看全新的樣子，我想應該是富麗堂皇或者有獨特品味的藝術氣息。到了樓下，看它的燈箱招牌感覺一般，可能是我的想像太完美了吧！走進店內，隨便掃了一眼，感覺還是一般；隨即上了二樓，整體牆面白色調，黑椅子，小包廂是橙色的牆壁，我大失所望，感覺跟他整個店的名氣不符，位子倒是很多，能感覺到室內設計師在空間利用上費了不少心思，彌補了以前位子少的缺點，但我認為他忽略了DUPIN這個品牌應有的品味。一眼看去顯得平庸，我問HK感覺怎麼樣？他說：太差勁了。我知道他會這樣說，因為他比我挑剔多了。

不過店的位置還真不錯，因他能力確實好，這點我一直肯定。

2007.7.8

背後的故事 ....

　　早上到店時剛放下包，助理們叫：阿亮你上報紙了！噢，我應了一聲。開心的接過他們遞來的報紙，看完了內容，說實話有點遺憾。是關於我未來野心的那段文字。我曾跟記者MM說，隨著時間和閱歷不斷累積，野心和夢想也會隨之改變。如去年的夢想是做熟食連鎖老大，後6月跟父親一起先經營兩家熟食店，兩個月後因種種原因放棄。因為我發現這段時間自己很不快樂，在這樣不快樂的環境中工作，賺再多錢又有什麼意義。

　　轉了一大圈最終發現還是髮型師給我更多快樂，後加入中北橋苑苑去日本ASAKURA進修，隨後又去TONI&GUY學習，為了讓自己的心態平和點，強迫自己把那點存款加上父母的補助按揭了套小二手房，過上了欠債的日子，要問我夢想，那就是早日還完債，然後就是做自己喜歡、能讓自己快樂的工作了！可我們的記者同志卻把我去年的夢想換成了未來的野心和夢想，暈，我倒是無所謂，從個人角度看沒什麼損失，可我們的經理和老總要是看到了這篇報導會很沒面子，丟他臉啊！想想老總每天在外為提升店的形象勞心勞力，可他店裡的戰士卻心在營外，那豈不是管理無方。唉，我想我可能會招來麻煩了！

　　接下來收到好多朋友來電友好祝福，也隨之迎來了經理的辦公室談話，問題一：那段向快報抱怨上班時間長的文字，（其實我當時跟記者聊天時是說3年前還在RR的時候，因經常加班開會到凌晨3、4點，體力透支，所以有打過電話向快報抱怨）可記者同志把「3年前」和「RR」省掉了，結果就變

成在苑苑上班時間很長，然後我打過電話到快報去抱怨。暈，我如上向他解釋。

如我所料，晚上大人物來電詢問我快報上那段「我的未來野心是做熟食連鎖店老大」之事，我有種「啞巴吃黃連，有苦說不出」的感覺！

2007.7.18

奇妙的緣分

店裡放著班德瑞的音樂，聽著滿舒服的。剛進來一個老客，本以為20分鐘後開剪，沒想此刻他已經走過來了，開始忙了……

晚上11點，今天又加班了，送走最後一個客人，晚上很忙，兩條腿很酸，前台在播放陳奕迅的〈愛情轉移〉，我決定在沙發上休息一會兒。

晚上接到一個燙髮客人，是男士，好巧，我還記得他，因為去年他準備結婚來改變髮型，因為我們的失誤，讓他的頭髮燙好後很服貼，像女孩子，沒有陽剛之氣，我當時悔恨在心，那夜還寫了博客懺悔。沒想到今天又有緣相見，跟他聊了一下，他結婚已經快半年，老婆最近嫌他邋遢不注意形象，下最後通牒令他來做髮型，所以他就來了，要求做個有味道點好打理的髮型，我如獲重託用心修剪，燙髮時再次叮囑助手不要犯上次的錯誤，軟化也是我親自上陣，做好的髮型還不錯，是我想要的感覺，看著他開心跟我道別，感到無比欣慰。

2007.7.29

品牌之說

　　6月感覺是髮型界最容易跳槽的月份，當然我不是。幾天前跟R約好他幫我剪頭髮，可一日拖一日，直到他離職我還沒剪，本想借此機會跟他學習一下，看來是沒戲了。頭髮當然還是要剪，只不過得另找大師。

　　這幾天轉介紹來找我的客人多了起來，其中大多是以前在喬治和愛情故事的客人，我很開心，也頗有壓力，畢竟人家對你有期望，你不能辜負人家。R離開對我的心理影響滿大，會不會在店裡引起連鎖反應，其實這本不是我該想的事，但既然在這裡上班，自然希望公司走得更高。

　　樓上有3個150的總監，樓下還有2個80的總監，50塊的有好幾個髮型師，比我在這裡多待一年半之多，在我腦海裡已養成一種習慣，他們是主角我是配角，我只管做好自己就OK了。

　　隨著時間累積，回觀自己發現已前進很大一步，R的離開和AG的接任其實都是在跨越。我得改變一下自己順其自然的思想，說好聽點我一直在謙虛，低調，現在想想覺得好像是在給自己製造下台階，這也是一種不自信的表現。

　　要向R學習，不斷提高自己的能力，不再讓別人來左右我的心情，從配角向主角轉型，做到自己就是一個品牌，我一定能做到！

2007.8.2

無眠的漫漫長夜

　　昨天下午通知晚上下班後開會，記得以前在RR時經常開會，一提到會就頭痛，現如今因少而顯珍貴，反倒覺得是件好事。下班後方總在該出現的時

間出現了，也宣佈了會議內容。

方總個子不高，但身材健壯，氣勢凌人，一身的國際大牌，前段時間我們曾比喻他是「穿著普拉達的惡魔」，尤其後面兩字更加貼切，經理都怕他，所以他在店時我們閃得越遠越好。今夜夜色不美，可他一改常態，嘴巴笑得像彎月，看來他是要改變一下自身形象了，親善大使？

由於種種原因，也為了走得更高，經理與另一分店經理對調學習。我曾不是很瞭解方總其人，他雖取得不菲成就，可我也不曾羨慕，但今晚會中有一段話，他說，管理必須要跟國際接軌，他現在更多培養大學生管理人才，以便企業後續發展更加正規化。我愛聽，也充分肯定他的思路。我心裡一直堅守「你的發展取決於你的閱歷和知識文化的高度」，所以我從不拒絕好的學習機會。

談到機會，我想到機遇。引用那些書中所指：機遇其實每個人都有，有時候在你身邊，只是你能力不夠沒抓住，結果你與它擦肩而過。我自己就有過好幾次因能力不夠而錯失掉的機遇，不過不要緊，我還未老，在有限的時間裡多學點東西吧，或許有一天這就成了抓住機遇的法寶。

2007.8.13

憶海想港

今天放一首旋律輕鬆點的歌，Nelly Furtado的〈All Good Things〉，想星期天去上海，就是突然間很想，一晃快兩年沒去了，特殊的感覺，似很熟悉又似很陌生。其實我很喜歡上海，我想可能是新鮮感吧。

兩三年前店裡有培訓計畫，每年都會在上海待兩個月，剛去還好，後來資格變老，課也不怎麼去上，整天背著相機到處遊蕩，有時坐地鐵不下車，

就為了體驗從地下開到地上的感覺，現在想想真他媽傻！

　　那時去最多的就是上海圖書館，坐1號線到衡山路站下，走500米就到了，途中會經過美國大使館和日本大使館，記得那時好奇心強，在美大使館拍了張照片，竟被抓去檢查相機，然後強制刪除，媽呀，嚇死我了，我還以為要槍斃！

　　星期天經常一整天待在圖書館，那邊環境很舒服，讓你有種要待上一天的想法；服務也很好，有免費的飲用水，讀者餐廳5塊錢吃飽，閱覽室書很全，估計是浙江圖書館的五倍都不止，空調溫度剛好，讀者雖多但素質很好很安靜，沙發很舒服，導致我每坐下看書不到1小時就進入夢鄉，不過也不足為怪，經常看到類似的同胞，還好除了我之外，那些文人睡姿都還很優雅。

　　回來後去過浙圖，也辦了借書證，書籍不多，新書更少，找本書看索引會讓你暈頭轉向，問下旁邊的管理員感覺很不耐煩，後面一個辦借書手續的阿姨更經典，衣服穿得像個機關領導，我前後去借過幾次書，她在上網，每次她刷碼時總板著個臉，好像我欠她錢似的。今年沒怎麼去了，因為我怕她有天真問我要錢來了。

　　曾有過機會留在上海，可那時已在杭3年，漸漸有了感情，工作還算穩定，朋友圈子也都在湖周圍，想想算了吧，是銀子到哪兒都發光！

　　今年最大的理想是去香港自由行，想像著在香港黃昏的街頭小巷漫步，去太平山觀維多利亞港灣，感受港人忙碌的生活，體驗那裡不同的文化，每一刻都是新鮮的！很喜歡這種感覺，可惜現在囊中羞澀，阿亮要用心工作，努力多賺錢呀！

2007.8.14

紀念灰灰的一生

上午11點媽打電話給我，說老家大姑打電話來說我們老家的狗灰灰死了，早上在大姑家裡吐了好多血，臨死前還忍著巨痛爬到我們家裡，倒在廚房地上死了，大姑的女兒打電話時哭了，我好難過，淚水模糊了雙眼，能想像媽和妹妹聽了消息後也哭過……

父母兩年多前來杭州，老家便空無一人，父母委託大姑照顧灰灰，大姑跟我們家在一個村，相隔只有100米左右，灰灰很懂事，從不給大姑添麻煩。因為在農村，灰灰不用拴著，便到處溜達，村裡人都認識牠，有時也給牠點吃的，日子過得算安逸，晚上便回我家裡放雜物的房子睡覺。

算算灰灰來我家差不多有13年了，那時我好像還在讀5年級，放學回家發現一隻很胖的小狗，一問是媽媽30塊錢買來的，因是灰色，便叫它灰灰，看牠樣子還小，應該是剛離開媽媽，由於太胖，走路老是摔倒，初來我家很害羞，家裡沙發破了個大洞，牠老是往裡鑽，家裡那隻小貓因年紀比牠大，老是欺負牠，牠從不敢反抗，能做的還是一邊求救一邊往沙發洞裡鑽。

灰灰長得很快，個頭很快超過了小貓，小貓當初的威風漸漸失色，還好灰灰不像小貓對牠那樣兇狠，大部分時間牠對小貓還是很友好的，只是在爭骨頭吃時會毫不手軟把小貓趕走。

灰灰越長越大，少了當初胖胖憨厚的可愛樣，多了份靈性，也越長越漂亮，因是母的，春天時便有好多追求者，經常還有公狗們為了牠打架，灰灰在觀察幾天後會跟其中一隻公狗結伴出去，偶爾會一兩天不回來，不過這都是情有可原，我們並沒有去找牠或責罵牠。

不久灰灰便有了身孕，肚子一天比一天大，公狗也偶爾會來看牠，幾個月後便生下6、7隻五顏六色的狗寶寶，我媽在灰灰臨產期間把牠窩裡的草鋪軟鋪厚點，哺乳期多給牠些蛋吃，讓牠補充營養，等狗寶寶們學會走路時，

灰灰會帶著牠們出去玩耍，那場面真叫壯觀。

為了怕狗崽跑出院子，媽媽會把院子門口攔一道比牠們高的木板，小狗一天天長大，越來越調皮，食量也越來越大，後來基本都送給信得過的村裡鄉親，有時會有個別狗寶寶太過可愛，捨不得送人，自己養著，可後來被村裡人盛情要求還是送了，為此村裡還會鬧點小矛盾。

年復一年，灰灰生了多少寶寶我已記不清，但村裡的狗大多是牠的子女，經常有兒女來看牠，牠也經常會去串門，其樂融融。

因自己年少無知，加上父親認為讀書無用，後來高中中輟和父親去開稻麥收割機賺錢，收割機在村附近作業時，灰灰會跟隨其後，有時會鑽進水稻叢中和我們捉迷藏，可偏偏那時發生了件痛心的事，收割機速度很快，灰灰在水稻叢中，父親開著收割機，前面的一排剪刀一下子剪到了灰灰，後果可想而知，我至今記憶猶新，父親立馬關掉機器，可還是晚了，我看到灰灰被剪刀壓住，肚子後半部已被剪開，腸子都已流出，我當時瘋了似的大叫，眼淚流了出來，灰灰在那裡慘痛的呻吟，還忍著痛往回家小跑，一路上留著血，我顧不上工作，立馬跟牠回到了家，牠躺在雜物間，全身發抖，我好怕牠死掉，怕牠腸子更多的流出來，用紗布幫牠纏住，牠好乖，在我面前停止了呻吟，但我能感覺牠在忍著。纏好紗布，我立刻去附近的診所，農村沒有寵物醫院，我只能去給人治病的診所，買了好多消炎粉火速回家，打開紗布把消炎粉塗上傷口，祈禱牠能活下來。

凌晨天色漸明，我朦朧中聽到灰灰的聲音，睜眼一看，天啊，牠竟然在我床邊對著我搖尾巴，我知道牠在叫我起床，因為每天都如此，只是今天因重傷在身無法站起，只能趴在床頭叫我，真的很難想像牠是如何拖著重傷忍著劇痛，從一樓爬樓梯上二樓來叫我，我含淚心疼地把牠抱下一樓，讓牠乖乖休息。之後灰灰真的頑強的生存下來，並且恢復得還好，傷口也慢慢癒合，只是每一聽到收割機的聲音就會全身發抖，往家裡床底下鑽。

　　以前父親開車跑運輸，每日傍晚未歸媽媽便很焦急，怕有三長兩短，經常站在樓頂平台觀望能否看到父親的車影，那時灰灰便經常陪伴左右，牠有超級的聽覺，每次在父親的車離家還有3、4里路時，牠都能前去迎接，真佩服，路上那麼多車，牠是怎麼辨別出哪車是父親發動機的聲音。

　　2001年10月，父母讓我來杭到表哥那打工，我便和灰灰分別了，臨走前牠還是搖著尾巴往我身上撲，灰色的毛油光發亮，從牠的眼神我看出傷感。之後我基本每年回家一兩次，可每次回家牠還是能認出我，親熱地往我身上撲，還有那招牌動作：使勁的搖著尾巴跟在我後面。只是年復一年，我能感覺牠已慢慢變老。

　　唉，以後回家看不到灰灰了！親愛的灰灰，你已完成使命，好感動你臨終前還忍著巨痛爬到我們家裡度過最後一刻，感謝你曾給我們家帶來那麼多快樂，感謝你這幾年來獨自在老家看守，我們全家為你祈禱，祝願你在天堂幸福快樂！

2007.8.22

生活的一部分

　　休息時大家在一起聊天，阿麥說我在網上和現實中判若兩人，現實中我比較自卑。哈，我笑倒，我想他可能是中文太差，用詞錯誤，其實我認為自己倒是個很感性的人，至於自卑，那也是階段性的，記得在去年有段時間會有，可很快就煙消雲散，現如今我覺得自己還是比較自信的！

　　前陣子，香港回歸十周年，阿麥因為是香港人所以出盡風頭，記得那幾日杭城各大報紙都有他的專訪，還有電視台也來報導，看得我都煩了。不過薑還是老的辣，看了那麼多他的報導，文都寫得非常不錯，我想肯定他都審

查過的，不像我上次那樣出盡洋相！

這幾日天氣出奇的熱，待在店裡懶得出門，晚上下班回家開始感覺到空氣熱呼呼的。該死的空調上次搬家移機時嫌麻煩400大洋賣了，此時此刻真是相當後悔。

7月7日凌晨就收到友人的祝福，很開心。上班時正忙著給客人燙頭髮，忽然有人送來一大束鮮花，一看是祝我生日快樂，雖然高調了點，且這天不是我真正的生日，可我還是非常開心，謝謝你們！

其實是我自己不好，我從小到大都過農曆生日，前幾年某人一直幫我記著並為我祝福。我對農曆不熟，分手後我怕忘記自己生日，特意查下83年農曆5月27日，那天是陽曆的7月7號，因此想從今年開始就按陽曆算吧，跟別人我也都說7月7號，可真到了7月7號這天，我發現心裡很虛，覺得自己在騙自己，所以我想還是過農曆5月27號吧，順其自然，那樣心安理得點，人要舒坦很多很多。

前晚臨時有事，騎上小毛驢去濱江看望一朋友，走復興大橋穿錢塘江，下橋後我選擇了從江邊上的之江路走，行約1000米，回頭觀望，哇，遠處的復興大橋好美！不覺得停了下來，由於濱江居民還不多，寬敞的之江路上只有幾人漫步，出奇得安靜，能清晰聽到江面上浪濤的聲音，一陣陣風吹過。平時工作環境狹小，城市裡高樓大廈都遮掩了視野，看著寬闊無際的江面，雄偉的復興大橋，心情豁然開朗！這比起上海的外灘美麗多了，那裡人多到氾濫，聲音嘈雜，空氣裡都是人味。不過我想隨著濱江的發展，居民肯定越來越多，最後這裡也會失去寧靜的。

2007.8.31

過路人 ....

　　這個星期天休息，回老家宣城一趟，想多瞭解點宣城的變化，還有就是確實有些想家，今年過年在家待的時間太短了，以前每年只回老家一次，隨著年齡增長，我想以後每年多回家看幾次，因為畢竟是從小長大的地方，有著深厚的感情，還有那麼多親人，尤其是爺爺和外婆，他們都已年老，最需要的是子孫們關心看望，每次回家看爺爺，雖然沒買什麼東西，但看得出他心裡特別開心。記得第一次離家來杭，臨行前爺爺來送我，對我說：亮亮啊，出門在外，爺爺不指望你能掙多少錢，但一定要記住不偷不搶不做違法的事，人能平平安安，我們上人就安心了，人生在世不就是糊個嘴嗎？

　　其實我當時是有點不屑，現在想想，爺爺說的其實是做為一個上人心裡最真實的表露，以他的閱歷來告訴我人生哲理。在杭多年來一人闖蕩，途中也遇到過很多所謂「道友」，可我明白爺爺給我說的那些話，我不能迷失自己，讓上人操心，更對不起自己。

　　今天休息室裝了空調，進去感受了下，涼快多了，自從余經理轉崗後，管理方式也改變了很多，雖有個新經理調來，但管理程序上有明顯的麥式風格。我知他在幕後操作，這段時間他操了很多心，佩服他要做好客人又要做好管理，因我以前體會過，那是非常勞心的事，別人只管一心一意做業績，而你卻要分一半精力去做管理，且業績不能輸掉，老闆還對你管理寄予厚望。所以這絕對是一件勞心勞力的事，但做成功了也絕對是件名利雙收的事！

　　前幾日路過文二路苑苑店時，偶然看到余經理，他沒發現我，我遠遠的看著他，感覺滿親切。他正在把紅地毯鋪在店門口，地毯很大，不平整，他腰下彎用力的來回扯平，因背對著我，我看到他那肥大的屁股左右搖擺……

2007.9.11

起床，看大師表演

早上9：30起床，我刻意慢悠悠的，因為今天是施華寇公司在學校給我們培訓產品使用知識，從前幾次他們推遲上課時間的經驗，我遲點過去沒事的。到了學校門口，看到走廊外沒有一個同事，感到有些不妙，推門一看，不好，完了，那個胖胖的人——方總（我們老總）在上課！他平時都一臉凶相，以脾氣暴躁聞名，我今天不是撞到槍口上了嗎？天啊！

他正全神貫注的上課，我站在門口，眼神注視著他，並面帶微笑向他友好示意能否進去，約5秒鐘，他的眼神從我身上掃過，繼續上他的課，我想他克制了發火，代表是善意的、可諒解的，於是就悄悄找到一個空位坐下，聆聽大師的演講。

一個成功的企業家也絕對是一個出色的演講家，這句話一點沒錯，不同的是方總還是一個「表演藝術家」，在課堂上他經常舉例論證，用自己來模仿某人某事的形體動作，他那肥胖的身體加上形體動作異常可愛，跟他平時的形象真是天差地別，所以我們經常開懷大笑，但碰到氣氛嚴肅時我們則偷偷的笑，為了不讓他發現，我和隔壁的雄假裝苦著個臉，實在不行就用資料冊子把臉蓋住，唉，那種強掩住歡笑的感覺實在是太痛苦了！

2007.9.12

商業？藝術？

前日晚餐過後便趁閒和雄去看R的髮型店，據說今天開業了，想是已裝修完畢。我對R的品味絕對敬仰，相信R+RGF+MAC三人的共同設計，店的裝修品味肯定非同一般，到了現場，果然名不虛傳，不由想到，其實髮型設計師

和室內設計師美感方面還是有些氣息相通的。

　　要的是在城市中心，高檔寫字樓內；要的是門口500平米的小廣場，可在夕陽下靠在小廣場椅子上喝一杯自己煮的咖啡；要的是鬧中取靜，所以選擇燈火闌珊小巷深處。這不像髮型店，像是咖啡館或酒吧；這不像是商業，更像是享受生活，和自己愛的人做自己愛的工作！1+1=2=愛，所以玩得起！

　　說實話我玩不起，自己也沒到這個境界，我一直給自己定位要綜合發展，所以很難會走這樣的路，先向錢看齊，等有了足夠的錢，想怎麼玩就怎麼玩，希望這一天早點到來，純粹把髮型設計師當成愛好，而不是謀生的工作！

　　這是個商業社會，其實就是資本主義，只是我們的黨要面子說是中國特色的社會主義。祝福R，祝生意興隆，過幸福的生活，圓自己的夢！

2007.9.14

謝謝你 ....

　　當前台告訴我有快遞時，我的心是沉重的，我想到肯定是你。謝謝你的CD，又聽到熟悉的旋律，我能想像你大老遠跑去新華書店找這三張CD，尤其那張James Blunt，好像很難買到。我的心之所以沉重，是因為又讓你費心思了，很不好意思，真的，這讓我對你非常愧疚。

　　如你所說，時間真的過得很快，8個月了，我感覺好像就在昨天，因為那時間是快樂的。你很好我一直知道，但在感情生活中不要對人太好，那樣會讓人養成依賴，變成習慣，最後變成理所當然，對你沒有絲毫感恩的心。

　　我是個犯賤的人，不甘於平淡；我會變的，或許明天就會有新的想法；或許以後我會後悔，會懷念曾經的美好。給我一面鏡子照照自己，我是如此渺小，卻還要求別人，我想不明白，因為我的想像力太豐富了。通常晚上我

都會做夢，白天則忙於圓夢，但不知哪日當真正圓夢那天，是否會如我所想的那麼快樂。

我把音樂關了，因為那樣會讓我想起你，我喜歡淡淡的感覺，但也不表示我不喜歡濃烈的感覺，我是個怪物，好像史瑞克，只不過他是長相，我是思想，誰知道我在想些什麼？我是善良的，經常會對受委屈的人產生憐憫之心，但一回頭，發現自己也經常是個被可憐的人。我不再低著頭走路了，我要平視前方，看得更遠。妳的禮物我收下了，因為我們還是朋友，最後傳上安妮的那一段話，記得是去年你留言給我的，它一直在我腦中，伴我走過一段很艱難的路程。

為了自己想過的生活，勇於放棄一些東西；若要自由就得犧牲安全，若要閒散就不能獲得別人眼中的成就，若要愉悅就無須計較別人給予的態度。

送給你，送給我，送給看到此文的朋友。

2007.9.15

非一般的感覺

今天終於剪了髮，準確地說是換了髮型，剪得很短，改變很大，連我都要不認識自己了，同事看了幾乎個個目瞪口呆，哈，要的就是這種感覺。其實在剪好5分鐘後我就已經適應了，不可以用好不好看來形容，相信大部分正常人都會認為以前好看。

兩年多了一直保持一個髮型，做為一個髮型師，就算是還好看也會審美疲勞。剪哪種髮型其實心中早有想法，只是未曾鼓起勇氣，在兩月前一次狠心改變，跑到傳說中比較好的某店，找最貴的設計師，呵，一是改變自己，二是向同行學習。

我不認識他，他不認識我，剪了一輩子頭髮，今天要做個正兒八經的客人，只是他建議還是原來的好，作為一個髮型師我深知這句話的含義，我確定自己的頭型是可以剪的，但今天狀態不好，加上沒底，既如此也就罷了，失望而歸。

因某人強烈建議，要我去家樂福對面小巷裡一家名為「咖啡工坊」的小咖啡店，老闆是留日歸來的男人，聽說非常有味道，哈，算是去看帥哥！本想約友人，但因臨時起義，有些不便，便一人前往圖個安靜。到了小店，還算不錯，只是有些擁擠，男人確實有些滄桑，有些味道。我本想坐在他對面看著他煮咖啡，可腳不聽話走到了裡面一角落，錯過了最佳視覺角度，呵，店裡的音樂很好聽，只是旁邊的人聊天聲音太大，當時真想一個巴掌過去，不過想想沒敢，呵，那真不是我的風格。

2007.9.18

忽然間有些累了！

人有時是需要被刺激的，那樣或許能發揮更多潛能，用某個名人的話來說，感激絆倒你的人，它讓你學會更好的行走；感激重傷你的人，它激發你成功的渴望；感激鞭打你的人，他讓你更加堅強！

我是農民的兒子，我也熱愛農民，我沒有很好的家境，沒讀過大學，我曾經渴望大學的校園時光；當然一切都不會重來，命運不會讓我重新選擇，但我可以改變我餘下來的生命，我在努力，我在學習，我在不斷反省自己；雖然現在不怎麼樣，未看到光芒，但我還在路上，我沒停下腳步，雖然慢了些，被一些人嘲笑，但我不在乎，也沒必要跟他爭執，因為我們的眼光不一樣。

利群集團有段廣告語做得很好，雖偶爾聽過，但我記憶深刻，說：人

生就像是一場旅行，不必在乎目的地，要在乎的是沿途的風景以及欣賞風景的心情！這只是我個人的一些生活態度，當然有些人看到會有些不屑，還說難道我們的生活都要經歷很多挫折與痛苦嗎？我當然不是這個意思，這個世界每個人在出生時就有些不平等，有些家境好，有些差些，差一些的人不能厭世自辱，要積極向上，享受路程上一點一點進步所帶來的快樂；家境好一些的人可以少吃點苦，在生活中快樂自在，但其實前者的快樂未必會比後者少，甚至可能更高些。

　　這就關乎到每個人心中的快樂需求程度了，記得以前曾聽過一個故事：一個剛參加工作的年輕人第一個月拿到1千元薪水，他開心的打電話給爸爸媽媽，說「爸，我終於掙錢了，可以給你買禮物了，好開心呀！」而在香港一個高端記者訪問我們中國電器連鎖老大國美老總黃光裕：「您對取得了今天如此大的成就感到快樂嗎？」他淡淡的說：「沒有，因為這跟我的目標沃爾瑪比還差距太大，美國的每個家庭中都有在沃爾瑪購買的產品，我希望有一天在全中國的每個家庭裡都有在國美所購買的電器。」

　　不知不覺說了這麼多話，忘了還有其他事情，對了，從明天起我大約有一周的沙宣技術進修課程，不用去上海，老師是公司直接花大價錢請來的，當然最後會均攤到我們頭上。不過這樣也好，下課後我還能回店裡做幾個老顧客，我很喜歡我的工作，把他們變漂亮的同時還能交上朋友，與他們見面是快樂的，為他們服務是愉快的！只是現在外界對這行還有些偏見，另外考慮到生活還有些商業因素存在，希望有一天做這事能不是為了生活，純屬興趣愛好！

2007.9.20

回故鄉

　　晚上10：40，爺爺家裡。我躺在床上靜靜發呆，窗外下著雨，雨水落地的聲音和遠處青蛙的叫聲遙相呼應，其間還傳來幾聲蟋蟀的叫喚。我能分得清，因為小時候經常抓，弄得很熟。魯迅書中提到的百草園童年樂趣，我也大多嘗試過。

　　順便記一下流水帳吧，昨晚下班後便趕去火車站，坐了夜10：30的火車，我準備了三部影片，以便打發車上的無聊時間，在跟朋友短信寒暄幾句，又胡思亂想寫了篇〈那年冬天〉後，列車員就說快到宣城站了，時間才凌晨1點，看來火車是提速了很多，不由得想起一個笑話中的農民感言：乖乖是快，扔張紙都能把鼻子打出血來！

　　下車後，直接打的去見一友人，湊巧一小學同學也在，算算也5、6年未見，光陰變遷，如今我們都變得更成熟，聊天中順便提起其他同學，得知大都已婚，個別幾個小孩都能叫我叔叔了。之後便到叔叔那裡過夜，半夜三更，幾幢幾單元我已弄不清，叔叔便把路燈開著做信號，路途千山萬水，此刻終於能安心休息了。

　　醒來時天已大亮，叔叔阿姨都是教師，叔叔職位稍大，是教導主任。他是新好男人，阿姨在檢考，中午她做飯給我吃。我和她女兒（我表妹）做助手，工作是剝花生米，我很樂意做這份工作，我們邊剝邊聊，得知她的理想是明年考浙大，阿姨為她花了不少心思，午後我在睡覺，聽阿姨在檢查她的英語背誦，真心祝願她能夢想成真！

　　爺爺有四個孩子，兩兒兩女，孫子輩幾乎都女孩，就我一男孩，從小爺爺就對我寄予厚望，可讓他們失望了。所幸老天有眼，幾個女孩子讀書都很爭氣，兩個大點的讀高中，一個一中，一個二中，兩個小的讀初中，在學校裡一個第一，一個第二；看她們這麼爭氣，我這做哥哥的心裡美滋滋的。

在叔叔家打了個電話給爺爺：

爺：喂

我：喂

爺：你是哪個啊，飛飛？

我：我是亮亮。

爺：噢，是亮亮啊，你在杭州還好吧！

我：沒，我在宣城。

爺：啊，你在宣城啊，那到我這兒來玩呀！

我：嗯，好，下午就來。

爺：好，我這裡隔壁小房間有床，你晚上就在我這睡吧！

我：好的。

爺：好。

我開心死了！

2007.9.26

從「神采飛揚」到「老陽光」

今天媽吩咐我帶兩個表弟出去玩，他們難得暑假來杭，父親車沒用，我便打算開車帶他們出去，好久沒開，手腳有些生疏，倒車時心裡沒底，慌慌的，我想過一會兒會好的，天氣很熱，我精神卻高度集中，因不想成為傳說中的「馬路殺手」。

一大鬼帶兩小鬼能去哪呢？我把他們帶到西城廣場的「神采飛揚」打遊戲機，這玩意兒我喜歡，相信他們也一樣，從籃球到狙擊手到賽車到大地震

到……，玩得大汗淋漓，最後換得價值還可以的戰利品，實在開心，出來時才發現城西的天空剛剛下過一場暴風雨。

俗話說，到杭州沒看西湖等於沒來，第二站自然是西湖。空氣中少了悶熱，心情也很放鬆，就是有些累，路上竟有了睡意，趕忙把音樂調大聲點。到了西湖邊，轉來轉去免費車位都停滿了，有的是10元1小時的車位，我可不願把錢燒在這種地方，最後停在一朋友店門口。終於下了車，歎了口氣，唉，還是我那小毛驢好，想停哪就停哪，還能從蘇堤斷橋過，繞著西湖打圈圈，非常實用，不過在如今這商業氣息濃厚的名利社會，小毛驢太不上檔次了，跟現代化繁華大都市的形象很不協調，又不能給政府帶來高額的稅費，我看最終可能會被取締掉的。

今天算是走完了整條武林路，看到很多變化，給了我很多啟發，看來我是應該經常出來逛逛，天天呆屋子裡，思維空間也變小了，其實就這麼近的一段路，我卻沒好好走過，給自己的理由是太忙了，忙得連身邊美好的東西都沒發現，我雖想得遠，但畢竟是虛的，那是未來，不要如阿麥所說「活在虛幻中」，我很忌諱他這句話，他刺痛了我，不落痕跡。

晚上帶兩小鬼逛武林路時想起「陽光米線」，於是晚飯就在這解決了。其實我對「老陽光」是有些感情的，記得兩年前在老榮榮上班時經常忙得來不及吃飯，最後都是叫助理幫我去買「陽光米線」，那時只要6塊錢，現在都漲到10塊了；我很喜歡他家的湯，濃濃的高湯看上去就很有營養，且味道相當美，我不喜歡加辣醬，雖然我喜歡辣，但我怕把湯的味道變了。

我在老榮榮工作了3年多，要離開時多少有些傷感，近年我休息時經常會去老陽光吃碗米線，每次我都找臨窗的位子坐下，這樣吃米線時可以看看我昔日工作的地方，有時還會打個電話給阿豪，看著他從口袋拿出手機接聽我電話，在一起上班時我們是最好的哥兒們，經常在這裡談工作談理想。

如今榮榮還是榮榮，老陽光也依然是老陽光，但我們都變了。我換了工

作，也經歷了很多挫折與快樂。老陽光從1樓搬到2樓，今年又搬到3樓，價格也隨著樓層變高；榮榮也裝修過了，裡面的員工大多不認識，人氣也清淡了很多……

2007.9.30

失眠了，看大師們表演

　　晚上下班後為了撫慰勞累的心，去看場電影吧！〈導火線〉主角是我喜歡的甄子丹，找不到女伴，便給同事3號髮型師做思想工作，還好興趣相投，一拍即合，兩人騎著小毛驢慢悠悠地向奧斯卡電影院駛去，半價日人多，只買到最晚場的，要等了，找了位子兩人坐下，X的，旁邊坐的都是情侶，就我倆是公仔一對，為了怕別人誤解成「同志」，我刻意與他拉開距離，呵。終於等到放映時間了，我拉著「親愛的」3號，跟著那幫情侶進去了。

　　上午收到文發來的訊息，說是明天店開張了，明晚去聚餐慶祝，我滿開心的，因為又可以跟很多朋友聚會了，打電話給汪要他去幫大夥團購花籃，明早送去，祝文生意興隆！

　　剛又接到電話，挺的店已裝修好，明天算是老店新開，今晚幾個好友聚一下，曾一度重色輕友的他性格變了點，去吧，讓他多燒點錢！

　　這幾天一直沒睡好，每晚只睡6小時左右，一到午後空閒時刻人就犯睏，但店裡規定不能睡覺，我便強忍著，冷水沖臉一遍又一遍，就差洗冷水澡了。年紀大了，不比青春年少時，真的要注意睡眠了，看著鏡中疲憊的人，這還是我嗎？

　　前晚1點多便有睡意，沖個澡後躺在床上卻分外清醒，眼睛閉上，大腦裡卻像在放電影，盡是過去的一幕幕及生活中的遐想，我想我是失眠了！這個詞

對我來說很新鮮，以前都是倒床就睡的，記憶裡最後看時間是三點半吧。

讓我感動流淚的橡皮擦

　　清晨被媽吵醒，便再也睡不著，看看時間5點，躺在床上翻來覆去，難受，便起床打開電腦。無聊就看片子吧，打開資料夾，找到〈我腦中的橡皮擦〉，就看它吧，去年下載的電影，才看了一半，感覺劇情很平淡，今天算是完成任務，沒想到看了後……

　　當初下載這部電影是因為去年曾在電影院看過〈雛菊〉，那時是奔著全智賢去的，結果後來喜歡上這個「殺手」，那猶豫的眼神及背後對「全」的愛戀，我非常喜歡他，即便他是個殺手，呵。之後便在網上尋找他的電影，找到這部〈我腦中的橡皮擦〉，說實話，看了一半還不知道這電影為什麼叫這名，直到剛剛才在淚水中覺悟。

　　我個人理解的劇情大致是這樣：哲洙（鄭宇成）和秀珍（孫藝珍）經常在便利店買可樂相遇，後來兩人相戀了。哲洙是個木匠，他知道自己與秀真身份懸殊，所以不敢輕易表白，秀真向哲洙求婚。婚後生活甜蜜，可不久秀珍發現自己經常會忘記回家的路，到醫院檢查是得了阿茲海默症，記憶會慢慢失去。一天秀珍拉著哲洙的手說：親愛的，我感覺腦中有塊橡皮擦……

　　秀珍難以想像會慢慢忘記自己深愛的人，病情一天天加重，哲洙用心照顧她，並想盡一切辦法讓她恢復，他這麼用心的付出，秀珍卻把他叫成前男友的名字，哲洙痛心但仍加倍呵護。哲洙出門工作，秀珍在家裡看著牆上的結婚照片，短暫恢復了記憶，看著心愛的人為他在家裡貼滿幫助記憶的紙片，想著她剛才把哲洙叫成前男友的名字，秀珍非常悲痛，寫了封信給哲洙

就離開了家，因為她那麼愛哲洙，她害怕失去記憶後看到哲洙卻不認識他（我的淚水就是在哲洙看信時流的，不過哲洙比我流得更多），秀珍離開了他，杳無音訊，哲洙滿世界找，有一天終於找到了，此時秀珍的病情更加嚴重，哲洙帶她到他們最初認識的便利店，拿起一罐可樂，打開，遞給秀珍……我的淚水再次落下。

2007.10.8

思念是一種病

這個月實在太忙，沙宣的課程加起來三周，我都白天上課，晚上再回店裡上班賺錢，沒辦法，生活就是這樣，累並快樂著！有得有失，前天發現由於長時間練習拉髮片，指關節磨出老繭了。

其實沙宣課程我有些不想去，理由是之前學習過托尼・蓋的經典課程，內容其實大同小異，還有就是怕門派學多，混淆了，像武俠小說中說的走火入魔。但最後還是去了，一半是因為經理給我壓力，當然我也懂得調節心態，既來之則安之，之後真的入魔了，當然沒有走火。

如果說托尼・蓋教了我剪髮要嚴謹標準的話，沙宣則比托尼・蓋更精細；托尼・蓋像男人，沙宣像女人，它講究柔美的輪廓和線條。

今天上午結束最後一節課，我道別，老師在忙，感謝他們一個月不辭勞苦被我們煩，他們身上有種美德非常值得我學習，那就是謙虛，我想那是因為他們已經站得很高，看到了更高的山，不會那麼自以為是，不像有很多同行都認為自己是天下無敵。偉人說過：自傲過頭就是自取滅亡！

2007.10.10

偶遇

下班路過文二西路新開的「真功夫」，肚子餓了，去捧個場吧。點好餐正準備坐下的一剎那，看到一個熟悉的身影對著我看，露出一絲善意的笑容，我在腦中打開百度飛快搜索……搜到，於是說：「噢，你好！」便開始一陣簡單的友好寒暄。

沒記錯的話有6年了吧，他那時在武林路上開髮型店，我在他那裡做美髮助理，給我月薪500左右，2個月後還是把我辭退了，不知是因為我那時太能吃，還是確實沒用，呵。那時我的牌號13，一些比較老的助理都叫我13點，我那時認了，因為我想總有一天我這個13點會超越你！

他現在改行開服裝店，我想那是順著他老婆了，那時他女兒還抱在懷裡，如今都上學了，那時他像個黑道老大，氣勢洶洶，如今溫和得像個紳士；微笑道別後，看著他們一家人相伴出門，我想這就是我未來想要的幸福家庭生活吧！

這幾天回家路上聽著音樂老是想我十年後該是過什麼樣的生活，呵，好玩，或許那時我會有個自己的孩子，事業嘛，應該是有成囉！

十年之前，我不認識你，你不屬於我……，十年之後，我們是朋友，還可以問候……

2007.10.12

兩個老顧客

有些睏，但若不寫下我怕會忘掉一些。

天氣熱了，晚上回來時風吹亂了頭髮，頭髮是該剪了。昨晚喝了半夜

的啤酒，和一個一起長大的好朋友聊聊小時候的事，相互吐出內心深處的弱點。更多時候我不是為了喝酒而喝酒，而是需要一種氛圍來和朋友無所顧忌的暢談，這才是我喜歡的感覺，這是你在清醒時難以表達的。

忙，這是我這些天最大的感觸。我曾對韓可忙著賺錢很不屑，我經常告訴他，錢賺不完，飯要準時吃，身體是革命的本錢，到了下班時間就不要加班，有客人要委婉的讓她們明天再過來。

我是如此清醒如此理智，我的生活相對他來說也確實閒逸些，薪水也比他少。我會在午休時看看雜誌，在空閒時跟朋友打電話，或是打電話給前兩天做過頭髮的客人，問他們是否會打理，或者用PDA連接WIFI，到天涯論壇去逛一會兒……

自從花了錢和大量時間去沙宣學習後，我發現自己好窮，於是開始多爭取一些上班時間賺錢，以前從不在休息日做頭的我，也會要求自己去一次了。我變了，為了生活。

這些天忙，沒時間看書，沒時間跟朋友打電話拉家常，沒時間逛天涯論壇，甚至吃飯時還要加快速度。我這麼忙，但下班時發現我做事是如此沒效率，要改正，立刻！ 我逐漸變得像韓可，雖然我曾經那麼不屑他，但我發現自己走了很多他走過的路，繞了一大圈結果還是回來了。感覺自己變得貪婪，今天心情有些不好，因為發現了自己貪婪，我的能力還是那麼弱，感覺自己有些膨脹，得冷靜一下。

晚上做了兩個客人，後面還有客人在等我，且等了很長時間，在做後兩個客人時服務有些不周，鬧得她們不開心，我好內疚，感覺自己裡外不是人，我太貪婪，為什麼不把後面的客人轉介紹給其他髮型師，為什麼不對他們更用點心，我只有一雙手，要勇於放棄一些，因為那本不是你現有能力能及的，不要勉強，用心做好現在的，那樣會更踏實。

2007.10.14

談情

前些日子跟楊兄打了會兒桌球，之後便一發不可收拾，每晚都會拉上同事去隔壁的「爵仕堡」，搞得我好像是來這裡上班似的。想想小時候是多麼愛好啊，只是技術不見長進而已。

本以為我會很熱情，沒想到這麼快便有了睡意，不知是因為確實累了還是肚子空空如也，昨天跟楊兄吃飯時他偶爾一句話刺激了我的神經，他說：「你該換點台詞了，讓我有些新鮮感吧！」哈，不知我是真在笑，還是掩飾自己內心的尷尬。難道我真的山窮水盡了？呵，透明人吧，我是個很善於表露心聲的人，我的理由是舒服，不喜歡放在肚子裡藏著，所以我曾告訴一些朋友不要把秘密告訴我，因我不善於守密。

他，好兄弟，給了我很多快樂，比我樂觀，比我會說，一般我是唱主角，用亂七八糟的道理加上酸甜苦辣的閱歷感染別人，但這一刻宣告結束，他會在你最動情演說時忽然打斷你，然後拐個彎來個無厘頭的搞笑版，就是這樣性格的一個人，絕不跟我的深沉話題妥協。OK，很成功，我認輸了，被他影響想不快樂都不行。

我喜歡友情，它沒有很多負擔，或許有人說我沒責任心，我想那是錯的。愛情是個很自私的東西，它變成你的我的，不像友情可以是你們的我們的，寬容的，大度的，不拘小節的，更好是無拘無所的，那樣可以玩得更放鬆，更灑脫，幹嘛讓自己活得那麼累！

曾有女孩子約過我，我打心裡感激她，感激她如此看得起我，但我還是沒去，倒不是因為覺得自己出身卑微之類，只因為我知她有愛的成分，而我只想要友誼，那我就不能害了別人，也讓自己玩得放不開，所以我希望純粹以友情為出發去玩。 我曾經不是這樣想的，最近變了，變得不想談愛情了！因為我累了，感到自己還不成熟。曾經一度那麼認真，幾個月後就變得平淡

如水，難道我的人生就這樣，我經常這樣問自己，後來決定了，不，絕對不能，我感覺我傷害了一個人。我們曾試圖追求完美，最後發現這個世界根本沒有完美，最多是有完美這個詞語，它給予這些追求完美的人痛苦。

昨天下午收到一條短信，沒回，其實應該回的，但是我偏不，因為我怕影響我接下來半天的生活，既然出來玩就全心投入吧。還有個不回的理由是因為我前半個月曾向友人索取過她的號碼，得到的答案是：不。OK，我們都嘗試下「不」的滋味吧！

有些人，有些事，未必是我們想像的那樣，發揮我們的想像力吧！據說王家衛拍電影是不用劇本的，完全憑空想像，我看〈2046〉就很像，故事亂七八糟不連接，相比之下我還是喜歡〈花樣年華〉，那種沒說出一個「愛」字的愛情，那種相敬如賓具有中國傳統特色的含蓄的地下情……哈，不說了，腦子壞了！

2007.10.15

和父母在一起的日子

顯然我又被吵醒了，第一次是被外面的修路工人，我關上了窗戶；第二次是父親與朋友嘈雜的談話聲，把門關上，我不想讓他們閉嘴，出於對他們的尊重。翻來覆去，算了，起床吧，一股腦兒爬起，打開那台老「山水」，放了那張前兩天在路邊攤廉價買的國外原版CD，專輯名為〈Linda's Mercantile Store〉，我聽不懂在唱什麼，喜歡它的旋律，是我近期比較喜歡的鄉村音樂，那麼隨意，卻又讓人回味。有空的話真應該去補一下自己的英語了。

我就是這麼簡單，買到幾張喜歡且廉價的CD，就讓自己心情愉悅；聽幾首喜歡的音樂，就足已讓心情徹底放鬆。

　　父母開一小店維持生計，請了幾個幫工，所租房陰暗狹小生活很不便，我也租屋住，雖不豪華，但可謂乾淨寬敞，陽光普照；偶爾到父母住處，心情就陰沉了。想著改善父母和幫工的居住條件，最經濟的做法是共同合租大套，那樣也有家的感覺。想法是經過深思熟慮的，畢竟我覺得自己犧牲了好多，沒有個人空間，不能再像以前那麼自由，為了扮個乖兒子，只能帶男孩子回家了，呵。好處也是有的，至少4個月來我沒洗過衣服，反正往桶裡一扔就好了。媽勤快得不行，有時會把我沒扔到桶裡的衣服也洗了，這我就生氣了，並嚴重警告，從這4個多月的經歷來看，牛仔褲沒以前耐穿了，我感覺媽在給我洗衣服時是能給她帶來愉悅心情的。

　　偶爾也會有「陰天」的時候，一些在我看來過多無意義的關心。早上我還在夢鄉時媽在我耳邊訴說店裡及家裡的瑣事，讓我心煩不已，我好睏但又不好發脾氣，只能在半夢半醒中徘徊；父親和友人大聲談話一周至少一次把我吵醒，另外還有十天一次逼得我去調解的「家吵」。其實父母應該是感到幸福的，作為外地人的我們，至少一家人每天都能在這個「人間天堂」團聚。

2007.10.16

自由的呼吸

　　文二路開始整改了，一棵棵梧桐樹將在這個深夜結束生命，工人們個個像殺手，先把它們的肢幹砍掉，再把它們連根挖起，它們在這條路上已經生存了很多年，在炎炎夏日默默為路人遮住陽光，如今它阻礙了交通的發展，於是人類便把它們都滅了，樹葉落了一地，好像是它們哭泣的眼淚。

　　紅燈亮了，後面馬上跟上來一排小汽車，各種品牌，但好像沒中國的，我想起了T那輛現代越野車，說是他買的，硬要我坐到車裡聊天，雖然我知道

不是他買的，但還是給他面子，滿足他的虛榮心，沒鄙視他，因為我有時也會有虛榮心。

我又想起前夜我們兄弟仨的那頓夜宵，唉，你們幹嘛都帶女朋友，吃飯時位子又都是雙人坐，點火鍋也是鴛鴦鍋，我當了一夜的小丑，呵，我是那麼實在，末了還問一句：我這樣發揮還可以吧！

變了變了，T明年要結婚了，HK的工作也走上一定的高度，只剩下我，高不成低不就，此時他們應該有更多的共同語言，因為他們喜歡站在高處說話，更在乎別人的看法，而我喜歡站在低處，我沒有自以為是，而是什麼都不是，哈！

昨天遇到一個老顧客，我很少會有像他這年紀的男性老顧客，他很特殊，因我說到萬科的老總王石，那是他很欣賞的一個成功人士，當然在我看來他也很成功，約50歲，事業有成，在別人還在想著去哪個國家玩的時候，他已經開始玩穿越沙漠無人區，玩攀登雪山高峰了，在人們爭先恐後買汽車時，他卻改成騎自行車和坐出租車了，非常有激情有活力，我曾向他討教當下路該如何走，他告訴我：要像瘋子一樣做自己喜歡的事業，不要怕輸。

不知不覺的，到家了。

2007.10.18

看明白了嗎？

今天和阿M在辦公室裡聊了會，他給我一些建議，當然是說我的缺點，他那非常不標準的普通話讓我聽起來很費力，所以我經常打斷他的話，說：「我剛沒聽懂，請再說一遍」。因為在一起工作生活久了，越來越瞭解對方，深知對方的弱處，很多時候有些同事會以金錢來判斷阿M，會否定他，每

個人的想法不一樣，選擇的生活方式也不一樣，沒什麼可比，通常M說話我都會仔細聆聽，畢竟他比我多活了18年，但無論怎麼聽，我還是我，他還是他。

人在很多時候思想是矛盾的，拿工作來說，年輕人應該選擇自己喜歡的工作及這個年齡段該玩的東西，不要太看重錢，於是我做了自己喜歡的工作，我也告訴自己要多學點東西，不要一心撲在賺錢，可每當晚上飛馳的汽車從我身邊飆過，我還是會有牢騷的。算了，還是先想辦法搞定房貸吧！

前幾天看到媒體報導今年的諾貝爾文學獎得主是個87歲的女作家，桃莉絲·萊辛。我書讀得少，沒看過她的書，不過她的身世背景我倒是看過一些，一個曾離婚兩次，受盡生命磨難的女人，她的作品以女權主義為基石，內容涵蓋了男女關係、政治、歷史，因為批判種族歧視，被當時的南非政府禁止入境，她的書一時成了禁書，歷史給她開了個天大的玩笑，沒想到今天成了南非舉國引以為榮的人！

2007.10.21

那一幕，模糊了雙眼

昨晚和同事們K歌到凌晨3點，二對搭一的陣容，他們給我點了〈單身情歌〉刺激我，還好我抵抗力強，安慰自己這樣我反而有男主角的感覺，呵。

早上習慣性9點醒來，我努力想睡著，可無濟於事，腦子裡老是想著回家鄉辦港澳通行證的事，而且還有點小興奮。起床打開電腦，漫不經心的網遊，其實我在猶豫，很明顯決心不夠，因為本來約好晚上9點和一個志同道合的朋友談一些事情。這樣爽約不好吧，況且要怎麼開口呢！

我開始在房間裡徘徊，望著窗外，霎時明白了什麼，打電話諮詢得知

12：50有車班，還早，下載音樂、電影，以備打發車上時間，其實可以早走，自己硬是尋找刺激到12點鐘才出發，結果到火車站已12：43，還有7分鐘，需要跑約1千米路程，途中還要排隊買票，天啊，我感覺自己不是在奔跑，而是在飛，人好多，我不斷敏捷的繞過行人，有人詫異地看著我，還以為我在見義勇為抓小偷呢！

還有4分鐘，看來是不能排隊買票了，跑到檢票處，氣喘吁吁的說明情況，好心的大姐立刻放行，我來不及感謝又飛奔而去，當跑到候車室突然想，完了，我還不知道坐哪班車呢！立刻問旁邊賣速食的大姐，又繼續「飛」到第二道檢票處，給那個大哥說明情況，又繼續任我行，急速飛下樓梯，還有1分鐘，忽然抬頭一看指示牌，完了，跑錯通道了！

天啊，我來不及惱火又往回飛，終於在12：51飛到了列車上，火車開始準備啟動，我這才想起我的手機時間比北京時間快2分鐘，太好了，擦了下臉上的汗珠，這次幫大忙了，好了，去補票吧，現在進入情感時間段。

剛登上火車，火車還沒開，在列車員的指導下我走到11號車廂去補票，人很多，我稍站片刻，聽到一女孩對著窗外叫一個男人的名字，又聽到一個女聲：「別叫了，他聽到又會哭了。」我忍不住頭偏過去看著那兩個女孩，又順著她們的眼神看到列車外的一個男人，列車緩緩移動，男人眼睛通紅，淚水漲滿眼眶，眼看就要落下來。他用惆悵的眼神張望著，我知道他在搜索他心愛的女人，渴望再看她一眼，哪怕就一眼……或許他到現在才發現原來自己是那麼深愛著她！

我很感動，也深有感觸，以至於忘了該回到我的位子去。算算也是4年前的故事了，愛情有時候真的很偉大，讓一個坐長途汽車會暈車的我第一次孤身坐了6小時汽車去看她，深夜到寧波時整個人已接近衰竭狀態，可她的出現又給了我力量重新站起來。

還記得離別時她送我進站，我像是那個車廂裡的女人在向窗外張望，

只是我沒有那麼好的控制力，早就淚流滿面。感謝她帶給我一段難忘的時光，感謝她在我身處困境時愛上我，我曾告訴自己一定要好好奮鬥娶她回家，只是我的步伐太慢了，況且我不是一個好男人，一個不能給幸福家庭的男人，離開我是對的，我從來沒怪妳，只是很心痛而已……一切都不會重來，一切也都將隨著時間慢慢淡去，記那一段愛情！

2007.11.28

一家之主

曾幾何時，我好像成了一家之主，其實我一直在逃避，那本是父親的事，可他確實不是那種有責任心的長輩，從他一次一次的表現來看。

在我的思維中，一家之主是代表一種對親人的責任，其實我想說的是，我壓力挺大也挺累的，母親言下之意是要我接管「頂鼎雞」，我很清楚自己不喜歡那樣的生活方式，因為去年我已嘗試過，雖然它能帶來可觀的收入。但人不單單是為了錢而活，我一直提醒自己做自己喜歡的事！

我認為如果跟妹妹商量好的話，我可以繼續做我的髮型工作，「頂鼎雞」還是可以持續經營，當然這樣我會更累一些，要佔用我本就少得可憐的下班時間，但我好像沒有其他路可以選擇。

店裡現在員工4人，如父親不在需再請1幫工，一周進3次貨，前幾次我可以帶妹妹去，以後她能獨立完成，小春和母親在食品的滷製方面技術肯定能跟上，只是工作量比較大，還有母親的情緒有時起落很大，其實我明白她完全把我當成一家之主，大小問題都問我，我有時有些煩躁忍不住發發小火。

當然我應該樂觀一點去看待這些事情，不管怎麼說這也是鍛煉自己，還有我相信妹妹、小春、母親，還有小黃，整體運作肯定會越來越順暢。

　　這個純屬突發事件，我挺擔心的，會不會影響我去香港。周二本打算去看我喜歡的〈光榮往事〉，周三〈投名狀〉上映也很想去看，周四小肉包生日，送什麼禮物好呢？

　　再回到前面，今年物價上漲，「頂鼎雞」原材料上漲，但零售價並未漲很多，因周邊同類商家競爭激烈，還有父親的經營模式簡單，所謂物美價廉跑量，所以利潤很薄，知道11月份原材料價格下跌才好一點，其實現在一天營業額也能做到3、4千，這也是他們為什麼死活不肯賣掉的原因，開了將近4年，是有點捨不得，尤其是母親，她好像習慣了工作，習慣了做老闆娘，滿足她一點點虛榮心，還有就是想給兒女賺點錢，雖然大多都被父親賭輸了。

　　其實我倒真沒把它當成很嚴重的一回事，不知道這是否叫做沒責任心，但我其實一直都這種心態，能給我是好，沒有也無所謂。不知道是否因為我抱有這樣的心態，父親才會出去把它賭輸掉，如果真是那樣的話，那我真該給父親壓力了。可我真做不到，其實我真不想想那麼多，我只想父母能夠好好的生活，少點爭吵，所以我挺痛恨那些賭博的。

　　俗話說婚姻是「七年之癢」，也就是說夫妻在若干年後會有個大的挫折，或好或壞，我想原因是生活可能變得平淡無味，日子少了些刺激的事，於是就大鬧一下，或許那是發現彼此真的不合適，又或者發現彼此的心還在一起，還可以天長地久。我認為夫妻生活還是有比較深奧的學問，像我的父親母親，從我記事起就一直爭吵，這當然跟他們的性格及文化教育有關。母親是如書中所敘述偉大的、純樸的、善良的、無私的人，我愛我的母親。

　　其實我在去年6月時曾想發展這個「頂鼎雞」連鎖店，當時雄心勃勃，曾試圖以知味觀連鎖為目標，只是後來失敗了。這個在上次快報記者採訪我時我說過，他們竟然把它做成標題登在報上，讓我無地自容，很多人都以為我改行了。

2007.12.11

2008

香港太平山頂有感

時間是2007年12月25日晚21：50，地點是太平山頂。

可以說是圓夢吧，早就想來這個山頂上吹吹海風，鳥瞰維多利亞港灣。山頂上風好大，有些鬱悶的是相機在拍了五張照片後宣告沒電了，早知道就再買塊電板。

風好大，有些冷，頭頂一會兒就有飛機飛過，偶爾還會有流星劃過，月亮很亮，不遠處還能聽到在維多利亞港上空巡邏的直升機螺旋槳轉動的聲音，那麼清晰，因為山頂相對這個喧鬧的城市來說太安靜了。

從觀景台向下看去，一股冷風吸上來，不免渾身哆嗦，真害怕大風一下子把我卷起墜下垂直距離約500米的山腰，真感歎港人的膽量，把觀景台造得像懸崖，生與死就在一瞬間。在比我們更高的山頂上還有很多高樓，這麼陡峭的山頂還造高樓豪宅，別說住，我看著都心慌，私家車繞著環山公路開到山頂上，現在我看到的這輛正在呈50度角往豪宅開，假如剎車失靈掉到山谷，恐怕就粉身碎骨了。

觀光廊上有兩個專給遊客拍夜景的女孩，一百元一張，生意繁忙，遊客來自各個國家，敬佩她們能說出流利的多國語言。香港人普遍英語說得比國語好。每個人都在拍照，都那麼開心，雖然我聽不懂他們在說什麼，但能聽出他們的笑聲，笑聲是沒有國界的。

寫到這，我不自覺的也笑了，先是微笑，接著就輕輕笑出聲來，我知道這是發自內心的笑，是想掩飾都掩飾不住的，真的很開心，謝謝香港，謝謝雄偉的象徵著頑強不屈的太平山。

2008.1.14

回首過去一年 ....

　　2008年到來，回首過去一年自己的收穫，單從錢的角度來說是不成功的，思想倒是成熟了很多，考慮問題基本會追本溯源，這是很大的進步。

　　前日，HK打電話給我談開店的事，讓我想起AT，其實我是打心裡佩服AT的，但要我向他那樣去做我也確實不願意。想想我們仨，就我最差了，AT經營著自己的店，今年就要結婚了；HK也步入事業上升期，以前我和HK晚上常蓋一床被子，如今卻被她女朋友霸佔了，呵！時間慢慢地過，人也慢慢地變，如果我們的思想還不改變的話，那就只能撞牆啦！

　　昨晚HK和我討論在九堡還是濱江買房的事，一開口就是上百萬，暈啊，我說你以後還要不要個人發展啊，可他就是一股勁，不過想想反正他要不到兩年也要結婚了，還有以他現在完全承受的按揭貸款，未來我就不知道了，反正感覺就是風險很大，猶如AT當初怎麼也想不到他旁邊現在會開一家很大規模的髮型店一樣。人到底該不該給自己留後路？我認為這是個頗受爭議的話題，為什麼呢？留吧，那是膽小的體現，武士道精神——最好的防守是攻擊；古人云，要成大事需自斷後路，戰場上的士兵要帶著一種「我就沒想活著回去」的士氣才能打勝仗。而留後路的理由呢？古人云，留得青山在，不怕沒柴燒。還有按照阿亮的思想，不要把自己逼得太累，留點閒錢，留點閒時間去享受；可抱著這種思想好像有種成不了大器的感覺。

　　人啊，活著挺累的，老是在想如何好好的活著，有的還想在別人心中如何光輝的活著，猶如HK跟我說浮水印城的綠化和環境是如何如何好，我說以你現在這樣的作息時間，哪有時間享受那份鳥語花香？

　　人啊，要好好的活著，健康的活著，做咱這行業的人，每天上班時間這麼長，都要注意自己的身體啊！

2008.1.23

樓上樓下，鄰里之間

今天8點就起來搞衛生了，收拾父母搬走後留下的爛攤子，整個白天我都是在這個屋子裡度過的，中午房東過來，主要是關於客廳漏了些水到樓下去，造成樓下住戶牆體有些變色，約1平米，仔細看還是能看出來。

房東是個言語不多的人，他在國企工作了很多年，思想上感覺不是讓我很費腦筋那種，對於這個漏水事件，我們都是受害者，13點我和房東一起進了樓下住戶的房間，關於賠償多少錢我們協商了半天都沒結果，中途還差點吵起來，2樓女住戶是個做生意的，一張利嘴，我們兩個男人很快敗下陣了，本以為上下鄰居幾百塊錢補償就得了，沒想到她要我們至少賠4、5千，我和房東差點吐出血來，心想是在詐騙啊！

房東聽後諷刺說到，「這我以後房子還敢裝修啊，萬一鋪電線搞衛生間要是漏了點下來，我不是要賠你好幾萬。」我們倆準備撤退回樓上協商一下，沒想到女住戶跑到樓梯口大聲叫罵，唉，有苦難言啊！

房東人其實滿善良的，我們倆在屋子裡想辦法，說是準備叫個室內裝修的來估下價，可那女住戶看架勢少賠了她肯定不善罷甘休，房間裡格外安靜，我們倆本不是很熟，現在共同面對樓下女住戶，變得團結起來，呵呵，為了不把氣氛搞得太緊張，我打開DVD播起了憨豆先生……

其實按照我裝修公司朋友跟我講的，我可以不用賠，因為這個漏水不是我人為故意的，是因為房屋本身的品質問題，所以房東應付全責，可看到如此善良的房東，我怎麼好意思說出口呢！希望事情早點解決，也希望我能少賠點錢，房東好運，我也好運！

今天是爸媽位於楊家門的頂鼎雞新店開張，媽中午打電話要我下午去幫忙，我生氣地告訴她，我正收拾你們的爛攤子呢！說好住一年，現在卻中途搬走，搞得我現在一個人住三室兩廳，背負高昂的房租，快把我搞垮了。

但晚上我還是去了，今天生意不錯，挺開心的。去有兩個目的，一是訴苦，一是蹭飯吃。

2008.2.25

回老家過年

原本計畫搭早8點的火車，卻因起不來床，9點多到火車站時只買到下午6點的火車票，其實汽車票並不緊張，只是我一如既往愛坐火車，主要是因為坐汽車會暈車。

因為雪災的緣故，很多民工兄弟沒回家過年，加上火車只售當日票，所以今年回杭車班並沒往年那麼擁擠，上車轉悠了兩節車廂，選了個比較滿意的位子坐下，隔壁是個小伙子，看上去滿實在的。我沒找旁邊有女孩的空位，因為害怕詢問時被拒絕，哈哈，還有孤男寡女挺不自在的，我只想讓自己在這三小時裡安靜休息一下就很滿足了。

一覺睡醒後火車已到湖洲站，我後面的後面座位有個男人用手機播著歌曲，我聽出來是王心凌的歌，應該是國產手機，聲音很大，都破音了，聽了讓我揪心的痛，真是委屈了王心凌。

好久沒在老家待這麼長時間了，整整六天，農村裡沒什麼娛樂活動，大多數人都在賭博，我沒那嗜好，便跟朋友們東逛西逛，曬曬太陽，天黑了去城裡泡個桑拿，偶爾去下KTV，前兩天被灌多了，醉得不省人事，把衣服也搞丟了，真是鬱悶。

這兩天醒來時有時覺得自己有些荒唐。這幾天，我感覺自己判若兩人，時而對自己很陌生，說話時一口純正的鄉音，偶爾會模仿他們帶幾句髒話調侃，還有玩樂的態度，會嘗試不同的酒，還會在摩托車上大聲喊叫，瘋了似的。

後來想想，可能因為回的是老家，我在這裡度過整個童年和少年時期，有太多太多美好回憶，還有從小一起長大的三個好兄弟，一起去河邊游泳，一起去放牛，一起去地裡偷蕃薯……，如今陳在宣城開了店，鮑在上海工作，而我在杭州，我們仨真正在一起也只有過年這幾天，所以我們彼此都挺珍惜，玩得也很瘋，因為我們都珍惜曾經的少年時光，瘋吧，這幾天無罪！

2008.3.5

大肚子的心情

幾乎每天晚上睡覺前都喜歡把肚子吃得飽飽的，剛洗澡時俯視了下肚皮，哇，這麼大，像懷了孩子似的，該好好反省了，是不是該少吃點，雖然中國有啤酒肚顯富貴的說法，但我從沒想過，我還是喜歡身輕如燕的感覺，呵。

人一胖感覺特別容易想睡覺，且睡覺時還容易打呼嚕，這是我的親身經歷，我表哥就是這樣，還有上次我給一個大胖先生剪頭髮，不出5分鐘就睡著了，更讓人驚奇的是他竟然還打起了呼嚕，天啊，我忍不住笑了出來，但還是不忍心把他叫醒，直到後來呼嚕吵到了旁邊的客人，我這才把他推醒，然後說：先生，我剪頭髮很舒服哦！

從過完年到現在，感覺自己一直都不順，從微小的手機問題到巨大的住房問題，還有其他各樣問題都若隱若現的困擾著我，還好我算堅強，能夠微笑面對，可能是因為自己成熟了，接下來的日子要更大的提高自己統籌安排的效率，這樣閒置時間就能多很多，那我又有時間可以做自己喜歡的事情了。

嗯，有睡意了，該去睡覺。躺在床上，摸了下自己的大肚子，自言自語道：小子，明天早上你一定要給我瘦下去！

2008.3.20

大灰狼的故事

中午12點，趴在床上不想起來，這幾天都睡得挺晚，昨晚下班後去好友HK那裡，因為他朋友不在家，我們倆便去洗足浴休閒一下，其實並非迷戀足浴，只是喜歡兩個人躺在那裡拉拉家常。

足浴過程中他提到男女之事，問我？我笑而不答，他繼續說道，我說你能把兩個足浴師當空氣嗎？他說能！我說佩服，你境界很好，可以當專業演員了，呵呵。

朋友Mao開店了，這幾天生意很好，HK告訴我他心裡很癢，但我知道這感覺很快會過去的，一是他現在收入已很高，出去了未必比現在好；二是合同還有兩年；三是他現在還欠70萬房貸，這種狀況他不適合再去冒險，而是需要穩定的工作及收入。

他是個自我風格很明顯的人，我是個思想極其複雜沒風格的人；他是個綜合知識懂得不多，但有能把個人業績做出比常人多出五倍的能力，我是個綜合知識都懂一點，可都不精，個人工作只比常人要好一點點，但跟他比還有很大差距的人；他是個非常大男子主義的人，我是個隨性，性格不男不女的人，呵呵。

我問他最近幾年的理想是什麼，他說要把以後的新房裝修得完美一點，他很喜歡那種家的感覺，我明白是漂累了。我近幾年的理想是什麼？他問我，我說：有自己的事業，工作時間降為9小時，剪髮是愛好而不是主要收入，學習並實踐一個好的經營系統，且是可複製的模式，還希望有時間和金錢滿世界去旅遊，並有精力去學習攝影。

哈，又在做夢了，但理想就是自己想像中美好的事情，不一定會實現，而我會一直朝這個方向努力，因為我知道自己沒有其他的路，真的到有一天身體和精力都不行了，故鄉有個四合院還有幾畝地，過過田園生活也何嘗不

是一種享受。

前天與幾個同事去吃夜宵，只有月月一個女孩，YX開玩笑說我們四人誰喝酒最多誰就送月月回家，其他幾人都說好，我自動棄權，他們笑我沒用，我笑著說，等你們都喝多了，不就剩我一人清醒，哈哈。

周禮從巴厘島歸來，來整理糟糕的頭髮，她給我看一路拍的美麗風景照片，我卻無厘頭地跟她說起大灰狼和小紅帽的故事……我是隻大灰狼，我是隻大灰狼，哎，那個誰呀誰，你念錯了，怎麼念成：我是一隻大色狼！呵呵。

2008.4.21

撫慰自己

下午跟搬運工一起把床搬到6樓，太用力了，肌肉拉傷，現在右手稍微用點力就很痛，估計要3、4天才能恢復。

是的，我又搬家了，使勁的折騰，可能真的是年輕力盛吧。晚上回到媽那邊暫住最後一晚，因昨夜未歸，今兒對我嘮嘮叨叨，大致意思是我在外鬼混了。我大聲回敬了她幾句，告訴她，我真的好累，不要再煩了，明天我就搬走了。

慶幸有人喜歡我，對我好，我心懷感激，不奢求她永遠喜歡我，永遠對我好，因為跟我在一起有一定的風險，從來不要求女孩拿我做賭注，因為不想給自己太大壓力，那樣我就會活得不開心，如果不開心，工作怎麼能做得好呢！

那是上帝賜給我的禮物，很開心我能夠擁有，有一天上帝可能會拿走，我不會生氣，因為那本就不屬於我。當然，親愛的，我不希望那一天到來！

2008.5.7

我一定得改

最近天黑得比較晚，感覺下班變早了，上個月工作不是很順，這個月一定要努力，否則會越來越自卑，那是件很可怕的事。這個周日打算去朋友那跟他們學習下，我覺得他們的一些優點恰恰是我的缺點，說實話，確實有點感覺挺沒面子的。但還是要去啊，我一定得改，這個社會競爭很激烈，總要不斷調整自己去適應，否則會越來越吃力，也會越來越壓抑。

那些天工作成績不大好，經理跟我說話很大聲，雖是無心，但我聽起來感覺是極度不爽，加上阿麥前天對我的一件事情小題大作，鬱悶啊，想想這打工真不是個日子。老子總有一天會翻身！後來想想，這以後順利的話做老闆了，可持續良好的發展了，那我這輩子就可能不再幫別人打工，想到這心裡一陣感觸：真要好好珍惜這打工的日子啊！哈哈。

說到這就該給自己潑冷水了，未來有很多變數，人要一顆紅心兩種準備，想成功的同時也要有失敗的打算，還要知道成功是慢慢積累來的，現在的所做所為決定了以後的成就，我現在連個成功的髮型師都談不上，還談什麼事業呢，好吧，從身邊小事做起吧！親愛的亮亮，一定不放棄，加油，加油，加油！

2008.5.12

思維漸變

今天是母親節，看到此文的朋友，祝我們的媽媽健康長壽，幸福快樂！

有時我在想，真正做到像HK那樣也不錯了，人外有人山外有山，朋友磊也做得很不錯，雖然他們都沒讀多少書，但他們的個人收入不亞於一個博士了，

還這麼年輕，磊是84年的，我本以為自己還好，但跟他們一比顯得黯然失色。不管一個人成就高低，對待生活的追求還是一樣的，就是過得快樂一些。

有很多同行朋友問我，為什麼周日休息啊，通常都是周日生意忙一些，這樣我要損失點收入。一般我都這樣回答：錢嘛，賺不光的！可說是這麼說，每月到了透支時想的還是錢多好啊，可以買這買那都不心疼，呵呵。

我想我是以前看那本時間管理類的書看「中毒」的，裡面的二八法則說提高業績的最佳方法不是延長工時，而是提高工作效率；80%的業績來自20%的核心時間運用。寫到這時我的朋友正在我對面幫客人剪髮，我在等他，於是繼續寫。

接下來我覺得自己得做一些小小調整，就是在客戶群的年齡跨度要放大一些，這樣可以適應公司裡的改革，且我的利益不會受到損害。但真正要做好還是挺難的，以前我訂的客戶群大致是18～35歲的女性，堅持做自己的風格，但我發現發展空間太窄，周圍的人老客數成長比我快多了，就因為他們不挑剔，這樣公司比較喜歡，咱打工的人現在必須順應潮流。

下午一個人在市區轉悠，在九百碗吃鐵板飯時太心急嘴唇燙了，後來吃飯時一直不知道是啥味道。感覺像是考察似的，還轉到了西湖銀泰店，沒喜歡的東西好買，像個阿三一樣在裡面兜了一圈，不過阿三是去感受冷氣，我是到此一遊。

2008.5.27

汶川地震牽動我們的心

前幾日緬甸風災有3萬多人遇難，我國政府捐助了約3千萬，然沒想到僅僅幾日，祖國四川省部分地區也出現了天災，地震最高達到7.8級，截至到現

在新華社消息已有7651人遇難，1萬餘人受傷，四川軍區已派軍隊馳援，有3架直升機參與營救，溫總理已乘專機前往災區慰問。

然而據論壇網友發帖討論，現如汶川、都江堰等重災區因地震造成路面大量損壞，官兵無法到達災區，心急如焚！而軍用直升機目前只有3架，所以救援行動還無法全面展開，我預測遇難人數還會增加很多，雖然這是我們不願看到的，但也無法回避。

現已看到很多大公司都各捐助百萬以上，如騰訊、家樂福等，各國也表示慰問關切，時刻準備援助，這包括前幾天跟我們國家人民鬧過架的法國，還有台灣，海外華人也都在密切關注。

猶如溫總理說2008年是極具挑戰的一年，有太多重要的大事。不過看到這麼多國家關注，這麼多企業無償援助，還有這麼多重情意的老百姓，災區的人民很快就能得到援助，政府很快就會幫助重建家園的。最後讓我們深深吸一口氣，沉重的為7651位遇難者默哀。

2008.6.20

「海」歸貧人

23～27號上海有日本宮村浩氣團隊的技術課程，有幸公司安排我去，宮村先生一直是我崇拜的偶像，這次雖不是他本人，是總店的店長建一，但我也知足了。

課程比我想的輕鬆，每天下午5點後便是自由時間，我跑了很多三年前去過的地方，在新天地同樣的位置拍了照片，只是跟以前比自己成熟了許多，原先的「逸飛之家」在他過世後換了主人，整個新天地建築是灰色調，很是懷舊，我只是個過客，走馬觀花，無心坐下細細品味一杯咖啡。

在這裡看到了自己喜歡的IT品牌，可都是中高端，短袖價格也要2千左右，算了，看看得了，我還沒富到那個程度。有人說我很像女人喜歡逛街，我想是的，連續4天每天約逛10公里的路，睡覺前雙腳酸痛才發現真的太過勞累，為了省錢住在浦東的朋友那邊，每天早上坐公車到上海科技館再轉地鐵到人民廣場站，再走10分鐘去上課，不亦樂乎。

2008.7.8

回老家，打開記憶的門！

打算周六晚22點下班後坐3小時火車回老家，這樣可以在老家多待上半天。剛把要帶的一些生活用品整理好，計畫待兩天，下周一坐半夜的火車回杭。

回去一是完成自己訂的規則，一年至少回老家兩次，看看爺爺奶奶外婆及一眾親人，還有好兄弟，二是因為8月下旬公司安排我去香港學習，回去把港澳通行證再補簽一次，很感謝方總給我這次機會。

爺爺上個月從鎮上搬回我家空的小宅院，他們花了很長時間把樓上樓下打掃乾淨整理好，這下回去終於有機會睡自己兒時的房間了，相信到時會有很多感觸！大姑的稻穀應該都收拾好了，他們挺辛苦的，但他們很快樂，前兩天打電話，大女兒考了個二本，小女兒考了宣城一中，叔叔家也很開心，他們女兒更爭氣，女兒考了個一本，被北京一大學錄取了。小姑的女兒因小姑突然逝去，對她有些影響了，原本成績學校前三的她這次考了宣城二中。

隨著歲月流逝，外婆臉上也佈滿了很深的皺紋，我能想她看到我時臉上皺紋一定都笑彎了，可在我心裡那是最美的臉龐。還有我逝去的奶奶，可憐的小姑，很想念你們，我回來看你們了！

2008.9.1

白色的梔子花

　　天濛濛亮就到了火車站，等了一會兒，坐上5點半的火車，火車開了，看看窗外，一輪紅日慢慢升起，遠處的農田和山被早晨的霧圍繞著，而霧隨著太陽升起慢慢散去。

　　太陽每天升起，這似乎再平常不過，但我剛看到時心裡還是充滿了喜悅和激動，是的，因為工作原因，好久沒看到日出了。

　　上海工作的一好兄弟因我的歸來也回來了，我們仨一起團聚，昨天我騎摩托帶他走在鄉間的小路上，剛下過一陣雨，他說家裡空氣真好。是啊，涼風吹得人很舒服，空氣中夾雜著淡淡的茶樹和青草味道。

　　我們曾年少輕狂，現在為了更好的生活大家都很努力，社會競爭很激烈，人與人之間的關係也變得複雜起來。我說，回來感受一下挺好的，那些純樸的鄉下人，這麼清新的空氣，似乎讓人忘了煩惱，忘了城市中忙碌的奔波。

　　家鄉的變化不大，年輕人大多出去打工，爺爺住在我們家裡還好，我看到他時他正和幾個年紀相仿的爺爺打麻將，老家因為長時間沒住人了，對面有間小屋牆面上長了很多野草。水井旁邊的梔子花樹長大了，在這個炎熱的夏季，它竟還盛開了一朵，白色的花很耀眼，很香，我想那是為歡迎我回來而盛開的吧！

2008.10.15

東東開店，鳥！

本來打算幫他發個帖的，呵，只是後來被版主警告了，然後就那麼和諧掉了，呵呵！其實我本人一直抱著平和的心態，他應該算是杭州最牛的髮型師了吧，（在我的地盤宣傳不要緊）他之前打工時年薪差不多近百萬，這個收入在杭州甚至全國的髮型師圈裡也沒有第二個了。

做髮型師習慣了第一，也很輕鬆得第一，沒什麼壓力，雖然高薪，但長久下來工作也失去了激情，自己創業的思想近兩年在心中燃燒，終於今年6月實現了。

我們認識也有些年了，也是看著自己與他的差距漸漸有天壤之別，呵呵！人啊，有些能力是與生俱來的，想學都學不來。前兩天去看他，聊了很多，也得知他初為老闆的辛酸，曾經的高姿態一下子面對如此多瑣事，心裡好不平衡，好大的落差啊！相信他會調整好的，生意會越來越興隆，就像我們曾說過：同樣是路，而這條路會寬很多很多。

2008.11.1

飛翔──香港之旅

凌晨2：20，到東站搭火車前往上海，這次是在上海浦東機場坐飛機過去，上午9：20的飛機，領隊要我們6點半之前到浦東機場，因此我的同伴就買了凌晨2：20的火車，我基本是沒有睡覺，首先是火車晚點了，等上了車又沒座位，找了好久終於在餐車廂裡休息了，看來這注定是一段不尋常的旅程。

4：30左右到了上海火車站，由於地鐵還沒開，我們只能打的去浦東機場，車資比我想的要便宜，還價後120元，因為知道路程很遙遠，司機直接

上了高速，那速度不能用奔馳來形容，感覺是在飛翔，是我長這麼大以來坐過最快的車了，我慌忙地繫上安全帶，後面的同伴金說，「亮，你繫也沒用的」，呵呵。

大約半小時後就看到了具標誌性的建築浦東機場了，很氣派。記得這好像是世界著名建築設計大師安德魯設計的，因此在接下來的等待過程中，我基本都在欣賞大師的作品。

約8點鐘，我們在候機大廳，這時天空下起了暴雨，機場很空曠，能看到很清晰的閃電劃破天空，天啊！這麼早就有暴雨，這樣飛機能飛嗎？果然一會兒廣播就通知了，飛機要晚點。全場的人都很無奈，焦急！約10：30雨停了，終於可以上飛機，這次坐的是東方航空，比上次坐的港龍的飛機大很多，運氣好，我排的是靠窗的位置，飛機慢慢在跑道滑行，走走停停，為什麼呢？我朝窗外一看，啊，只見前面跑道上有十幾架飛機在排隊等待起飛呢！

大約12點半飛機終於降落在香港機場，這邊天氣很好，出口處有個香港導遊在等我們，是個40多歲的大叔，接下來兩天由他為我們引導方向。首先是帶我們去吃中飯，一家位在尖沙咀的潮州飯店，在車開往飯店的路上大叔給我們講了香港本地的一些民俗，讓我感到很新鮮，這是上次來沒經歷過的。

那個什麼潮州菜，我有些吃不來，吃飯間隙每人都買了一張香港本地的手機卡，這樣方便多了，也不容易走丟，呵呵。接下來大叔帶我們去黃大仙廟、淺水灣、太平山頂，這些我上次去過，我提議我自己去自由活動，最後在大夥一陣沒有團隊精神的言語中平息，我還是坐上車，聽聽大叔講香港的民俗風情也好。

在解說中我得知了黃大仙的由來，還有李嘉誠的碼頭，香港的老機場，英國統治時的香港，大英國協管轄界線，鄧小平是怎樣在跟英國談判時把香

港拿回來，以及香港發生戰爭的可能性，他無所不通，呵呵，真厲害。

我們到黃大仙時，在裝修，有些殿是關閉著的，但人氣依然很旺，此情此景我這不信佛的人也虔誠的靜下心來燒香拜佛。

在開往淺水灣的路上，我聽大叔說那些大型建築的主人以及建築和風水的關係，他還說自己做為一個普通香港人的艱苦生活，每天要坐兩小時車來上班，再坐兩小時車回家，期間還要轉很多車，高昂的生活費，買得起車卻用不起，一是香港油價是內地的三倍，還有特殊的道路狹窄擁擠、停車難等等。說的也是，難怪我們去吃飯時載我們的大巴司機不能停車，只能在附近繞圈圈，直到我們吃完再繞回來，真是汗啊！

到了淺水灣，大叔建議我們去附近的小公園走走，滿沙灘的游泳者，我哪有心情去閒逛啊，管它呢，和一個同伴一起脫了衣服跳到大海裡，真是爽啊，海浪一波一波打過來，我沒反應過來，喝了一口，啊，真他X鹹！

接著大叔要帶我們去太平山頂，上次我是坐纜車上去，今天大巴直接開上去，還算新鮮，我認了。途中大巴每開到一個有名別墅，大叔都會指給我們看，有李嘉誠、關之琳、董建華的，還有成龍的影視公司，周潤發的房子，霍英東的傳奇故事，及那紮兩條小辮子老奶奶富豪的傳奇故事......

這麼小一塊地方，除了這麼多有名的億萬富豪，港人的拼搏精神也真值得敬佩！

2008.12.6

豔陽天

天空灰濛濛的，不知道是天快黑還是又要下雨了，或許我走出門外就能知道，但真的很懶，懶得邁出腳步，懶得用腦子去想這事兒。9月以來，

感覺自己確實挺忙碌的，但想想我又啥時候不忙碌呢！當然還有兩件考驗我能力的大事，是關於未來工作，於是我費勁的思考，問了身邊的同行前輩、晚輩、朋友、客人，魯迅有句話說「走的人多了，也便成了路」，我的感言是：「問的人多了，也便迷失了路」！

　　我想是因為在面對問題時有些不自信吧，然後就是怕失敗，心又有些不甘，思想在徘徊，想法和行動有些矛盾，成功的人會把這種現象稱為矛盾的藝術，可惜我不成功，呵呵。

　　昨天方總給我們上了一天課，主要是講銷售，但他是經營者/管理者，所以感覺是在給我們上經營管理銷售課，我是怕有些員工上完課會激發開店的思想，但這或許又是方總故意的，因為他畢竟是前輩，站在高處比我們看得遠，或許他用的是更高深的方法，讓你在他這裡根深蒂固，但我想不明白，所以就不想了。

　　其實從他身上還是能學到很多東西，最重要的是一種精神，從我來范范第一次跟他交往到現在，一直都有感受，就是越來越有力量，越來越不可妥協，這種精神就是：用自己全身所有的熱情、所有的力量、所有的潛能去完成使命！要做到這種超脫的狀態是很難的，力量也是很可怕的，在我印象中方總是從來沒有休息日的，每天只睡5、6個小時，這在80後的我們有幾人能做到。

　　天好像真的黑下來了，比灰色好看，或許人生應該這樣：要不就是豔陽天，要不就是黑夜，不要那麼灰濛濛的毫無生氣，這樣的人生我是絕對不要過的。

2008.12.8

10月1日升髮型總監

這是個偉大的日子，對我同樣是很有紀念價值的一天。從今天起我調到二樓VIP區，升為髮型總監，洗剪吹為80元。月底前所有看到此文的朋友前來設計髮型消費，報上19樓用戶名，本人可以為您打9折！歡迎光臨，謝謝！

我打電話給W，他還在睡覺，他的髮型店28日開張，我花籃都沒送，有點慚愧，他說生意滿好的，我介紹過去的髮型師他說技術還不錯，這我就欣慰了。上星期我去看過他的店，那時還沒全弄好，但整體感覺已經出來了，用他的話說，不走尋常路，古典的中國風裝飾風格。有些櫃子是在淘寶上從北京買來的，這年頭，淘寶實在是太強大了。他老早跟我說過要我去幫他店拍些照片，今天我有空就過去下，祝願他生意興隆！

2008.12.12

人到中年

我和HK站在三華元3幢13樓的電梯口，等他女朋友。他跟我說，其實他是個很怕孤單的人，所以每天下班都跟女朋友黏在一起，而我呢，恰恰相反，我還滿喜歡偶爾孤單的感覺，聽著舒緩的音樂，胡思亂想，進入虛幻狀態……

前兩天在咖啡教室發了個關於瀏海的帖，受到很多好評，還滿開心的，有很多網友問了我問題，因有些忙，到現在沒一一回答他們，不過我肯定是會回的。對面樓裡傳來一陣陣鋼琴聲，旋律還不錯，讓我這鄉下人躺在床上就能享受高雅的藝術，呵呵。

店裡韓國髮型師T從明天起辭職了，我看過他女朋友，是杭州人，據說考

慮到結婚這份上了，不過他年紀確實不小，好像是30了吧，像他這年紀考慮事情的角度跟我現在確實有很多不一樣。隨著年齡增長，我們也需要考慮現在這個年齡段必須考慮的事情，事業、家庭，等等，只是我們都拼了命似的想把青春期拉長，我能感覺鬍子越來越硬，到了扎手的地步，前幾年還是很軟的，這是我最直接能感觸到我向中年慢慢跨近了。

　　樂觀的態度是心靈必備的，這段時間有一同事做得挺不錯，而且很容易超越我。另外，還發現了一個同行在我擅長的領域與我旗鼓相當，以及一些後輩也都很用心，這對我有滿大的壓力，當然我應該告誡自己那句話：我們阻止不了對手的腳步，最好的辦法是「走得更快一些」！

　　我的目標很大，所以肚量必須放大一些，等站在山頂那天，一切的酸甜苦辣都將化成快樂的微笑。祝福自己，加油！

2008.12.15

思想派與行動派

　　世界真大，發展也真是快，在這競爭激烈資訊爆炸的時代，我們需要有對於未來的預知性，那樣更能沉著面對。在商業上我們的對手有很多，我曾一次一次的掌握先機，然而後來者居上，不能單從髮型師的角度去看問題，你得從整個行業的未來趨勢去分析，因我不甘於平淡，我知道我是為誰而生！

　　後來的做為離不開前期的積累，我有思想，但人家有行動，兩者之間都有「太瘋狂」和「未看穿」之說。一塊大蛋糕不可能一個人吃掉，這就是市場，但要儘量吃多一點。

　　思想派與行動派的區別，馬克思創建了社會主義思想，在後來被稱為偉大的思想，但在當時，很多人稱他為「空想主義家」，直到後來有蘇聯和中

國等革命領導人的肯定，才實現了他的思想。

IBM給它的第一款筆電取名為「Think Pad」，譯成中文是「會思考的本子」！把思想意識給予了筆電，我很喜歡這名字，因此我筆電買的就是Think Pad。在被聯想收購後，我看到Think Pad一句廣告語「幫助中小企業共同成長」，意指把思想轉化為行動。

有時候覺得自己懂得太少，有時候覺得身邊的同行發展得很快，有時會有種焦慮感，有時聽到有人說這個行業越來越難做，我想這可能是因為沒有跟上這個行業迅速發展的腳步。中國在世界的地位是最大的發展中國家，國家急發展，你又何能停歇不前，我們要持續不斷學習，還要學一點哲學、心理學，或是宗教信仰，讓我們有好的心態，在面對不斷的競爭時內心能真正快樂的學習！這真不是每個人能做到的。

當你對未來的理想有宏觀思考後，在以後面對如此多彎路時，這點小小的競爭就不算什麼，我是這樣安慰自己的，因為我經常想到我的宏偉目標，於是我便能沉得住氣，不願過多的去計較什麼。

30歲前需要做什麼？這是個值得思考的問題。不要因為今日的「膽怯」和「考慮完美」而換來40歲時的後悔，人生沒有第二次。如今的我在對待生活、工作還有感情上，已經不再需要顧忌什麼，喜歡就喜歡，想做就去做吧，無所謂別人對我的偏見，關鍵是自己內心要真正開心，我不是一個偉大的人，也不是十惡不赦的人，只是一個很普通的人，我樂意去追逐自己的快樂。

傳統的思想在作怪，我試著去推翻它，因為有傳統影響便不是自由思想，「改革開放」這一詞多少讓人激情澎湃，我在追求我的思想開放，但無需更多的奔放。我身邊有很多朋友創業，我曾幫助，曾觀望，曾羨慕，也看到很多結局，失敗多於成功，這是符和經濟學邏輯的，也符合著名的二八法則，成功的、有錢的，畢竟只有那少數的20%，有超過50%的人想擠進20%，於是便有了30%的過剩，人們拼了命的學習想擠進20%，因此即使進

到20%的人也不輕鬆，他們還是要不斷進步，人生就是不斷學習、超越，直到倒下的那一刻。

有時候也需要思考一下什麼是「人生」。幾年前我曾在一個會上說過，「人生就是人生命還在的時候」，那麼用一條橫線來比劃，生——死，從這條線上來看，人生就是從生到死的過程。我研究了下我現在所處的那個點，當我已知了那個終點站時，時間就顯得更加珍貴了，我還要浪費時間去計較那些瑣碎的恩恩怨怨嗎？我確實該走得更快一些，以技術提升為主導，再綜合全面發展，為2009年計畫鋪平道路，前方任重而道遠！

人的內心其實都在追求一種安全感，在面對新事物時可能都會有些擔憂，這種思想在我心裡一直徘徊，潛意識裡一直認為，假如我要去做一個什麼大事，那麼就會打斷現在的生活平衡，會很不快樂，想著想著就「望而卻步」。在接下來的日子，我要把它轉化為「想太多了」、「膽小鬼的想法」、「杞人憂天」。

太陽每天升起，每天都是新的開始，阿亮一定會堅定保持樂觀心態，來豐富自己餘下的人生。

2008.12.18

大家庭

媽前天打電話給我，說跟另一家滷味店老闆談好了，過幾天「頂鼎雞」就轉給他們，父親去了寧波，據說看了一個店面還不錯，媽說他們可能就遷往寧波了，後面緊跟了兩句：「亮亮，那你不是一個人在杭州了，怎麼辦，以後鞋子被子誰給你洗啊！你要好好的，照顧好自己。」幾句話說得我有些傷感，其實倒並非是為了洗鞋洗衣的事，而是一種親情的離別，相聚的距離

變得更遠了。

我跟父親話不多，說話也是討論正事，而且看待事情的觀念有很多不同，就像這次我很不情願他們把店轉掉，因為我希望他們穩定一些好。但父親和妹妹他們想轉，那我就不強求了，畢竟是他們經營的，我只是局外人，在這個領域他們比我要專業。

我很想跟媽說：你們就留在杭州吧！可我又怕父親和妹妹他們心裡不舒服，說我局限了他們的發展，萬一以後杭州發展不好怪起我，我就成罪人了。我現在確實也沒能力扛起這個家，否則就不用他們跑外地了。

妹妹也大了，應該會比我早結婚，現在她的要求和欲望越來越大，而我還沒看出她和她男朋友的獨立自主性，當然這也跟家庭教育有關，她受爸媽的影響比較深，不像我十幾歲就出來闖，受到不同的文化衝擊，思想觀念有些另類了。

「我的目標是很大很大的！」那個奧運開幕式跟姚明走在一塊的小旗手，面對央視主持人訪問他長大了想做什麼？小旗手是這麼回答的。我對他印象很深，因為他還是小英雄，在汶川大地震中救了好幾個同學，而同樣汶川地震中有個姓范的老師，卻丟下學生自己跑了.......

小孩子救人在我看來是人的一種本能吧，他還小，思想還很純潔。而大人們隨著成熟，隨著社會名利，慢慢改變了一些很好的本能，然後再找一百個理由來論證自己是對的。

我沒去過外國，最遠的地方就香港吧，第一次去香港時我經常向港人問路，他們大都非常耐心的為你指路，甚至會引導你一程；而在上海，我要去火車站，出錯了地鐵口，跟一個賣雨傘的問路，因沒買她傘，她隨便指了一下，害我繞了個圈，後來一個很熱情的小伙幫我帶路，結果去的是汽車站，最後他直說帶我坐上汽車他有5塊錢的提成。

在杭州，每當在十字路口偶爾聽到有人問路，我能理解他們的苦處，每

次不管有沒問我，我都很耐心的為他們指路。換來的有時是「謝謝」，有時是「噢」就走了，但我依然很快樂，因我感覺自己幫了一個人。還有一次遇到問我路的，「下沙怎麼走」，我告訴他們很遠，他們說太累、太餓了，要我給點零錢讓他買碗麵吃，我想出門在外不容易，就給了5塊錢，結果沒多久又碰到一個去瓜山的，緊接著後面又是向我討要零錢吃點東西……我壓住了怒火，說，「我覺得你還是打110吧，杭州員警很熱心的，那麼遠，讓他們送你一程！」

　　發展中國家或許就是這樣，尤其是在一些比較窮的地方，教育很落後，進社會後又被不好的人引導，於是就有了很多素質低下的人，我最厭惡這樣靠騙取人們同情心來牟利的人，因為那樣會敗壞整個社會風氣，讓更多真正需要幫助的人反而被冷落了。

2008.12.19

樓梯，老婆婆，還有那隻貓！

　　家住6樓，當初租房沒有所謂，每天上下樓梯當是鍛煉身體。晚上下班回家時在樓下有時會看到一男孩送一女孩回家，女孩上了樓梯，男孩依依不捨，我跟著上樓梯，男孩盯著我，眼神好像把我當情敵似的。

　　每天爬6層樓梯，為了省力和省時，我甚至計算一腳踏幾個階梯會比較快又省力，呵呵，生活就是這麼平淡，你得去平淡裡找點新鮮感。

　　經常早上上班下樓梯時，能看到一個老婆婆在1樓的樓梯角落餵一隻流浪貓，這讓我想起那個去年獲得諾貝爾文學獎的多麗斯‧萊辛，年紀和老婆婆相仿，她也很喜歡貓；老婆婆看上去很慈祥，我偶爾會把眼神停留在她們身上幾秒，然後微微一笑而過，我沒跟老婆婆說過話，不過也不知道該說些什麼。

　　那隻流浪貓，黃白色混搭的毛，就叫牠小花吧！上個月一個下著雨的晚上，天氣寒冷，我下班回來時聽到類似小孩哭的聲音，往那一看，車庫邊有兩隻貓，一隻是小花，還有一隻大白貓，牠倆虎視眈眈相互嚎叫。以前看過類似的影片，得知那不是在發情，是在爭奪領地。我輕輕開了鐵門，上了樓梯，叫聲持續了好幾個小時，第二天早上雨停了，我老樣子飛快的下了樓梯，在1樓的樓梯口依然看到小花在津津有味的吃著老婆婆餵給牠的食物，這次我的眼神停得更久一些，看清楚了，老婆婆餵的是專門買來的貓糧，小花警惕的看了我一眼，然後朝我仰頭長叫了一聲，瞄～，我知道昨晚一戰小花勝利了。

2008.12.20

賴床的思維

　　凌晨4點才睡覺，我把鬧鈴關閉，為的是睡個自然醒，一覺醒來，左右翻身，確定無睡意後拿來手機看了下時間，才9點半，暈倒，平時有鬧鈴都睡到11點才被鬧醒的。

　　我懶得起床，窗簾與牆壁之間有條縫隙，一縷陽光射進來，能想像今天的天氣肯定很好。要做的事情很多，得選擇性的做才行，桌上還有3本書躺在那裡，我20天前就對自己說要看完的。

　　躺在床上，慢慢地想，回憶我這些天曾忽略掉的一些事情。家裡面還算安靜，能聽到那小鐘「滴答」的聲音。我給幾個朋友發了短信，打了電話，也給媽媽打了電話，她跟爸回老家了，媽走之前我叫她來我這給她做個顏色，開始她不肯，說在小店里弄弄算了，我這裡太貴了。我說不要緊的，又不要你付錢；她說不好，怕給我帶來麻煩，最後在我的勸說下她還是來了。

　　記得去年我給她燙了大卷，沒幾天她就去小店裡重新燙了小卷，她說，

「亮亮，你燙的不卷」，我能理解，在她眼裡，只有燙得卷一點那才叫好看。

媽在平常生活中還是有點幽默感的，那種說笑話自己先笑的幽默感。她幾乎所有的不快樂都是我爸給的，他倆是剋星，嘗試過分開過日子，但不久還是一起，因為媽媽是很愛爸爸的，她不知道沒有爸爸的日子該怎麼過；而爸爸呢，這麼多年的感情，還有就是再找不到一個對他那麼貼心，跟他一起賺錢卻從不會花錢的女人了。

2008.12.21

男人真命苦

有些睏，但想睡之前必須得做點什麼。這幾天天冷了，媽很及時的給我換了厚的棉被，與床單的顏色一樣，滿床的紅玫瑰圖案，讓我一躺上床就沉浸在「花的海洋」中，按照媽的美感來說，漂亮，真是太漂亮了。按照我的美感來說，土，太土了，土得有點另類，呵呵！不過舒適倒還舒適，難得媽這麼一片好心，我也無心顧忌，便也安心樂意躺下入眠了。

我把「留在杭州」這個思想慢慢灌輸給媽，漸漸也影響了點父親，最終他們沒去寧波開店，而是在南星橋附近農貿市場轉了家滷味店，直到今天才基本全部搞定，這當中的過程可說是挫折萬千，謝天謝地，最後還是能原計劃進行，值得慶賀。

今天一早我就起來，一好兄弟買車缺幾萬塊現金，要我幫他想想辦法，我因每月房貸，加上新買筆電、手機等，也沒多少現金，但看在多年好兄弟且他以前幫過我的份上，竟然第一次去信用卡套現了兩萬再湊了些借給他，事後覺得自己有點鑽銀行空子的感覺，呵呵。

我站在門口，一陣風吹來，我沒有搖晃，看來我並非那麼單薄，不堪一

擊，我感覺自己像只殼子，空空的，被金錢掏空了，欠了一大筆債，還貌似輕鬆，這種狀態真乃「很好，很強大」！

　　周日我休息，有客人要我去剪髮，我沒去，店裡開周會我忘記了也沒去，一朋友叫我去「爵士堡」打桌球，我倒是很給面子，晚飯還沒時間吃，隨便買個漢堡就趕去了。關於打桌球，我想等我空點得叫個教練指導一下，因為我感覺好長時間桌球技術都沒提高了。

　　最近聽很多人說起一個叫「潘曉婷」，打台球的，貌似很紅，上次在網頁新聞裡目光掃過幾秒鐘，打球打到日本去了，而且很漂亮，所以我就想了：難怪這麼紅！看來天下好色的男人真是太多啦，哈哈！

2008.12.22

相遇十年未見的老同學

　　那是幾個月前的事了，看到朋友在上一個叫「校內網」的網站，後來我也註冊了一個，隨後便忘記這件事。昨晚11點收到一封郵件，打開後提示「校內網」有人給我留言，便去看了下，於是故事發生了……

　　一個十年沒見的老同學，湯再平，我初中三年的同學，是班裡的班長。他給我留言了他的手機號碼，我非常激動，馬上打了過去。接電話時他好激動，呵，彷彿一下回到了10年前。

　　時間過得真是快，我倆聊了1個多小時，回憶以前的讀書時光，其他同學們的變化，誰和誰陰差陽錯的結婚了，誰的小孩都叫我們「叔叔」了……還聊了如今的生活狀態及對未來的一些想法，他也給我提了些好建議，我們在對待很多事情的認知上還是滿有共同感的，尤其在對待事業的追求上。不過話說回來，他走得比我快多了。

　　他現在發展得滿好，在合肥自己開了公司，車啊房啊都搞定了，老婆也登記了，用他的話說是「踏入圍城」了，呵呵。我後來看了他個人創辦的網站，看了他的很多文章，發現他的英文水平和電子計算機程式設計這方面確實非常專業，文章裡所涉及的知識面特別廣，看得出他是閱歷豐富的人，我打心底佩服他，一個83年的男人，白手起家有現在這樣，真的很不錯了。我應該多學習他的創業精神，祝願他事業更上一層樓！

2008.12.23

2009

我的抉擇

人的一生要面對很多大大小小的選擇，每次的選擇都會產生不同的人生，小的是小不同，大的是大不同。每次做大抉擇時我都會猶豫再三，傷透腦筋，畢竟人生是短暫的，時光不能重來，要對自己負責。

在這裡上班有兩年多了，自己確實也滿努力，雖然做得不是最好，但也小有成績，上周老總約我去兩岸喝咖啡，說是跟我聊聊，我去了，聊到後來老總談到讓我入股的事情，我沒有表態，因為不好意思。

今晚10點，幾個骨幹與我一起去了總部，其實早有風聲是股份的事，他們都爽快的簽了合同，因為畢竟是百分百賺錢的，老總跟我聊了很多，也給予我權利可以入數目相當可觀的股份，我想了會兒還是放棄了。老總很生氣，後果很嚴重，我是這麼想的。

他感到很詫異，如此好的賺錢方式，根本沒想到我會拒絕。旁邊的J說我傻，我不知道，我真的拒絕了，就這樣了。屋內異常尷尬的氛圍在持續著，香菸的煙霧緩緩在空中彌漫，那一刻很安靜。出了門，我深深呼出一口氣，那一刻我不知道自己這麼做是對還是錯。

非常感謝老總給我的優待及重視，我雖沒有成為股東，但我依然會用心做事，力所能及的為店裡多出點力。老總是個很有遠見的人，是個好老闆，我想如果是打工的話，肯定就選擇這裡了。

每個人的思想及價值觀都有所不同，現在這個階段我感覺自己是害怕受到約束，我渴望自由，雖然有危險，但同樣也充滿了期待。今天的抉擇讓我繼續保持自己的思想，我會繼續努力，雖然有坎坷，但我會沉著面對，盡全力去克服。

再次謝謝老總，從您身上我學到了很多，最讓我佩服的是您對未來目標的強烈企圖心，那種力量真的無人能敵，讓我震撼。還要謝謝J和M，謝謝你

們豐富了我的美髮經驗和思想，對我的成長有很大幫助。

　　明天又是嶄新的一天，我依然會用心在這裡工作，偶爾上上網，生活就是那麼簡單，然而我很滿足，有時候簡單就是一種幸福，這就是我的抉擇。

2009.2.2

身體在革命

　　從年前開始身體一直出些毛病，先是腰痛，醫生說是腰肌勞損，指我站太多了，要注意休息，終於等來了過年長假，休息一段時間後腰確實好多了。回來上班的第二天我又感冒了，一直咳嗽，按慣例過兩天會自然好的，可兩天後依然如此，而且越咳越凶，去藥店買了點感冒藥，吃了還是不行，上周日被朋友叫去泡桑拿，在浴室裡竟然暈倒在地，靠著一點點意識叫了服務員把我扶到空氣好點的地方，當時那種感受真是可怕，感覺死亡一下子離自己好近，我給自己打氣，一定要堅持下去。隨後朋友過來陪我了，躺了約1個小時，身體慢慢恢復了些。

　　後來想想，一是本來身體不好，再加上周日確實有些忙。中午12點從家出發到潮王路的博爾外語去諮詢學英語的事；1點半嵐姐打電話給我，看出她有心事，跟她男人感情出問題了，跟她在星巴客聊到4點；之後逛了一會兒，5點去海潮路父母那邊，8點回到自己家，9點和朋友約好兩岸咖啡談事情，三人從9點一直聊到12點半，他們倒很客氣，執意送我回家，半路上一好朋友硬叫我去「在水一方」泡澡，想想自己感冒確實該泡個熱水澡，剛好又在邊上，就去了，在池子裡多泡了會兒，結果差點把命泡掉。這是我第一次有這種暈的感覺，以前一直認為自己身體很棒的，唉，歲月真是不饒人，身體啊，真是革命的本錢！

這兩天咳嗽基本上是兩分鐘一次，由於咳得太多，把頭都咳得有點暈乎乎的，搞得我現在很容易累，很早就想睡覺了。有時候覺得應該像國外那樣，讓我們這些普通人不用花很多錢就能請一個家庭醫生經常關注自己的身體健康。平時我們可能很忙，也不專業，有時候把身體搞壞了都不知道。唉，多賺錢吧！多學點本事多賺點錢，沒錢看病還看不起呢！

2009.2.10

關於護膚那回事兒

自09年以來，看著日益發黃的皮膚，保養皮膚的意識在我心裡漸漸萌芽。根據我看的《秘密》一書所說：當你越注意一件事，就會吸引越多與這件事相關的訊息。這就是書中常提到的「吸引力法則」，於是，我知道用了潔面乳後還要用一個爽膚水的東西，等乾了以後再用潤膚液；於是知道很多男人的護膚品牌；於是加了一個男人的QQ護膚群，哈，於是又發現了很多娘們的男人們，原來他們也愛「曬」化妝品，竟然還有男的談隔離霜和卸妝液，徹底暈倒。看來我這個農村長大的孩子還有太多的東西要學習。

青春痘這個東西偶爾長兩顆還可以，長多了那可就嚴重影響美觀了。我有個關係很好的女性朋友，前段時間長了半張臉的青春痘，我看了嚇一跳，歎道：老天賜給你第二次青春，卻帶來這麼多痘痘。還好她去中醫院治療，結果還真治好了，神奇，竟沒留下疤痕，看來還真是得相信醫學啊！

漸漸的我瞭解了隔離霜和粉底的區別，隔離霜有透明的還有增白的，發現女人適當化妝確實會變得更美，看上去更精神，我設計的髮型看上去也會更漂亮！

2009.2.17

過年回家

　　不知是哪個文人寫了一句：憶江南，最憶是杭州。19歲我就來到杭州，轉眼就是年十七了，過年回了趟老家，也該「憶」下了。

　　年廿九晚上十點半我踏上了回老家的火車，約3小時到達。經常有人說我這麼近幹嘛坐火車，我說就是喜歡坐火車的感覺，還有我確實有那麼點暈汽車。

　　大約凌晨1點下了火車，家鄉真是冷，我兩條腿凍得直哆嗦，趕快出站，找了個飯館吃了碗宣城的特產：老鴨湯泡鍋巴，真是香啊！吃飽喝足暖了身子就去叔叔那裡住下，打算睡一覺上午回鄉下。

　　在叔叔家吃過早飯後便坐上汽車，聽著熟悉的鄉音，真親切，到家時已是中午，可喜的是回家的路換上了水泥路，沒顛簸了，聽父親說他也出了兩千塊錢。

　　看到了爺爺奶奶，身體還是那麼棒。聽說爸媽大概下午也從杭州回來過年了，所以待會兒年夜飯還得等等他們。我很早就進社會，很多民俗風情我不懂，爸媽也不怎麼要求，好像連續5、6年我們一家沒團聚在一起過年，我每年要不在姑姑家，要不在爺爺家，要不在叔叔家過，在杭州時一般半個月我會去父母那邊蹭頓飯吃，呵呵。

　　年飯過後便馬不停蹄趕到從小一起長大的兄弟「便宜」家裡，他真名叫陳青山，有三個姐姐，生他這一胎是違法了，當時的政府罰了他老爸25塊錢，村裡人認為很便宜，於是就順口叫他「便宜」了，叫著叫著就習慣了。

　　農村裡其實沒什麼娛樂，大家也就賭博什麼的，由於父親賭博輸錢的陰影，我不大賭博，便吆喝朋友們下象棋，晚上8點和「便宜」倆人看春晚，眼睛一閉一睜，一天也就這麼過去了。

　　小姑在08年意外去世，我很悲傷難過，我小時和她在一起生活，她對我一直很好，大姑們問了我去給小姑上墳的事，按照農村風俗，天沒亮就要上

山的，也就是說5點就要起來，雖然有點累，但我還是堅持了，清晨我拉了兩個妹妹一同開車去10公里外的山上，為什麼要拉她們？因為農村沒路燈，靜悄悄黑漆漆一片，一個人確實有些怕。

正月初一下午，由於兄弟「笑」來訪，我們仨去了城裡過夜，一樣的桑拿，一樣的酒吧，喝得不省人事。正月初二去了外婆家，看到依然身體棒棒的外婆，看到兩年未見的表弟，天啊，他竟然脫髮了，歲月？遺傳？

正月初三，我們仨又是花天酒地過了一夜，其實我們想得很開，我們不賭錢，花了這麼些錢就當賭博輸掉，呵呵。

正月初四，因為確實過得有些亂七八糟，我打算回杭州自己靜靜，做些正經事。買了下午5點半的車票，然後去見最後一個老同學，就是我之前日誌裡說的十年未見的老同學──湯再平。

約好1點半，見面時相互來了個大擁抱，不變的是友情，只是我們的外貌都有了很大的變化。「小伙子變帥了很多嘛」，他說，我說，「你也是」，呵呵。看望了他的弟弟和他未來的老婆後，他開車載我一起去了城裡，找了家上島咖啡坐下聊天，從過去到現在，從友情到愛情，到工作，時間過得真快，一晃就快5點了，送別了他，並約好他們改日來杭州玩，我可能6月也去合肥跟他學習下。5點半到了，我踏上去杭州的火車，此趟回老家之行沒有遺憾。預計6月中旬再回老家一次：祭祖。

2009.2.19

憶

我小心翼翼的呵護著，生怕破壞了彼此的友誼。有時候感覺自己像個寄生蟲，既然寄生，那又何談尊嚴？

　　生活中，有時會遇到陌生的人，彼此互相幫助，感到非常溫暖。人與人之間都是從陌生開始的，這讓我想起了丁滿，本來說好周六我組織一下叫他去酒吧玩的，可我沒做到，剛剛打電話給他，他才下飛機，到廣州了，那裡是他的家鄉，他在杭州工作很久，最後還是離開了，離開前本打算在酒吧裡好好瘋一下，然而我沒有實現。

　　又想起了一個朋友，叫周文春，01年在美髮學校時是我同學，也是從廣州過來的，我們玩得很好，是他帶我去了人生中第一次酒吧喝酒，我喝得很醉，第二天便各奔東西了。那時候有BP機的，他聯繫過我，我也聯繫過他，後來BP機慢慢消失了，我們也失去了聯繫。我嘗試著去找過他，在四季青海潮路一帶，去過她姐姐的碟片店詢問，一直都沒消息。不知他現在是否還記得我。我還記得他，偶爾會想起他，但我們這輩子或許不會再相遇了，人生就是這樣，並非樣樣完美。

　　我還想起了丁曉平，我讀職高時的同學，我倆是同睡一張床的兄弟，然而現在我同樣失去了他的聯繫，很多次想過去找他，想知道他現在怎麼樣了，雖然我幫不了什麼，然而人生有很多殘缺，我依然沒有實現，有很多原因吧！

　　有的時候會突然想起他們，我希望他們過得很好，就這麼簡單。

　　在〈東邪西毒〉裡，張曼玉飾演的角色託黃藥師帶了壺「醉生夢死」的酒給歐陽鋒，據說喝了就可以忘掉以前所有的事情，每天都是新的開始。沒有了回憶便也沒有了痛苦，然而歐陽鋒沒喝！其實回憶痛苦也是一種生活方式。

　　張曼玉一直以為在愛情上她贏了歐陽鋒，直到她要死去的那一刻才發現自己輸了，其實黃藥師每年來看望一次歐陽鋒，不過是為了張曼玉想瞭解一下歐陽鋒的音訊，張曼玉死後黃藥師再也沒去看過歐陽鋒。其實張曼玉很希望黃藥師跟歐陽鋒見面時提起她在等他，只是她跟歐陽鋒一樣要面子，不願意表白，放在心裡希望黃藥師能明白，然而黃藥師最終沒跟歐陽鋒說，直到

張曼玉死去也沒說，他只跟歐陽鋒說了「有個女人要我送你一壺醉生夢死的酒，但今天我要與你一起分享」，其實黃藥師心裡也愛著張曼玉。

愛情是個很複雜的東西，在王家衛的電影裡更加撲溯迷離。我讀初中時一個人在家裡看過王家衛的〈花樣年華〉，很喜歡那個背景音樂和那個穿旗袍的張曼玉，兩個人相愛但又拋棄不了世俗的觀念，最終有緣無分，王家衛看透了愛情，愛情和人生一樣，同樣都有殘缺。

2009.5.13

耳鳴引發反思——寫給未來的自己！

在此嘮叨一下我的耳鳴，4天前從上海學習回來後便感冒了，今年以來身體一直都不好，我以為只是平常的感冒而已，周一有咳嗽，我發現聽力有一點受影響，有時會出現嗡嗡的聲音，我開始注重，下午1點半去了附近的省人民醫院。

先去了呼吸科看感冒咳嗽，醫生給我拍了肺部X光片，等待的空隙去看耳鼻喉科，當我說了耳朵的狀況時，醫生說我這個很嚴重，要我立即去檢測聽力，我被他說得心慌，馬上去交了90塊檢測費，之後兩個女孩來幫我做聽力檢測，過程中我感覺不是很專業，檢測完聽力醫生看報表說我是神經性突發耳鳴，要治療，我問大概要多少錢，他說差不多兩千塊，嚇我一跳，看來毛病不輕啊！我問如果是感冒引起的話感冒好了耳鳴會好嗎？他有些不舒服了。我與他溝通了幾分鐘，最後還是沒有治療。

回到店裡，我心裡開始有陰影，本來沒當回事，現在聽他這麼說心裡是慌了，萬一聾了怎麼辦，我還年輕啊！但我對那個醫生及他那兩個助手的確感覺不咋地。於是問了很多朋友，也上網查找資料：耳鳴是怎麼回事？怎

麼引起的？杭州哪家醫院看耳鳴比較好？根據網上的資料，引起耳鳴的原因很多，一般勞累過度會引起，感冒會引起，還有就是年紀大了也比較容易發生，中國約有3億多人犯過這個毛病，而關於如何根治耳鳴是個世界性難題，看到這句話時我有點慌了。

在百度貼吧上看到很多耳鳴患者報怨耳鳴如何影響了他們的生活，影響了他們的情緒，我發現這個事情挺重要的。早上9點起床後我去了解放路的浙二醫院，網上說這家醫院不錯，專家門診預約滿了，還好還有個名醫門診有個空檔，立即預約，貴就貴點唄，解除我的耳鳴才是最重要的。

等了兩個小時後，終於等到一個60多歲的老爺爺幫我看，他人挺好的，幫我左敲右敲後說這是感冒引起的，一般感冒好後會好的，他給我開了些中成藥協助早點恢復，我滿懷感激。

截至現在，偶爾感覺還是有點耳鳴，雖然很弱，但給我精神上帶來了滿大的負擔，願上帝保佑我早點康復，未來我還有好多事要去完成呢！我非常需要一個健康強壯的身體。

從明天開始調整一下生活方式，無特殊情況每天一律走路上下班；一周最少兩次健身房鍛煉；飲食上要注意營養均衡，要捨得吃；7月份回一趟家鄉。以上全部執行到位，身體健康的話8月份獎勵自己一次長途旅行。

一定要學會保持好的心態，面對困難絕不允許煩躁，相信自己一定可以康復，以後的日子一定要更加愛惜身體。

2009.6.17

既去之，則安之

其實這次去廈門很倉促，周一才定下來，周三晚就飛過去，我心裡有些

忐忑，看著外面這麼大的太陽，這麼熱，擔心自己去了廈門後只是待在旅店裡不願出門，呵呵。還好有伴，至少可以聊聊天，去那邊如果給自己定位散散心，那心情會樂很多，沒有期望則沒有失望。只怪現在訂機票太簡單了，網上滑鼠點點就可以了，而且即使你沒有錢，信用卡還可以透支。機票買好了，我還有點在夢遊，難道這是真的！原計劃過去住四晚，兩天在廈門，兩天在鼓浪嶼，我想我應該是早晚行動白天睡覺那種，有時間去海邊游泳，估計回來時會曬得像黑人似的。

昨天跟店長請四天假，他說要按事假批，也就是說要罰我錢，我雖不快，但還是佯裝微笑，我想把金錢看得淡一些，但能想還是做不到，呵呵。

既去之，則安之，享受當下，吼吼，美麗心情釋放！

2009.7.6

用一生去尋找！

晚上在鼓浪嶼海灘游泳，海水有點冷，但想想衣服都脫了，不下水在朋友面前很沒面子，最後還是下了，還游了很久，後來體力有些透支，頭有點暈，還差點丟了錢包，我是在自找苦吃。這一切源自我的不真實。

這次的旅遊如果一個人來會更棒，能夠真正用心靈去旅行，因為有時要考慮朋友的感受，就需要遷就。其實跟朋友一起旅遊也是好的，但最好是和相愛的人、知己，或是跟你有相同愛好和價值觀的人，可惜我這次不是，呵呵。

之所以還是很開心，主要因為廈門確實是個不錯的城市，讓你放鬆心情，午後在老街閒逛，慢慢的浪費時間，那時你會發現浪費時間也是一種享受。

阿富跟我說過，我工作和平常生活感覺好像一個人，他讓我去「演戲」，因為他覺得自己是個成功的「演員」，但他是店長，比我成功。我覺得他說的

很有道理，我開始想改變自己，倒是這幾天發現原來我的內心就是喜歡那種淡淡的真實感，不喜歡浮誇，喜歡那種在低調和高調之間徘徊的感覺。

　　每個人都有所不同，這才是世界創造你和我的原因。內心和心靈真正快樂，好好運用就能獲得成功，如潘石屹那本書的名字一樣──我用一生去尋找！

2009.7.15

安全感

　　凌晨1點，窗子對面那戶人家有個小伙正在炒飯，看著好香的感覺，肚子開始餓了。下班回來把家裡收拾了下，因為實在看不下去了。後來幫朋友在淘寶買了電卷棒和夾子，自己也買了一百多塊錢小東西，之後在口碑網上把小房子掛出去，我想明天肯定會接到很多問房子的電話，本想寫篇日誌就睡了，可忍不住在QQ上跟朋友閒聊，直到後來不得以把QQ退出，這才安心寫日誌。

　　從上周開始有把小房子出售的想法，到周日琢磨著該去跟租客商討一下，萬一以後有人看房時希望他能配合。說說容易，這事我從上午拖到下午，心裡覺得是件挺叫人頭疼的事，在家裡一直待到傍晚，看著墮落的自己，覺得不能這樣，終於鼓起勇氣下樓。我到了大關南五苑社區，遠遠看著我那小房子，看到租客孫先生和他老婆坐在陽台上有說有笑拉家常，心裡唸叨，也許這就是幸福吧！

　　我沒直接上樓，而是先到香積寺路上的仲介公司看看周邊社區的房價行情，然後再到水果店買了些水果打算送給租客，想想給他們帶來麻煩挺不好意思的。咚咚爬上了樓，卻發現他們不在家，真奇怪了，剛剛還在嘛，打了電話，原來他倆出去散步了，嗨，真會享受。

　　電話裡我說明了來意，孫先生很爽快地說可以配合，很感謝他，跟他

說，「水果就放在你家門前，我先閃人了」。原來我拖了大半天的事，真正去面對時並沒那麼複雜，心裡面爽快了很多。

回來的路上我想，這些天在面對一些事情時老覺得麻煩或感覺很難，覺得自己活得挺累的。但現在想想，從另一面來看，這其實間接反應了自己能力在萎縮，或停歇不前，使那些事情對我來說是大困難，但對很多人來說只是小事。我該給自己敲響警鐘了，要敢於做一些有挑戰的事情，多一點經驗鍛煉自己，多一些能力才能創造自己想要過的生活。

2009.7.20

我是同性戀？

下班後照慣例，如果H沒打電話給我，我就打給他，電話接通，我說：下班了嗎？H說：下了，在吃飯啊！（我知道他有戲）就說：那好，我掛電話了；他說：你在幹嘛？我說：剛下班；他說：看到親愛的你無聊，心裡好難過。我說：媽的，太噁心了。掛了電話，呵呵。（我倆男人在一塊說話經常帶一點髒字的）

我們認識7年了，他偶爾一個人，我是經常一個人，這些天因為他女朋友回家，變得格外黏人，一到晚上10點左右就打電話找我，通常他叫三次我會去一次，因為偶爾還是會覺得有點寂寞的，呵呵。

這段時間每周五我倆為了看〈快樂女生〉，一起去大足神龍足浴，因那裡的電視機比較大。我很感性，上星期看十強淘汰賽時有兩次出現淚花，看我流淚，他在一旁笑得手舞足蹈。我很喜歡1號郁可唯，他也是，我跟他說不准跟我搶，呵呵。

我倆各有特點，我給自己的感覺是綜合能力還不錯，知識面相對他稍廣；

而他是把一個面做得很強，強到突破常人幾倍，現階段在髮型師收入這塊，他在杭州應該能排前十吧，當然他也付出了大量的時間與精力。對於他有這樣的成績，我很敬佩，但並不羨慕，我不願那麼累，更喜歡多元化一些。

H工作時絕對是個很有魅力的男人，但在家裡絕對是個單純的小男生。我們常在一起看電視新聞時談到普京、卡斯楚、史玉柱、王石、柳傳志、馬雲、江南春、藏獨達賴等一些事件，他都一竅不通，老問我為什麼啊？天啊，我說：你十萬個為什麼啊！

我經常在他家過夜，今年來我多是睡床上，他睡地上，有時睡在沙發上，上次我早上起來看他抱著個枕頭擠在沙發上。我昨晚問他：你為什麼喜歡睡沙發啊！他說：不知道唉，就是喜歡！

昨晚他打電話叫我去他那兒玩，再帶兩瓶飲料，我說：我晚上有約會，不來了。他說：媽的，有了女人忘了兄弟！我掛了電話，其實我並沒有約會，到超市買了飲料，去了他家，想讓他意外一下。

當我敲門時，他打開門哈哈大笑說：我就知道你忽悠我，我算好你肯定會來的！暈倒，X的，竟然這麼瞭解我，他說：X的，認識你這麼多年，就你那智商還想忽悠老子！我狂汗，他貌似變聰明了好多，哈哈！之後他在那裡看韓劇，我說：靠，怎麼像女孩子樣的看韓劇啊！他笑著說無聊啊，這個女主角看著真舒服，韓劇真是滿好看的。我瞧他那熊樣，心裡笑道：你嘛，不就是奔著那個女主角，哈哈。

我曾以為自己菜燒得很好，但可恨的是他菜燒得更好，真的色香味俱全，還有點農家風味。因此我常去他家蹭飯，有時我需要買包米或者帶瓶沙拉油，呵呵。

他在城西買的房子快交屋了，我說：「親愛的，我以後買房也買你那一幢樓。」可惜這段時間房價漲得厲害，他那邊房子一套要兩百多萬！天啊，看來我要努力賺錢了！

此文獻給我親愛的H，願我們友誼天長地久，願我們能完成各自的理想，祝我們好運！還有看到此文的朋友，也祝你們好運：）

2009.8.1

暗戀

其實我在想你，只是你不知道。還記得第一次看到你的時候是那麼親切，彷彿我們相識很久。我常在想，你在做什麼，是否有那麼1秒鐘想起過我。我變得很膽小，不敢打電話給你，因為不知道要說什麼。

我想你，只能放在心裡，也許會一直默默的藏在心裡。我似乎變得多愁善感，每當夜晚，還是會忍不住想你。

2009.8.5

念親恩

清晨5點醒來，剛做夢夢到爺爺，夢裡我在讀小學，爺爺在給我上課，叔叔也在聽課，期間爺爺還拿我舉例，說亮亮怎麼怎麼了……。這是爺爺跟人說起我時的稱呼，如今爺爺已退休16年。我還夢見已去逝的小姑，夢裡眼含淚水。

忽然很想他們，很想很想，今年以來好幾個月都沒給爺爺打電話了，以前基本半個月打一次，原計劃7月回老家看他們，後因去廈門而延遲了。

我要回家鄉，不能拖了，要在8月31日之前，跟店長請兩天假，還要看看在老家一起長大的兄弟，上次他來杭州，我為一件事跟他鬧得有點不開心，現在我想開了，給他道歉，真的是我不對。

我發現今年以來情緒有時會有點急躁，不知是否是身體狀況導致的，因今年以來身體一直欠佳，或者是本身的情緒轉變？所以我想去看看中醫，是否需要調理一下。如果不是身體原因導致，那情緒應該是自己可以控制的。

計畫在9月31日前請兩天假，去合肥一趟，看望下初中老同學T，這是很早之前的約定，關於公司合夥人及股份制分配經營等問題順便向他取取經，願一切按計劃進行！

2009.8.12

我的父親

父親下午打了電話給我，手機上看到來電顯示時我感到很詫異，他很少打電話給我，一年不超過三次，且打給我一般都不是啥好事。

我接起電話：喂！

父親：亮亮啊，你現在工作還好吧！

我：嗯，還好。（我感到很意外，怎麼忽然關心起我來了）

父親：房貸現在還在還吧？錢要省著點用啊！

我：嗯，每月按時扣的，反正那麼小的房子，每月還不了多少，我沒什麼壓力，不要緊的。

父親：我這裡還有幾萬塊錢，要不你拿去還掉一些，少付點利息。

（腦子一下矇了2秒鐘，感到非常震驚，太不可思議了，這一點真不像他，那個為幾塊錢都斤斤計較的人）

我：不用了，你們自己留著吧，我這邊目前自己還能負擔得起，沒事，等有一天走投無路了，再說吧！

父親：嗯，那好吧。（掛了電話）

我想，爸，你感動我了。

我的父母是農民，幾年前怕他們在家開收割機太辛苦，我引導他們來杭做些小生意。父親跟我話很少，他好賭，這些年輸了很多錢，父母為此經常吵架，我調解過，也曾搬去與他們一起住了八個月，試圖改變他們，然而無濟於事，直到去年2月，父親一次輸了連高利貸一共十幾萬，差點搞得家破人亡，算是徹底反省。他的處世風格我很不喜歡，但他終歸是我的父親。看著他皺紋慢慢多起來，我告訴自己，即使再壞那也是你的父親，他是賜予你生命的人，你應心存感恩。

我在07年幫父親辦了養老保險，告訴他，「你老了我肯定會贍養你們，但你還是要買份保險，因為我怕等你老了，萬一我混得不好，自身都難保那怎麼辦，我不願拿你的晚年去做賭注。」

我7歲讀小學時很喜歡陀螺，哭著要，父親給我做了一個，我樂死了，這件事我記憶深刻，那年父親27歲。我今年也27歲，等我的孩子向我要陀螺時，我不知道多少歲了。

爺爺、叔叔、阿姨都是老師，自然希望我能光耀門楣，然而父親自小給我灌輸讀書無用論，我那時不懂事，竟還很崇拜他的思想，他給我的觀念是：早點賺錢，我要發財。

以今天的我來說，沒走進大學門其實是有遺憾的，但我不恨父親，因為他是賜予我生命的人。我注定要付出更多才能過上好生活，我沒有怨言，因為我感謝父親，他賜予我吃苦耐勞的精神。

上周媽跟我說爸的手機壞了，我說那我給他買個吧，爸說幾百塊錢的能打電話就好了，我周日跑到百腦匯轉了半天，最終買了個兩千元的手機，其實我沒怎麼送過他禮物，想著自己平時那麼浪費，不能在父親身上省錢。給他時他很開心，我說幫他下載點歌曲，他樂了，說，「你也會下載啊，我以前都要在外面花錢下載的。」

他跟我說了〈上海灘〉、〈霍元甲〉、〈小城故事〉、〈十五的月亮〉、〈夢駝鈴〉等等，弄好了他在那聽我下載的歌曲，聽著音樂我想起了十幾年前村裡鄉親經常在我家唱卡拉OK的場景。生活依然繼續，父母以後依然會小吵小鬧，然而多一些感動可以更多一些寬容，而我呢，在親情上，我是那種很容易滿足的人。

2009.8.20

倒敘1：謝謝親愛的再平兄弟

我在火車上聽從老同學再平那裡複製來的那首〈Down by the Salley Gardens〉，剛剛他送我進站的畫面浮現，在我進站驗完行李時想看看人群中他走了多遠，不想欄杆外傳來他的聲音，「亮，走好哦！」一種莫名的傷感湧上心頭……

昨日下午5點半到合肥，他來接我，我說晚上叫上你老婆我們一起吃頓飯。我對吃不講究，不用高檔酒店之類，後來一起去了一家人氣很旺的龍蝦館。我們喝了很多酒，有些醉，但很快樂。飯後他老婆竟然要我們去酒吧，我說不用如此客氣，我並不愛好，寧願去足浴。其實我看得出他老婆是那種很實在，不愛去酒吧的人，但最終閒庭漫步之後還是去了。我問再平：感覺怎麼樣？他說：老婆在，放不開，我們一起哈哈大笑起來。

早上8點我就起床了，他老婆聽到我的聲音便去準備早餐，我們仨一起吃早飯時我說：很久沒吃如此溫馨的早餐了，呵呵。

再平跟我說：今天一天我是你的人了；我說：好吧，那你衣服脫光給我跳支舞吧！我們聊了很多，他比我務實，是個非常能幹的男人，事業取得不菲成績，能真正意義上稱得上有為青年，是我應該學習的好榜樣。

再平，謝謝你這一天半來對我無微不至的關照，我感激不盡，放在心裡了。望早日來杭州玩，兄弟們一起聚聚，給我一個照顧你的機會！：）

2009.9.13

倒敘2：消逝的記憶

黃昏時我靜靜走在田野小路上，遠處的姑父正看著那片即將成熟的稻田，這塊地本來是我家的，因我們家人都來杭州便給姑父種了。他跟我說今年稻穀價格不好，錢比去年難賺，可在城裡今年卻通貨膨脹人民幣貶值。他今年種了約40畝地，這在以前是很難想像的，好在如今都現代化機械作業了。

我徑直走到淺水壩，這邊的田主要是靠它來灌溉的，記得小時候每年夏天「雙搶」時都會把淺水壩抽乾，村裡人都會去壩裡抓魚，那時的我最快樂的事莫過於此了。我和妹妹會一起弄得像個泥人似的，然後帶著兩籃子魚凱旋而歸。有一次晚上抓魚，我把一條水蛇當黃鱔抓起來，直到摸到蛇肚子上那不光滑的鱗片才驚覺，我大叫一聲然後扔得老遠，現在想想都還有些心驚肉跳。

傍晚的田野上人很少，偶爾有幾聲鳥叫，淺水壩的壩埂上雜草叢生，我每走一步路都能感覺草叢裡有些聲響，多的是青蛙的跳動聲音，因我干擾了牠們的正常生活，傍晚是牠們覓食的好時機。因草叢很深，我沒有繼續前行，怕會鑽出一隻蛇來，我發現膽子比小時候小多了。路過小河邊，看到茂盛的葛藤，以前和玩伴們經常去挖葛根，但這河邊的我們不挖，水份太多了，要粉葛才好吃呢！

走到村裡，村裡人跟我打招呼，我都開心的笑著應，很抱歉出去一些年，我基本忘記了那些民俗禮節，有很多稱呼我喊著都覺得怪怪的，所以只

能以笑容回敬。偶爾看到幾個小孩，雖然不認識，但看著他們的五官相貌，我就知道是誰家的小屁孩，哈哈。

想起小時候，比我年長的「傳奇」哥哥，拿著一個小紙盒說是照相機要給我拍照，我擺了一下午pose，最後不過是換來幾張他鉛筆畫的小人，那時覺得真他X帥！

汪家的棗子樹已經沒了，柿子樹今年結果很旺，可能是秋天有點落葉的緣故，放眼望去，樹上的柿子比葉子還多。

在姑姑家，一個無眠的夜。

2009.9.20

為健康吶喊

半個月前出現了一點胸悶狀況，之後去浙二找醫生做了心電圖之類的檢查，一切正常，但醫師還給我開了1個月的藥，旁邊的老專家說我問題不大，後改成了半個月的藥，我接上去說要不改成1周的吧，藥吃多了畢竟不好，老專家說這是中成藥還好，半個月肯定要的，於是我就下去付錢了。

藥服了三天後沒有明顯好轉，我自己便停掉了。董說方回春堂的中藥最好，鄺敏說那裡的蔡培仁專家不錯，於是在國慶日的上午我便前去了，河坊街上人山人海，感慨中國人真是多，方回春堂的門院比其他家要高，還是很好認出的，看到那些歲月痕跡的牆壁，頗有歷史感，想想中醫也曾相當火的啊。如今中醫普遍已被西醫取代，前兩年還有個比較有名的鳥人在媒體上說「中醫應該被取締掉」，真他X不是人說的話！

蔡老先生看了我之前的西醫病歷卡，把脈後給我開了些中藥，說是調理，我叫館裡給我代煎，晚上八點後再去取，這是我長這麼大第一次吃中

藥。通過這幾天狀態來說，有了些好轉。其實我心裡有些明白，這與這段時間很多事情積壓所造成的壓力有些關聯，心理上的問題在身體上引起了反應。還有自己確實有些勞累，我發現每當一覺睡醒後狀態還是非常不錯的，呵呵。

身邊有些朋友說其實沒事的，過一段時間就會好，不用去醫院，我想也許是的，但身體的事不能「也許」啊！這段時間以中醫調理為主，自己把睡眠時間往前調了兩小時，繼續一周兩次健身類運動，適當減少綜合工作量。如果到了下月一日還沒徹底好的話，去看下心理醫生嘗試一下。

常跟自己說：我有夢想，我會用我的一生去堅持追逐夢想，即使面對很多挫折也不放棄，唯有身體它會讓我放棄，家庭也可能改變我的重心，假如有一天我的身體不行了，那麼一切的目標都變得毫無意義。因此，為了夢想我一定要擁有健康的身體。

2009.10.7

美味是慢慢「熬」出來的！

方總前兩天叫會計打電話給我，要我去辦個護照，過段時間他帶我們去趟日本，每家店會有1～2個髮型師去。我應了聲「噢」，便掛了電話。我想這方面我與同事G想法類似，對方總的恩賜以平常心對待，我也不會馬上就去辦護照。畢竟現在去趟日本也不是很貴，我本來打算順利的話半年之內我自己也會去的。

這兩個月有些意外，我業績莫名爬上了店裡第一，我指的意外是我壓根兒沒想過要做業績第一，我一直順其自然，大多排在第二，偶爾第三也無妨。必須承認我最近這段時間運氣有些好，也希望如果可以的話讓好運一直

伴我身邊。

店長在店會上偶爾會表揚一下，新髮型師偶爾還會向你虛心請教一下。按理說我應該很開心滿足才對，但我發現我並沒有很快樂，我一直給自己的定位是傾向綜合發展，現在只是其中一個面取得了點成績，其他幾個方面依然困難重重，雖然我也在努力，但未取得很大的進展。以前的生活平衡點打亂了，有些不適應，我要重新找出適合自己現在生活的平衡點，還在摸索中。

上午10點起床，汪的店今天開張，我訂了花籃過去探望下，對於店的經營方式我不做評論，只希望他生意興隆。之後去了四季青的爸媽那邊，把媽的手機拿去修下，她前兩天無意中把手機與衣服放在一起用洗衣機洗了下。過去剛好吃中飯，與爸簡單聊了幾句，他前後說了我兩遍，人要懂得知足⋯⋯

之後我從城東打算翻山越嶺去城西，路過浙圖把借的書還了，順便在周末書市上買了一大堆過期雜誌，呵呵。西城廣場的人越來越多，但也好像離我越來越遠，從文二西路到文三西路，我沒有新的發現。

本來想跟朋友孫一起吃頓飯，看他很忙就算了。我在附近轉悠自己找飯店，結果竟然轉到了武聯西苑，哈哈，這裡差不多是城西最後一塊農民出租房了，老早聽說這塊地要被政府徵用，美其名要提高居民生活環境。政府用心良苦，這塊地現在賣可貴了。武聯西苑非常熱鬧，小飯店琳琅滿目，在這吃飯口袋裡的人民幣會有點像美元的感覺，呵呵。

2009.10.19

朋友生日之聯想

回到家已是凌晨，還下著毛毛雨，想起昨天下午我從城西趕回的時候那

時正下著暴雨，電閃雷鳴，一路上我都擔心著會被擊中，那我這青春年華不就毀了。

　　我是個很容易被感動的人，用個朋友的話來說，巨蟹座是很會替別人著想的，呵呵，至於為什麼我就不詳了。這兩天連著兩個人生日把我累壞了，一個是好兄弟小強，一個是多年同事阿根。昨晚小強叫我去吃飯，因有要事在身沒趕去，晚上的新G+我還是拖著疲憊的雙腿去了，有幸認識了外婆家的老總，挺風趣的一個男人，雖年近半百但依然魅力不減，這裡的人很超現實主義，似乎很適合現實社會，於此相比，我似乎得深深檢討自己了。

　　我的攝友「家務貓」，他的論壇簽名我很喜歡，這樣的一句話：我是個好人，低調而又沒有魅力。我印象中貓是個才華橫溢的年輕人，他在杭報做編輯，自己也寫書，那時他的愛好是寫科幻類的書，只是沒有換成錢；他很喜歡攝影，對膠片機和PS色彩這塊有很深的研究，我曾對他佩服得五體投地。只是他現在充其量是文藝青年，似乎這些都沒轉化成錢。我那天開玩笑說，「貓，你要是能把腦子裡的許多想像轉變成錢的話，那你就不用經常叫窮了。」在我看來，他能力比我強很多。 這個建設有特色的社會主義還是要把物質放第一位。

　　我很欣賞玩藝術的人，但玩藝術也要有點錢才玩，那樣別人更能看得起一點，用土話說，至少要遵循社會的主流價值吧。剛開始最完美的話，能夠把藝術商業化，賺到錢再玩純藝術。現實社會對孤芳自賞的人來說是一場悲劇。

　　韓寒前段時間說要出一本雜誌，說是高價收稿，提高文人作家收入，因他說作為他這樣的在兩個行業領域裡都尖端的人來說，年收入也就二百萬左右，這無疑是悲劇不公平的，他想文藝復興，振興中華，可惜他力量太薄了，加上幕後的老大路金波也是很難的，一直到現在還是「流產」狀態。

　　韓寒一直以來是個很有爭議的年輕人，我最欣賞對他的評論是說他就像是「皇帝新裝裡的小男孩」，他說了大家都知道的實話。我曾想過，他這麼

忙的人哪有時間更新博客？如今的韓寒少了當初那份銳氣，為了更多的收入開始參加一些商業活動了。

　　阿根跟我同事三年多了，我們有個小矛盾，但彼此還是互相尊重，因為我們在很多思想上還是一致的，有很多共同話題，包括對生活、感情、工作、事業等，他因為我和龍經常遊說而參與到我們一起去辦健身卡的，我當初開始用爽膚水眼霜之類也是受他影響，這男人對皮膚的追求遠超越我幾倍，對身體的愛護就更不用說了。

　　今天他生日，在錦繡時代開的包廂，外面下著大雨，但無論如何兄弟一場，我和龍到場一致認定原來根哥是有組織有預謀的，呵呵，穿得像新郎官似的，看陣勢今晚嘉賓很多，果不其然，實到有30餘位，還好大都認識，大家玩得很嗨，感謝根哥，今晚您破大費了，實屬難得，嘿嘿。今晚你就像那天上璀璨的星星，散放著耀眼的光芒，魅力四射，唱歌時這麼多人一起為你喝彩，真他X像劉德華開演唱會啊！

　　酒後反而清醒，細想與根哥認識幾年來的瞭解，他也算本性善良的人，有種農村孩子的統一特徵，人無完人，祝根哥往後事業有成，有機會帶我一起發財，哈哈！

2009.11.10

2010

過年期間那些風花雪月的事

一連休了9天假，鬍鬚懶得剃，人到中年鬍鬚粗硬，看書上刺蝟用刺扎棗的文，我想此時的鬍鬚也可以扎棗子了。

年三十和父母一起往老家趕，路程枯燥，母親已入睡，我怕父親開車也睡著，便有意無意找點話題跟他聊，從隔壁家張三種的蘿蔔一直聊到人民幣貶值通貨膨脹。

耗時約4個小時回到舅舅家蹭年夜飯吃，這幾年我們一家人總在不同的親戚家裡吃年夜飯。今年忽然良心發現拿了些錢給父親，也比往年的多三倍錢給外婆，媽說我比那三個農村舅舅加在一起給的還多。我說外婆70多了，給不了幾年了，現在能掙錢就多給點，以後掙不到錢就不給了。我告誡自己錢有點超支，過年不出去腐敗，要省出來。

農村異常安靜，夜間最受歡迎的娛樂就賭博吧，姑姑家有一大堆人，都全神貫注望著檯子中間的牌押注，我悄悄從旁邊走過到房間放下行李。晚上與一起長大的兄弟青山到汪家看聯歡晚會，因為聽說他家電視機特別大。在聽著王菲的〈傳奇〉後，我們發現窗外飄起了大雪，在看完趙本山的〈捐助〉後，雪已經很厚了，祝願瑞雪兆豐年！

農村異常冷，青山家又沒空調，我們倆男人緊緊抱在一起取暖，聽著窗外不間斷的炮竹聲慢慢入眠。

正月初一起床已是11點，我離開青山家走到50米開外的自己家裡，這是我回來後第一次回自己家，爺爺奶奶飯都準備好了，今兒個吃飯人會很多，媽看到我又開始嘮叨，什麼回來不睡自己家裡呀，什麼這麼老了還不結婚呀，什麼想要個孫子啦……每當吃飯總會有長輩問我婚姻的事，什麼不挑剔，什麼知足，什麼先成家後立業。我反向思考，一是感激他們的關心，二是人活在世上難道就為了傳宗接代？這個世界能給我洗腦的人真是為數不多啊。

　　下午我基本利用了村裡鄉親賭博的時間看完了〈冰河世紀〉2和3，感歎這老美怎麼把動畫片做得這麼好，順便還拍了幾張無趣的照片。晚上一起長大的鮑打電話給我，我們仨湊在一起就是腐敗王，看來我的省錢計畫徹底泡湯，三人一起晚上又是KTV又是酒吧，最後醉得不省人事，鮑開車還撞了個花壇，晚上睡覺時青山還沉浸在晚上跟某女郎的相識相醉，我們說可惜沒有機可乘，青山竟然跟我搞哲學：享受那個過程…….我和鮑聽完暈睡了過去。

　　初二我們起早退了房間，回鄉下村裡，路上鮑說了段滿有深度的話：「我們之所以沒有婚姻緊迫感，是因為我們仨都沒結婚，假設我們仨有兩人結婚了，那最後一個肯定會很想結婚。」我想是的，是有那麼一天當你身邊的朋友都有了家庭，你會感到孤單，即使你沒遇見自己深愛的女孩，你也會結婚，因為人其實很渺小，當你孤單一人很久，你可能發現生命都不是那麼有意義。或許我們老了後會有一個人先離去，而活到最長壽的人人生也未必最有意義，因為他是那麼的孤獨，他身邊的玩伴一個個都離去了。

　　後來我們討論要活到幾歲，我說70，鮑說那他就60吧，呵呵，在誰先結婚的問題上我們也做了猜想，青山第一，鮑第二，我第三，哈哈，不知道後來的結局是否有戲劇性？

　　我們仨在一起依然是吃飯，晚上鮑說還是去城裡睡覺暖和，於是我們又是腐敗，KTV＆酒吧，青山又遇到昨晚讓他醉生夢死的女人。

　　初三我特別想吃宣城的麵條，早上我們在城裡找啊找總算找到一家，好久沒吃這麼好吃的麵條了，鮑竟然吃了兩碗，我說真浪費錢！吃完我們打算去見潘，他也是我們從小一起長大的伴，但走得不是特別近。他說在陪兒子吃麥當勞，我跟鮑說，「哼，有兒子了不起呀！」

　　晚上我們一起在青山家玩鬥地主，我跟青山說，跟鮑玩牌就當交點培訓費好了，呵呵，可結局難以預料，我竟然贏了一百多塊。晚上7點鮑說我們去宣城吧，我因計畫明天回杭州，想想算了就在家裡睡一晚，我一個人偷偷

溜到姑姑家衛生間裡，青山過來沒找到我，打我電話我也沒接，鮑打我兩個電話後我接了，跟他說我不去了。掛了電話，鮑的車子發動著還是沒開走，想想我們仨，一年也就見一兩次，感覺心裡滿難過的，忍不住拿起電話打給鮑，青山說，「腐敗吧，一年也就這麼幾天。」

晚上桑拿，我和青山睡一個房間，青山跟我說我倆其實都應該跟鮑學學，學習他那種放得開、無所畏懼的精神。是的，他就是那種天不怕地不怕做了再說的人，我以為我也無所畏懼，但與鮑相比我確實要向他致敬！

初四中午12點，匆匆與父母一起回杭州了，開始了為期三天的宅男生活。

2010.2.21

油菜花開

14日下午4點，列車行使中，透過窗外我不斷看到新的風景，遠處農田裡一大片黃燦燦的花，我不確定是不是油菜花，印象裡油菜長得很高，那更像是青菜花，但不管什麼花，能讓我心情愉悅就足矣。

我還看到一條小溪，想起老家的河灘比這大多了，流動的河水把石頭沖洗得很乾淨，水裡魚兒清晰可見，有時我會用魚網捕魚，有時還會輕輕搬開河裡的石頭，抓那些躲在下面的螃蟹，但要是抓到在產卵的母蟹，那一般都會放生的。

鮑在宣城酒店等我，因為我，他推遲明天回上海，一到房間我對他大發牢騷，他裸著上身憨厚的對我笑著，碩大的啤酒肚形成了一條「優美」的曲線，我狠狠的打了他一拳，心裡好受多了。

陳半小時後來了，沒想到我們仨這麼快又相聚了，吃飯時我們的笑聲比

說話聲還多。我跟陳說：如果我和鮑都在宣城你會開心很多，當然那樣的話你就存不了錢了，哈哈。

　　這個城市的空氣很好，我們一起回憶童年時光，鮑說在這裡他好開心，一回到上海就壓得喘不過氣來，我說杭州也是如此。一覺醒來鮑已回上海，我辦了點事便也匆匆回杭。親愛的朋友們，不久的將來我們還會再聚。

2010.3.16

雨中，活著

　　有的地方乾旱，而杭州總是雨不斷，周末，我仍然在雨中度過了一天，很多馬路上有積水，車開過，水花飛濺起。老王跟我通了電話，一起約好明早9點半跟另一人見面談事情，我感謝L和D，他們確實為我分擔了一些，沒讓我感到孤單。

　　這些天很多事讓我領悟了很多，原來以前的壓力跟風險都不算什麼，對於未來的我，今天的壓力跟風險可能也不算什麼，這或許就是成長或成熟吧！

　　在雨中，我心靜如水，相信任何事情都會有解決的辦法。我不相信我會順利，我願意承受，不怕麻煩，因這是我必須要走的路。思想上我是挺追求完美的，但行動中發現確實很難實現，到處碰壁，但頭破血流過後發現也會有種快感。

　　怕嗎？我問自己。想起了一句歌詞「看見蟑螂，我不怕不怕啦！」其實害怕的念頭偶爾會在腦中閃現，但我立刻會想出一百個理由把它趕走。你擁有了什麼？我發現什麼都沒有，什麼都可以有，什麼也都會再沒有，這只是時間的問題。

　　我甚至有時候還需要鬥智鬥勇，有時候講道理也是沒用的，碰到一些欺

軟怕硬的人，有時我還得把自己演得像個無賴。這世界什麼樣的人都有，想混出點名堂，還真他X的不容易！

我的思想還不夠成熟，有時還有點飄忽不定，這跟我的閱歷和年紀有關，行動吧，能從中發現太多書本中學不到的東西。之前和H打電話說：忽然間，我心真的放開了好多，無論怎樣的麻煩過來我都敢去幹，管你是張三還是李四，反正我豁出去了。

我當然希望明天太陽還出來，但即使明天下雨，我還是要過日子的，這就是生活。

2010.4.12

辭職

其實心裡沒有太多感觸，只是想借此留印，或許是很小一步，又或許是很大一步。在此地工作近4年，自己也老大不小，我有自己小小的夢想，於是趁自己不算老的時候去嘗試一下，能成更好，失敗也罷。

接下來的時間先回老家辦事情，再回杭州準備自己的創業計畫，月底再去進修一段時間。加油！

2010.4.16

我的〈杜尚形象〉低調開業

2010年5月23日，杜尚終於開業了，很多顧客朋友在想為什麼我沒發通知，呵呵，現在流行低調嘛。其實低調也是有原因的，為了杜尚，我們吃了很多苦，但我常想這是人生必然要走的路，我們努力過，且是全心投入的努

力，不管未來怎樣，此生已無憾。

因為是我們的第一家店，店的裝修風格沒有用很多大膽的色調，基本按我喜歡的簡約質感路線去走，自己第一次裝修，大家看看，還能湊合吧，呵呵。

介紹下杜尚團隊主力成員：

高級設計師：王偉林

他是我9年前的師傅，05年自己開店現加入杜尚團隊，配合杜尚需求，原洗剪吹50現降為38元，技術功底相當好。

高級設計師：阿哲

從業時間9年，先後在知名美髮店上班，06年自己開店，現加入杜尚團隊，配合杜尚需求，原洗剪吹50現降為38元。

高級設計師：聞吉

從業時間8年，先後在知名髮型店上班，09年自己創業開店，現加入杜尚團隊，配合杜尚需求原洗剪吹45元，現降為38元。

髮型總監：陳金林

從業時間9年，之前在知名美髮店擔任店長和總監，現加入杜尚團隊，技術好，為人謙虛，洗剪吹58元。

首席總監：阿亮

原剪髮120元，現配合杜尚需求，洗剪吹降為98元。

〈杜尚形象〉追求卓越品質

店址：杭州市建國北路359號（建國北路和鳳起路口，雙牛大廈往北150米；或樂購超市往南150米；停車方便）

諮詢和預約：0571-85287236

營業時間：10：00～22：00

2010.6.11

不辭而別

　　杜尚營業已一個多月，感想是比較複雜的，感覺自己有做不完的事。昨晚10點店長打電話給我，說了關於一個員工突然離職的事，讓本有睡意的我難以入眠，有些鬱悶，員工為什麼不辭而別？是他覺得這裡不好？平時看他是個滿好的小伙子，為什麼這樣走，總感覺有點對不起他。

　　起床又打開電腦，上了QQ，與兄弟Tom聊了這些事情，他這方面很有經驗，在他的教育下我心裡平靜了很多。我能做的就是創建一些人性化的標準，讓杜尚的同事們去配合，不斷提升我們店的品質。

　　前兩個月因為很忙，很久沒發帖了，忙著一個大作品——我的「杜尚」；從一開始取店名，到店面的整體設計和施工，現在發現自己在室內裝修設計這塊也有點專業了，呵呵。

　　我喜歡剪髮，以致於樂此不疲的進行髮型學習，我很願意把自己吸收的髮型新知識與大家分享；也喜歡那些對我的髮型帖內容有爭議的網友，因為他們讓我更容易看清自己。

2010.6.25

月來月想

　　6月即將過去，7月在工作效率上一定要提高一倍，很多事情不能再拖了，現在已經能看到一些惡性循環的苗頭。每當回家就不想動，母親半個月前煲了隻老鴨放在冰箱，我都懶得熱，直到壞了扔掉。有時我也很省錢，樓下的乾洗店我覺得洗衣服太貴了，現都拿到我店那邊去洗，一件衣服可省6塊錢。我還很小氣，那天跟洗鞋店老闆吵架了，他原先跟我說洗鞋子20元一

雙，辦卡對折，可我辦卡後送鞋子過去，他說我這雙是品牌鞋，洗一次要50元，就連送雙匡威鞋他說是高檔的要25元，我以前洗鞋店都是一樣價的，一下子很不適應，很不爽，就吵架了。

其實我想有輛車，很喜歡寶馬320i，但就是買不起。現在只希望有錢了能先買輛福克斯、英朗GT什麼的，十多萬的車先開開吧，真的虧了，俺很窮的話，那就買輛自行車騎騎也可以。

我一直不斷提醒自己願賭服輸、能屈能伸，有時也想有個家，當腦子裡每天裝著與工作相關訊息太多的時候，久而久之我就變成一個很沒生活情趣的人。

世界盃我只看個結局，去哪裡吃飯好？我還要諮詢其他朋友。問我三國殺好玩嗎？不好意思沒玩過，這不像我的風格，俺是個興趣愛好相當廣泛的人，只是我想說「人在江湖，身不由己」，必須先把最重要的事情做好才能去享受生活。亮哥，加油吧，願自己好運！另外還祝一個好朋友鄭L同學身體早日康復。

2010.6.29

周末蘇堤

前天，起床很晚，約兩點多在家悶得慌，想出門溜達下，找了個地方填了肚子，便去浙圖借了5本書，順便在周末書市上買了些便宜的過期雜誌，騎著小車蕩啊蕩，天氣涼爽，回家太可惜，便打算去西湖邊一個人安靜坐下來。

到了斷橋，人山人海，我繼續前行，路過了岳廟邊KFC，買了些吃的，到了蘇堤中間段，發現一棵大樹下有空著的長椅，很開心，終於找到屬於我的安靜歇息地。這裡空氣很好，有涼爽的風，遠離了汽車的聲音，看完了

〈鳳凰周刊〉，吃完了所有零食，之後便坐在蘇堤邊椅子上吹著風發呆，西湖上遠處漂著小船，偶爾還能看到跳躍的魚濺起水花；天漸漸下起了小雨，幸虧有頭頂上這棵大樹，讓我還可在此停留。

　　路過的遊人經常會在我身邊的大樹前留影，偶爾還能聽到不遠處導遊在介紹西湖的故事；有一群可愛的小學生從我身邊走過，我依然繼續發呆，慢慢的看著天色漸漸暗下來，雨越下越大，起身收拾東西，騎著小車歪歪扭扭回家了。

2010.7.13

月末反省

　　周日在被拒絕吃晚飯邀約後，傍晚，我想應該出下門了，去了JR那裡把自己頭髮剪短，他確實給了我很多靈感，稍微玩了會，順便去看了下杭州大廈C館SHINE裡的川久保玲黑色新款短袖有沒到貨，結果是沒有。再回頭時JR已下班了，我提議去哪裡坐會兒一起吃點夜宵，他說去他家邊上COCO酒吧，好吧，那先陪我吃，我再陪他坐。

　　我倆依然是坐在吧台喝酒，相對來說，我可能更喜歡百樂門和G+那邊的氛圍，但與他這樣的老朋友，到哪裡我都無所謂。

　　他喜歡做夢，談未來，我很欣賞做夢的人。因為欣賞，原本今天不打算喝酒也為他開戒。看來今晚很多杜尚的事是沒法編寫了，因我喝了酒大腦會不清醒，那只能寫寫日誌，做杜尚的事需要很清醒理性的思考。

　　昨晚跟財務對帳到1點，回家有種很輕鬆的感覺。家裡很亂，書架因為杜尚需要搬去了，於是家裡亂七八糟堆得到處都是書，我因為懶得整理，進房間還得繞彎，呵呵。

每次買衣服服務員都跟我說衣服不能乾洗和洗衣機洗，可我回來還是放在洗衣機裡絞了，寧願衣服絞壞也不願意手洗，呵呵。

很懷念小徒弟勇前幾個月跟我在一起的日子，那時俺的衣服都是他純手洗的，服務可稱得上衣來伸手飯來張口，感謝他曾對我的細心關照。如今我已安排他坐上了更重要的職位，遠大於幫我洗點衣服和搞衛生，我毫無保留的把我的經驗與他分享，願他成長快一些，能擔任更重要的角色。

我喜歡他有天晚上對我說的話，他說：「我以後要超越你！」我笑了，說：「這是必須的，那你加倍努力啊！我又不厲害，好好努力很快你就超越我了，到時你能帶領大家把杜尚發揚光大，那不更好，只要到時願意施捨點股份給我就好了，呵呵。」

生活每天都在繼續，大部分杜尚的人還是非常配合工作的，當然還是會有人跳槽，我已能平靜面對，天下沒有不散的宴席，他們若能有更好的舞台，那我給祝福，若跳到差不多的舞台，那我會盡力挽留他。而他們願意提前通知配合招聘，我已經很滿足了。

關於勇，林跟我說的，我們在交給他工作時沒有一個明確的方向，導致他經常浪費很多時間及精力，這個我承認，前期事情是有些多，我們需要再商討關於勇的工作職責範圍。

關於學習，8月下旬我要去一趟上海TONI & GUY學院進修〈未來時尚〉課程；9月下旬杜尚有兩位髮型師去進修日本〈宮村浩氣〉課程，10月初我將再去趟上海進修日本〈川島文夫〉的課程。

近期朋友姜編導（杭州生活頻道）邀我做期節目，談好了8月2日到杜尚來做外景拍攝，我想這幾天與另幾位商討下關於一些節目髮型提案，我不想一個人戰鬥，我們在經驗上還有很多不足，但凡事盡全力去做就沒有後悔。這三天我可能會安排一次髮型師技術教育課程。

關於口碑網這塊我們會一直重視，而店內休息室的升級確實是很大的問

題，我想明天還得找潘討論一下方案。希望杜尚7月成績比6月增長，請大家繼續努力，8月是最熱的月份，大家的壓力會更大，但我相信我們可以，繼續祝福杜尚好運。

2010.7.26

9月末總結：談談我和杜尚吧！

夜晚，還下著小雨，不想回家，有些無聊，打了電話給HK，叫他一起去品甜工坊吃點東西。我對他說，這店的裝修風格做髮型店也很不錯呀，他一邊吃芝麻糊一邊使勁的點頭，讓我想起小時後曾看過一段很溫馨的「南方黑芝麻糊」的廣告片：賣芝麻糊哎……，非常清晰的片段在我腦海中閃現。

談談杜尚吧，因為我現在大部分精力和時間都花在它身上了。從目前杜尚營業額數據來看，9月的成績還是不錯的，是6月份營業額的將近3倍。杜尚成立這4個月來發展速度比我想像得要快一些，這值得我們開心，但隨著客流增加，杜尚員工也逐漸增加到20個左右，這對杜尚的管理也起到嚴峻的考驗，如何快速的用好人、培養人、留住人，都是當務之急。杜尚才4個多月，還是個孩子，還有太多不足，我們當然要加快速度努力，希望最大限度保證杜尚的品質，即使出現錯誤也要立刻改正，否則必會一落千丈。

各位杜尚骨幹們非常配合，這讓我非常欣慰，店長林這塊也很用心，在日常店務上他起了很重要的作用，雖然前期在執行力這塊稍有不足，但這兩天好多了。我自己這塊說實話大多是摸著石頭過河，雖然我理論知識很豐富，但還是要小心翼翼地走，因為員工對我的信任，在這個位置我要承擔太多責任。

有很多顧客朋友問我，這條路上開了這麼多美髮店你還來，我笑道：當

初是這麼想的，在這個競爭激烈的地方可能會更加磨練我們的鬥志，呵呵。

當然，說起來容易做起來難啊，這塊地方圓500米範圍內至少有20家大大小小的美髮店，當初杜尚試營業一周，在面對每天只有2～5個新顧客光臨時，我知道杜尚要生存是個很大的難題了。

雖然幾個月來杜尚一直都在盈利，但我經常跟大家說，不要以為今天生意好一點就自我感覺良好，這方圓500米內的20家美髮店，按市場真正能生存下去持續盈利的最多只有8家，今天我們日子好過一點，就會有別家美髮店倒閉轉讓，再換個新店主重新裝修過，新的商業模式又會導致一個實力相對較弱的美髮店不久後倒閉，市場就是弱肉強食，優勝劣汰，我們的實力排在倒數第幾位就會第幾個被清場，所以說如果不繼續努力，那下個倒閉的肯定就是我們。

能否建立一個屬於杜尚自己風格的商業模式，能夠和相鄰的美髮店區別開來，這是我們要努力的方向。當然，長路漫漫，我們要不斷學習，才有能力去處理杜尚將會面臨的危機，甚至提前發現危機，並把它扼殺在萌芽時。

關於節約成本與招聘這塊，我們接下來要緊跟上去，否則很容易導致青黃不接。感謝ZY的加入，讓杜尚的前台服務系統至少提前3個月達到完善，當然離卓越還相差甚遠。還有財務系統這塊要加把勁了，曾轉交的形式前期我看還是得收回來，也發現後期可能潛在的漏洞，在半個月內我們計畫多花幾千塊錢製作新會員卡，後期會把所有會員的會員卡全部免費換掉。

接下來的日子希望各位骨幹們能一如既往相互配合，相互尊重，用心把杜尚做好，我告誡自己：把工作效率提高，革命尚未成功，同志仍須努力！

2010.9.30

入手寶馬320i

車子到手一個星期了，還是寫篇日誌吧，畢竟它是我很重要的一個伴侶。

是的，我承認我很膚淺，虛榮，竟沒買房就先買車，呵呵，我想說這次我真不是衝動，我是很淡定的。我目前不喜歡很大的車子，很喜歡寶馬X1，可我打電話到4S店，竟然都說現在付訂要到明年9月才能拿到車，暈啊，有必要這樣久嗎，那我還不如等個半年，到2012寶馬新3系和新X1加長版出來呢，那時國產版的價格肯定要便宜好多。

HK和AG都買了奧迪A4L，那車空間真是滿大的，不過對我來說太商務了些，要知道我可不是一個很正經的人，呵呵。為了等我心中的X1，我曾打算買輛福克斯先過度下，後來還去試駕了別克英朗XT，但當我遇到寶馬320i並試駕了後，感覺還是寶馬的操控性好，猶豫了很久，最後問自己「是發自內心喜歡嗎？」，我內心的回答是：肯定的。於是就決定買320i了，我喜歡的太空灰，吼吼，終於能有輛車了。

我再次傾家蕩產，貌似在賭博，賭明天會更好。

亮問：假設明天沒有更好咋辦？

亮回答：那就賣了車唄，咱農村出來的，有口飯吃就能讓自己滿足的。

亮繼續問：那要是賭贏了呢？

亮繼續回答：那就再換輛車唄！哈哈。

從今以後，為了心中的夢想，亮哥每天要比以前多努力1個小時，加油，衝啊！

2010.11.2

回首10月，亮靜夜思

　　昨晚去濱江喝XC的喜酒，倒車出來時把人家奧迪A6擦了，心裡那個悔啊，雖小擦小碰是常態，但也要吸取教訓最大限度減少了。叫了交警，今早與A6車主去濱江那邊定損，濱江我不熟，還好A6車主人不錯，與我素不相識，早上還在一橋那等我帶路過去，這足以讓我感到溫暖。定損完畢，關於保險公司理賠一事，這點小問題，大家都建議私了算了，省了次年保費增加，我繼續悔，早知昨晚私了就省了好多麻煩呀。經驗呀經驗，人總是要不斷吃虧長智的。

　　接下來按規矩對過去的10月總結下吧。從資料來看，10月雖沒達到預期，但也相差不多，總體來說平穩。關於人事這塊我們新添了一個髮型師顯，我認識他有7、8年了，綜合能力還不錯，但還有很多上升空間。另有件事我在跟阿哲多次溝通後，終於說服他花血本去進修日本最新髮型課程，11月1日他也晉升為杜尚髮型總監，這對我們來說都是一個進步，很開心。

　　在經過我低效率的起草了20天後，終於一套基礎教育計畫出爐，但能否運行順利，接下來將接受時間的考驗。我這些年的行業工作經驗明白了一個道理，就是要不斷學習，我身邊很多髮型師朋友只要說到學習一呼就應，但當知道要掏很多錢時又有很多理由推辭。更多的人喜歡廉價的教育課程，市場經濟一分錢一分貨，對於我們工作近十年的髮型師來說，一些基礎的普通的教育已經無法滿足，我們需要更多相對高級的課程，雖然貴，但只要適合，我們就必須去學習。

　　10月我花了相當一部分時間請了一個財務會計，這是個嘗試，因這方面我確實還滿弱，但這塊規範化是必然的過程，因此接下來還要與陳會計多溝通磨合，儘快將財務規範化。

　　問題當然還有很多，我曾不喜歡開會，每日早會店長操作，我只是每周

開個周會，但隨著日積月累，事情爆出很多。發現要讓管理人完全理解我的思想並不容易，因此11月我會做一些調整，讓他們對我的思想能有更多理解，並學會運用大家的智慧。

我不願吹擂杜尚如何擴大發展，因管理人現在能力還很弱。其一，執行能力偏軟，導致再好的方案也未必能取得效果；其二，管理人除執行外還要能發現店務問題，找到問題的根源並解決，還要能不斷策劃優化系統。我希望在店務運營條例裡會有很多他們好的思想，而不像現在都是我的思想，那樣不會有發展。

管理人看問題的深與淺，這往往既要對行業有非常全面的認識，又要有豐富的綜合知識能力，來幫助你對問題的宏觀與微觀做思考。而髮型師們，包括我自己，通常都是學歷不高，因此，能把問題分析很深的少之又少，但並不是沒有，有的那幾個也都做得滿成功的。

所以我理解的就是：趨勢！如果我們能抓住行業的未來發展趨勢，那麼路就會順利；反之則會越來越吃力。這就是我身邊有些朋友說美髮市場越來越難做，而對於有些連鎖店來說卻是如魚得水般好做。這在我看來就是掌握了當下的趨勢，當然，一個企業想長久發展，光靠掌握當下趨勢也是不夠的。

所有問題的出現，包括店務的事，管理人能力的欠缺，其實這些都可歸咎於我，作為我的角色，當每個環節都在有條不紊的運行時，我是不累的，但要讓每個環節的人都能順暢運行，那還需要很多溝通與分享經驗技巧，我的綜合能力必須提高。要遵循那句話：學無止境，學會思考，與別人分享經驗更快樂。

我現在越來越累了，這反應了怎樣一個問題呢？我想我知道11月該做什麼事了，希望自己11月好運。

2010.11.8

11月反省：關於夢想和青春的故事

　　雨還在下，被子太薄了，讓我有點冷，但我太懶，懶得換，想請個鐘點工，又猶豫了好久，在我看來收拾家務乃舉手之勞，不應該浪費這錢，可我真的有點身心疲憊，於是剛撥通了鐘點工的電話，約了周四下午1點。希望這是個值得信任的人，那麼我就能輕鬆點，不用浪費時間在那看著了。

　　為何身心疲憊？這是個值得思考反省的事情，很顯然相比之前我更累了，我覺得重要原因是我做事拖拉，導致效率低下，使事情積少成多，全部纏在一起，把我繞暈了。其次是隨著發展，我的心開始貪婪，目標更大了，而做事能力未跟上，導致理想與現實出現落差，這落差導致我自責或情緒變不好，而不好的心情會給工作帶來更多負面影響。

　　如果只有五件事待做，我很清楚自己如何去安排，當有十件以上的事待做，靠大腦來排定優先順序已經不行了，我試過其他方式，文字筆記、手機記錄備忘等，但效果依然很差，這是為什麼呢？我認為方法上應該再進一步優化，最重要是自己要有強有效的執行能力，能做到「當日事，當日畢」！就這麼簡單的六個字，但對我來說真的很難做到，但我要想發展、要想心情變快樂則必須要做到。

　　就從今天開始改革吧，前期當然要放幾件容易點的事情做，那樣完成了我會越來越自信，呵呵。那沒有完成該怎麼處罰自己呢？我想了半天，還是決定晚上面壁思過10分鐘吧，請主能寬恕我，呵呵。

　　前兩天我還在說兄弟鮑的自控能力不強，其實反觀自己同樣沒好多少。如果要把前面說的「當日事，當日畢」做到，需要很好的自控能力。這跟我一直以來的理念有關，那就是：依循內心真正喜歡的感覺去做事。我把它養成習慣了，這樣帶到工作中就不好了，為什麼呢？假設今晚我要求自己做兩件事，但是當電腦一開我就不自覺連到「寶馬3系論壇」網站，學習討論研究

汽車。沒辦法，這是我當前發自內心最熱愛的呀，感覺很自然的打開，而且很快樂，呵呵。

但是從大局的角度思考，這樣感性是不對的，我應該把工作的事情做好，再用閒暇時間去玩自己熱愛的事情，小時候讀書李大釗有句話一直銘記在心，「要學就學個痛快，要玩就玩個痛快」。是的，兩者應該要很明顯的區隔開來，繞在一起就變成遊戲人生，無所做為了。

現今社會的主流價值觀是什麼？我當然知道每個人每天都一樣只有24個小時，但每個人所取得的成就是不一樣。有的人把時間多給了電視劇，因此他比人家更懂電視劇；有的人把時間多給了睡眠，那麼他比別人多了很多「盜夢空間」；有的人把時間多給了女友，因此他收穫了一份美好的愛情，即使愛情失敗，他只要願意把時間花在愛情上，他照樣可以收穫愛情；有的人把時間多給了工作，或許他的工作成就會高於普通人，通常也會高於前三種人。

幾乎所有的年輕人都想找到成功捷徑，但後來發現捷徑就是「別人在娛樂玩耍時你在加班工作」而已。當然，我覺得步入中年後對成功的定義會有所改變，那是因為有了年輕時的基礎，不能繼續單追逐事業，擁有更多私人時間和一個完美的家庭也是成功的標準。

當然我認為這些都是少數人才能達到的，有的人中途放棄了，然後努力說服自己調整心態，不在乎名利，自己開心最重要；有的人從未追逐，因底子不錯，也無需奮鬥，安而樂，享受生活；有的人立志嫁給有錢的，可以改變人生。通常在我看來，那些靠自己賺取很多錢的人都是比較有智慧的人，一個有智慧的人當然是知道自己要什麼的人。

我所瞭解的日本人，他們表面上很謙卑，很有禮貌，但骨子裡日本人是很自信傲氣的，看看中國人都挺崇洋媚外，但大多數日本人都是英語不要學的那種，因為他們認為大和民族是個強大民族！當然我們也認為自己是個強

大的民族，不同的是日本靠的是尖端科技等工業優勢，而中國靠的是地盤大和全世界最多的人口，還有美其名悠久的歷史文化。

2010.11.30

2011

回首12月，我的感情/思想與工作總結

　　我發現我的心越來越難安靜下來，大腦有些迷迷糊糊，理不清思緒，那就想到哪寫到哪吧。

　　上午打電話給一起長大的兄弟陳，想跟他說下我們過年回家相聚的事，在跟他交談中，感覺他有好多煩惱，因他談戀愛了，那女孩在上海，兩人滿情投意合（真羨慕，呵呵），於是他就經常像〈周漁的火車〉那樣，為了愛情跑到上海短短相聚一天再回宣城。時間久了男人情越來越濃，女方情雖濃但理性也隨之劇增，終究要有套房子，於是他煩惱了。

　　他跟我聊天大都在聊他的感情，還說過年要去女方家裡，我有些心不在焉，甚至有點失落，因連續8、9年我們三兄弟過年都是混在一起不分日夜玩的，如今我們可能要失去那樣一起逍遙自在的日子了，只因為他有了女朋友。我說，你也不用那麼急吧，他說父親都67歲了，我想想也是，我們都有那一天的，只不過他早一點而已，過完年他30、 我29了。

　　我也曾與很多很好的她擦肩而過，我沒去追逐與珍惜，對待感情我不喜歡說自己是個好人，雖然有些人看到我的文字感覺我還滿好的。我是個感性但又不失理性的人，是個始終相信愛情的人；我不喜歡理性占主位的感情，那樣像是做生意或交易。我會因為電影中某個片段而淚流滿面，事後又會告訴自己那是浮雲，無需繼續沉浸。遇到愛的人我會不顧一切去愛，即使不一定會有結果，我也不會無法自拔去自殺。我一直提醒自己要看清自己是什麼鳥樣，一個人時我也要好好活著，因為死後的時間比活著要更久。

　　重點工作方面。杜尚12月營業資料看來還是可以的，但我卻一點都開心不起來，甚至感到危機重重，我想原因大致有幾個吧！

　　第一是我欲望增加，期望值變高了，我常在想這到底是我太貪婪了，還是這是合理的目標追求。

第二是團隊的凝聚力有所下降，這些東西短時間從數據看不出來，但確實存在，如何化解與核心成員之間的隔閡是當務之急，因為過年這段時間很忙，我本來想過完年後慢慢解決，現在看來是不行了，得先把基本的路鋪墊好，要不然大家都走到「岔路」上，要再拉回來就太費力氣了。

第三是自我的行為是否過於強勢，因為杜尚從開業以來一直盈利，走得還算順，這讓我的心理造就一種慣性思維，即我的決策都是對的。但從12月的兩起爭議來看，我確實該反省一下，要尊重每個同事的想法，不能讓自己孤立。雖然有前輩說創業初期帶頭人要有果斷強勢的決策和個人魅力，這樣可以讓效率最大化，但我想也不能全部都果斷強勢吧。

今天在微博上看到一個泰國人壽的短片，很感人，有一段話讓我印象很深刻：「有價值的人生不是擁有金錢、聲譽或長壽的人生，真正有價值的人生是，我們自己是有價值的人，並使別人的人生具有價值。」我想我一時沒有能力做不了那麼博愛，那就先從杜尚的同事開始吧，雖然我現在能力弱，但應該要朝這個方向去努力，要使別人的人生具有價值，那自己就要先是個有價值的人。

第四是在個人利益與杜尚未來發展利益之間達到一種平衡，如何平衡這往往要用科學的邏輯，加上溝通對話來實現，但只要涉及到溝通對話就會出現爭議或不同意見，必須要有心理準備然後再進一步磋商，這是個比較繁瑣的事，但同樣最大限度體現了尊重。

我希望杜尚有個良性的發展體質，要有長遠的眼光，而不是只看重眼前的小利益。而這些想讓大家理解同樣需要溝通和對話，主動對話的人往往在思想做決策方面更有優勢。因此我要提醒自己，即使再困難、再繁瑣，也要有耐心對話磋商，這是必須要走的路，退則必敗。

第五是公司體質基礎未建設好，導致很容易遇到瓶頸，力不從心，人累卻沒有效率，這個問題讓我比較頭痛，因為杜尚剛在發展，它會逼著你去規

範，否則就是下滑，造就諸多問題，隨之問題會如滾雪球。我想等到過完年再花一些精力去找人把這一塊完善，我肯定會做一些較大的改革調整，這是必然之路，否則明年的今天，店可能下滑至倒閉了。

在工作上我們應該最大限度去追求完美，我不喜歡杜尚的同事對工作抱有「差不多就好」的態度，那樣生活也會以「差不多」來回報你，我可不想你用「差不多」來回報給杜尚。

關於發展目標，我前期確實是沒有的，因為我更追逐一個體質的完善，我不是一個只關注數據的人。然而在2011年，我想我應該會有個計畫了。

再談到壓力，因為已有壓力，我一直不願意在自己身上繼續施加，現在想想，我應該繼續大膽的嘗試挑戰壓力和更大的風險，因為它們與成就和價值是成正比的，我相信我內心還有這個潛能。讓暴風雨來得更猛烈些吧，我已做好心理準備，全力備戰，挖掘自己最大潛能，決不退縮，堅持到底。重複那句話：真正有價值的人生是我們自己成為有價值的人，並使別人的人生具有價值。

2011.1.3

2011杜尚新年特惠活動

這些天我一丁點也沒有想到工作，一心想著玩，怎樣讓自己開心點，因為從明天開始我就要全身心投入到工作中，2月21日前都會在非常充實的忙碌之中。杜尚在今年會面對更多的困難與挑戰，但我一定會全力以赴，絕不放棄。

我想今年杜尚將會做出很多大的革變，現在這些東西在我腦子裡還是朦朦朧朧的，很多事情自己也沒經歷過，沒底。但我知道要想發展這是必然之路，只能硬著頭皮衝。我當然知道，在每次變革時總會有杜尚的夥伴說不用改了，

但我還是要去面對，在當中找到一個平衡點，雖然這不是件容易的事。

我是該有一個新的年度計畫，也應該有一個2010年的總結，只是這些天我一點都沒有花心思在工作上，想在接下來的一周時間內完成吧。我猜想從明天10點開始，會有很多焦頭爛額的事情湧向我，然後一刻不停歇，此時此刻，我想那也是件挺有意思的事。

年初一跟爺爺聊天時，爺爺把他的後事如何安排說給我聽，那麼開懷淡然，我很佩服。

年初二在外婆村上和一個我小時很敬仰的小企業家徐老師聊天，聊一個關於人和歷史的話題，有一段他說：即使秦始皇在他那個時代那麼有錢，他也不希望現代人把他和他的陪葬品挖出來供人觀覽吧，還不如像周總理那樣把骨灰灑向祖國大地！錢是什麼？當有一天我也能開懷淡然的去面對生死，我想那時我恐怕也到了古稀之年吧。

傍晚看了楊瀾關於王菲的訪談錄，王菲說她追逐自我內心的真正感受，不愛裝，她還說了運氣及天賦，運氣這事兒很難說，至少我沒她那運氣，因此，在2011年我算是明白了一件事，不能像王菲那麼真，有時候要裝一下。

在〈新少林寺〉中劉德華把「悟」和「忍」發揮到極致，從一個什麼都有但想擁有更多──貪婪，到最後什麼都沒有但心靈得到滿足，而不惜用生命去感化他人，這是個什麼樣的境界！

我想，電影可能為了提高可看性把曲折極端化，但一部好的電影確實會讓人反思，也就是「悟」，你悟出了什麼？我悟出了「欲」，男人天性中存在著野心和欲望，所有的戰爭硝煙都是因野心和欲望而起，人與國家都需要控制「欲」，控制不好則欲火上身，自取滅亡。偶爾的回首會讓人有收心的效果，即控制了「欲」。

一個月前我與某核心夥伴遇到爭議發生了爭吵，鬧得有些不愉快，回頭想想，這就跟「欲」有關，其實我們已經收穫了很多，但是欲望沒有控制好

便發生了矛盾。想想創業初期，如此艱難曲折大家卻團結緊密，而現在日子好過了卻要這樣折騰。事後我們都諒解了對方。

錢是什麼？兄弟是什麼？快樂是什麼？幸福是什麼？生命又是什麼？我還是會寫日誌，寫微博，我會在乎別人說什麼，但我更在乎內心要快樂，如果有人讓我內心不快樂，那我就不管它，因為我更在乎自己內心的快樂。

2011.1.6

路與盡頭

凌晨的慶春路口，紅燈，外面很冷，斑馬線走過去一對相互挽著的情侶，很是溫暖。雖然車內開著暖氣，可我感覺心是冰冷的；又走過去幾個人，不是情侶，我隱約看到他們臉上的笑容，看得出來他們也不冷。

午後的教工路百腦匯地下車庫，要付8元停車費時我發現錢包忘帶了，身上唯5元全繳了，然後說「真對不起，錢包忘帶了，3元下次補你」；收費員不肯，好像是我騙他，讓我去樓上借；我火了，說3元還讓我跑，好吧，那我就停堵在這了，後面的車按喇叭；無奈，他還是放我走了。

事隔幾日，我在附近辦事，特地停在此車庫，出來時他說6.5元，我給了10元，說上次還欠你3元，他很驚詫，稍後露出了微笑，說：「噢，好的」，然後問我有沒有5角，我說沒有，她給了我1元硬幣，說：「那下次給我吧」。這回換成我感動了。我希望我們的社會能多一點信任，多一點互助，多一點誠信，那樣生活會更美好。

傍晚在給一位小朋友剪髮時她爺爺在沙發上靜靜的坐著，老爺爺的衣著西裝領帶很整潔，一絲不苟，很像我所尊敬的一位日本老爺爺，我想如果我老了，是否也可以像他那樣精緻的過生活。

午夜，在中山北路十字路口，綠燈，外面寒冷，一位老爺爺蹣跚的剛走到馬路中間，我放慢了速度讓他先過。即使老爺爺再慢一點，那也是值得我們等待的；即使老爺爺闖一個紅燈，那也是值得諒解的，他為什麼這麼晚一個人走路呢？我漸漸行遠了，我是個凡人，同樣也那麼蒼白無助。

時間過了好久，我蹣跚的走在馬路中間，有一輛小車停下讓我先過，我微笑了，我年輕時也曾這樣做過。臉頰不知什麼時候流下了淚水……

2011.1.17

不要頹廢，我要陽光和微笑

在夜宵攤上吃了碗「安徽料理之蛋炒飯加牛肉」，肚子好飽，回家路上我在超市買了零食，還想往肚子裡塞，我喜歡這樣「虐待」自己，好像很有快感。我悠悠蕩蕩走回家，社區正門口有家休閒店，有個女人坐了個高腳凳貼著玻璃，含情脈脈的望著過往的每個男人，難道她就是都市快報年會視屏所放的那個胭脂新村「鎮巷之寶」嗎？呵呵。

我的笑有點勉強，像是苦笑，這些天有些累，感覺生活品質很差。有了個微博的東西，可以用手機發，很方便，於是有點冷落了自己的空間博客，但兩者本質上還是有很大區別，空間有深度多了，微博只是簡短片語，不過滿符合快節奏的現代社會。

上月下旬去澳門簡短巡遊，看了場秀，上了堂課，見識了很多行業的佼佼者，也去小賭了下，贏錢時旁邊竟冒出一位小姐問我是否需要服務，這人生地不熟的，哥被嚇壞了……

曾在微博看到這樣一個事情，英國出了一本書叫《What Every Man Thinks About Apart From Sex》譯成中文是「男人除了性之外還想什麼」，

推出之後爆火，在Amazon一開賣就被搶購一空，其實裡面200多頁打開後全都是空白！原來除了性，男人想的……就沒有啦，哈哈，看來買來可以做筆記本嘛！

我生命中的那些人

　　經常跟紫夜和勇說，如果你真想以後做到優秀，首先把你們情緒化給克服掉，在我看來，一個不能控制情緒的人是不適合做管理者或承擔大事的。因為在你主導著一個多人的隊伍去完成一個使命，然而關鍵時刻如果不夠理性，爆發個人情緒，會導致整個項目失敗。

　　昨天周會時因為某某短暫缺席和某某行為表現讓我很不悅，心中怒火重燒一觸即發，但還是努力讓自己淡定下去，輕描淡寫了某某，因我如爆發了情緒，會使得整個會議氣氛變得非常嚴肅僵硬，那後面主線內容效果就會減半了，為了大局哥忍了，呵呵。

　　再延伸分析，這問題事後還是有幾種方式可以面對的：1.寬容，站在他人角度想，可能這次是例外，以後不會了；如是常態，那我則更同情他，因為不懂得尊重他人我相信他以後也不會有多大出息。2.事後找個恰當時間跟他們好好談，溝通下相互之間配合的問題。3.用制度權力壓制，像天朝政府一樣。這幾種方式我都用過，現在基本都用第二種方法。

　　我跟林說過，員工在這裡上班所圖的不外乎三點：1.金錢，2.發展，3.快樂。三點全要確實很難達到，但我們要一直提醒自己朝這個方向努力。第三點的快樂我深有體會，Gan那日跟我說在喬治收入雖然更高些，但還是願意留在這裡，因為這裡工作比那邊開心，不知道她這句話是否虛偽，但聽聽心裡

還是開心的，呵呵。

我還跟林說過，制度只是權力的一面，要多溝通，瞭解員工的真實想法，尊重他們，在發展原則和員工要求中找一個平衡點。簡化來說就是：尊重員工想法並不代表軟弱，我們自有底線。因為對有些文化素質比我還低的人不能養成欺軟怕硬得寸進尺的習慣，你尊重他他反而牛起來了，你對他好他覺得不夠，通常這種情況就是把底線亮出來的時候，再不行就是緣分盡了。

那些暴發戶的財富也曾讓我心生羨慕，但我同樣相信他們吃了很多常人沒吃的苦。這輩子我是暴發不了了，我知道再怎麼努力也不一定會成功，但是不努力必定不會成功，亮哥還是會一步一步往上爬，祝亮哥好運。來一首周杰倫的〈蝸牛〉送給自己。

2011.4.3

愛與友情

下雨了，有點冷，昨晚聽了〈你是我的小蝴蝶〉，很好聽，讓我想起去年夏天，對面那棟樓有一住戶就是放了這首歌，旋律真好聽，可當時我在電腦上一直搜不到這首歌，為此還鬱悶了好久。

明早要起早去上課，程林給我們分享他在上海學的剪髮技術，我特意叫前台通知了每位髮型師，看明早誰會遲到，敬請期待。

平回了趟老家，開著他的新5系，想他心裡應該滿樂的，哈哈。他也是83年的，我讀書時的班長，是個聰明的農村娃子，我學習的偶像呀。

昨天陳叫我回老家聚聚，說是鮑也回老家了，我苦笑到，其實是想回的，但動力沒那麼強。曾經我和鮑那麼好的哥們，不知怎麼的，今年我打他至少10個電話，一直沒接，我還擔心問陳是怎麼回事，他說鮑今年混得差，說跟我打

電話也沒什麼話說，就不接了。我挺火的，我是那種人嗎？你沒錢我就看不起你嗎？以前每年回家把你們當成比親人還親的人，就因為我們從小一起長大，認為我們的關係可以擺脫銅臭味，然而如今卻這樣了，滿痛心的。此刻說完這話，忽然想我是該跟他好好談談，或許我倆有些地方誤會了。

確實有很多人都認為，人跟人之間是相互利用的關係，而我始終認為，當你是這樣想，那麼你確實就是這樣的人。在我的認知中利用是一種表面關係，這是社會造成的，不是人的本性，人本性是善良的。像我這樣的人也害怕孤單，但我為什麼能長期單身，這代表我並不孤獨，因為我有一些兄弟姐妹可以噓寒問暖，那難道可以說我在利用他們嗎？在我看來不是的，朋友交往能讓我們感到溫暖和愉悅，我認為這不是利用，而是在相互傳遞幸福，這是一件多麼有意義的事，這才是上帝賜予我們生命的真正意義。

我確實看到社會中有些人，他們目的性很強的在處事和交友，這些其實我們應該諒解和寬恕，因為這只是人生命中的一個階段，跨過了這一層，再回頭看就知道曾經做了些傻事，傷害了一些人。

近年來我心也緩緩淡定看開了些，在我看來，能被人利用也是件開心的事，表示我有存在的價值，如果他利用過再傷害了我，只要沒結束掉我的生命，我想那也沒什麼，有一碗飯吃，可以看看藍天和白雲，我想我也會說服自己滿足的。

人所有的折騰與不折騰都源於大腦思維，因此隔一段時間我就想把大腦思維整理下，把一些雜質梳理掉。大環境是可怕的，它確實會影響人的思維，但我會選擇那些同方向的積極思維擷取吸收。在遇到生命中重要的人時有時也會一時糊塗，但我想時間久後本性還是會自然展現。

是人都會有弱點/缺點，通常我們認知中完美的人，在我看來那只是你還沒走近他（她）的生活而已。於是我推理認為，最長久的幸福就源於日常簡單生活的細節，只是被一些粗心的人忽略掉了而已。

　　我們推崇浪漫，而浪漫在我看來就是做一些不切實際的事，因為生活太他X平淡了，偶爾浪漫一下是能增添不少生活情趣的，呵呵。

　　小強那天QQ上說了一段話提醒了我：人不要犯賤，那些表面純真但相處卻與你打太極的人，你覺得有內涵；而那些原本就很美好，還內心純潔真誠待你的人，你反而覺得膚淺。真的，不要忘記人性中最美好的就是內心純潔待你的人。

　　我其實一直都有欲望，那是因為我認為我這年齡就應該努力去爭取，我喜歡這樣的過程，雖然辛苦的時間多過玩樂。今年以來我並沒有百分百的努力，我應該做到更好，可我是怎麼了？一堆亂麻，感覺無從下手，有人說我想太多了，我只想說，在不同處境，人的想法確實會不一樣。人跟人之間並無法完全理解對方的思想，只求能相互尊重。

　　我曾喜歡過一個女孩一兩年，但竟單純到從沒認真好好去談感情這件事，後來她去了北京，現在想想，真正走進生活中也未必是你想的那回事。想想很多事其實沒必要那麼計較，我也一直堅定樂觀的認為丘比特現在沒幫你泡妞，其實是他覺得後面還有個更適合你的人在等著你，哈哈。晚安，朋友們！

2011.5.3

活著

　　兩個月沒寫日誌了，這是印象中最長的一次，很忙嗎？我問自己。再忙其實也能擠得出時間，我告訴自己。心很難靜下來，凌晨，偌大的房間，台燈微弱的光源，能聽到空調出風口沙沙的聲音，窗外有空調水滴在遮陽棚上噠噠的聲音，此時這聲音令人生厭。

晚上和兩個友人去一茶一座吃夜宵談點事情，明天上午計畫去朋友學校看下他們老師上的一個課程，順便帶一個杜尚同事過去。吃夜宵中得知小林婚姻出現一些問題，我滿觸動的，在中國離婚率越來越高了。

下午會了一個認識8、9年的朋友，是我以前工作的上司，跟他聊了很久，他的言語還是很強勢，然而我今非昔比，偶爾還會發表一點自己的看法，他的發言我雖有很多不認可，但畢竟他是前輩。他談到商人利益最大化是所謂融資，定位於賺快錢，我鍾情於長線發展不賺快錢。我感覺價值觀相差很大的人做朋友還可以，但不適合在一起共謀事業。

我變了，有點失去以前的自己，讓我冷靜想一下。上次我回家看到從小一起長大的朋友潘，我找他時他去推拖拉機了，因雨天泥巴路讓拖拉機輪子下陷了。我坐在他家門口，看著他把一塊一塊水泥磚搬到20米遠的施工點，他家在山上，門口全是茶園，很安靜，很少看到陌生人，潘的媽媽幫潘帶兒子，有時囉嗦幾句孫子，小時候我們和潘一起玩耍時她也這樣囉嗦潘的，20年過去了，潘的媽媽沒有變，而我的思想有了天翻地覆的改變。

看著一大片茶園，腦子裡卻閃出在城市工作競爭中某些人性的醜陋，閃出上班路上搶道堵車引發的很多人拼命按著汽車喇叭的景象，有個場景經常在我腦海裡出現，去年被一很好的友人騙得很慘，我坐火車回老家散心，途中看到一農民在空曠的山野上挖地，我遠遠的看著，想他腦子裡應該不會想到在遙遠的城市裡有那麼複雜醜陋的人性吧。

其實在「人」的認知上我是有些矛盾的，從「幸福感」來解釋的話，就是人達到一種滿足感的時候，而滿足感是相對的，人在單純時更容易獲得幸福感，而在你瞭解很多知識或是在求知的路上，幸福感反而更難獲得。也就是說人的幸福感是可以自我設定、自我感知的，人被城市複雜的環境影響，慢慢失去了原有的自我感知，隨著環境改變，也就是失去了原來的自己，那之後的幸福感可能只能是短暫的，因為社會環境一直在快速的變化。

　　我小時候也挖過地，曾想如果母親不把我送到杭州，也許我也適應農村裡的生活，不需去瞭解外界，那麼每天下午一個人挖挖地也就不會感覺寂寞，甚至還會快樂的哼著小調……

　　人活著時開心的活著，死時也開心的死，那我覺得生命就有意義，即使他沒有周遊列國、沒學過英語、沒上過大學也是無關緊要的，我所認知的人權不能規定一個人必須要按美國人的思維去生活的。

　　我這樣拼是為了什麼？沒必要把自己描寫成完人，我發現自己人性中很多醜陋的一面，可我還是保留了，如果全部去掉那可能就不是我了。我要有自己的價值觀，別人的看法可以考慮，但不可為別人的期望而活，我就是我，要活得快樂。

　　我又夢見那個山頭，我拿起釘耙，舉過頭頂，狠狠的一次一次挖下去，累了就躺在地上睡會兒，無需計較髒與累，我的生死隨遇而安。

2011.7.22

東京的夜晚

　　作為一個髮型師，不去感受下日本的美髮服務那肯定是不行的，我在銀座一家髮型店因語言不通就洗了個頭，4900日元，折合成人民幣約400元，剪髮是1.5萬日元。幫我吹頭髮的是位女髮型師，因為日本美髮界收入不錯，地位也還滿高，因此有很多女性的髮型師。

　　那天我們在新宿吃晚飯，忽然間大地開始搖晃起來，持續了5秒鐘左右，看到路邊電線桿及電線在搖晃，後來才知是地震，5.3級貌似，我一開始還以為是地鐵開過造成的，傻呀。

　　即使國家富裕，這裡依然還是有流浪漢，晚飯後我們遇到一個流浪漢，

我兄弟給了那老人一根菸，那老人鞠了好幾個躬，讓我有一種酸酸的感動。

2011.8.11

野蠻思考

晚上十點，在社區邊上看到那個麻辣燙店的女人抱著小孩在店門口乘涼，這家麻辣燙店換過好幾撥主人，這對年輕夫妻是最長的，因為上次去吃時這女人還看不出懷孕的跡象。

某日的凌晨3點，丁丁送MM回家，要我一起開車陪送下，想想哥倆好，我就跟在後面，沒想到路途好遠，從城西開到了丁橋過去，打開車窗天氣很涼快，偶爾紅燈，這裡房屋稀疏了很多，不遠處有一幢孤零零的樓，寫著棋牌娛樂之類，我在想這麼偏這棋牌室還會有生意嗎？我可能接受不了這樣的偏僻。後來回想，小時候我們鎮上也是個稀疏的流水街，住農村的我們周六日會跟幾個夥伴步行一兩小時去鎮上玩，即使那樣稀疏，遊戲廳那麼不起眼，但幾乎所有鎮上或農村小朋友都知道，因此用我小時候的思維來思考，在這裡棋牌室生意還是會有的，而且還可能很好。

最近壓力很大，前些日子買了套杭州的房子，本想把我09年寫的當時賣房日誌找出來做個對比，寫個心情日誌，但想想太高調了，還是算了，再說也很難有那個閒情了。很顯然我09年日誌裡所寫的內容及對未來房價的判斷是錯誤了，導致我現在要是買之前那套房得多花45萬，父親一直到今天還經常說我賣虧了，不過我發自內心沒後悔，至少我完成了夢想之一，開了「杜尚」，且值得慶幸的是到目前還沒失敗。

上周交房子首付時我把父親帶去看了下樣板房，父親開始有點認可我了，說你要多努力，一定要還得起房貸。我笑道，必須的。父親慢慢老了，

也慢慢接受現實離開了夢想，這對每個男人來說都是那麼不情願，但這就是人生，因此我們更應該珍惜時間。

　　成年後我從沒要求或指望過父親一定要給我幫什麼忙，也正因為這樣想，所以每當父母給我一點點幫助我就會感到很幸福。父母是賜予我生命的人，今生都感恩不完。

　　姑姑是個靠種田為生的農民，在得知我要買房時擔心我壓力大，主動提出把家裡僅有的幾萬元借給我，我說不用了，她說沒事的，放在家裡也沒用，不如先給我用，她錢不急，等以後寬舒了再給她就好。我聽了心裡很酸，真的很感動。

　　我想我真能一直賺錢嗎？能還得起房貸嗎？能再換輛好車嗎？雖然我回答父親時那麼肯定，但心裡未必如此，這世界有很多事情我無法控制，即使我很努力，又佔據天時地利人和，但也可能有不幸的時候，願那時我還能有淡然之心。

　　追逐夢，有名利，空歡喜，酸與痛，換個角度看也是享受幸福，人生不過來世間走一趟而已，我常說我願活得幸福，即使只活60歲，我也會含笑死去。稻盛和夫說：人其實就如路邊的一粒沙塵，只是人把自己看重要了，從地球的角度來看，一粒沙塵和人並沒有區別。在我看來，如果有一天我死去，火化後成灰燼，也算是與沙塵一起相依長眠了。

　　當然我不能只在虛擬的思維空間裡優游，還是得回到現實，通過競爭去追逐名利及獲得普世的成功，這也是讓大多數年輕人樂此不疲的事，國家也會因人民的競爭而進步。最近我也是勞模，為錢而努力，讓自己增加壓力，在此基礎上還準備涉及相關合作與發展，把風險比之前擴大了三倍，工作量也大了三倍，可我還是樂於嘗試，一句話，老子來這世界就是為了折騰！

　　我驚奇的發現，每個人一生中都有很多完成夢想的機會，只是有時候它們就在我們邊上，我們沒察覺而已，而有時候你察覺了，卻拉不住它，還有

的時候你一直在封閉自己，根本沒發現它的存在。

任何一個人，無論是億萬富翁、國家總統、富二代、公主還是農民，他們都會有情緒，不會一直是快樂的，因為這就是人類，如果你害怕情緒低落，自己難以招架，那麼在你快樂時就多分擔點痛苦吧，但不要一次分擔太多，多了思想就會變得平淡無奇，至少在年輕時我不喜歡這樣，我認為年輕時就應該有稜有角。還是那句話，無論你喜不喜歡現在的生活，都是你自己選擇的人生。

2011.9.2

謝謝

感謝杜尚的骨幹們今晚對我的支持與理解，一路走來，雖然辛苦、累，但感覺還是很值得。我不是強人，只是一個熱愛學習的人，雖然AZ說我的思想會引導未來走得更遠，但我想說，靠我現在這點腦子是遠遠不夠的。

有時我也很希望能有個高人為我指點迷津，但尋尋覓覓難以遇見，我無法停止腳步，必須去完成那些看似不可能的事情。其實一個簡單決策的背後，有我們長久的思考，因為未知，所以害怕，因為害怕，更要考慮周全。前人說過，一件事情有60%的把握就能做了，如要等到100%沒危險才做，恐怕機會也輪不到我們了。

老W晚上跟我說，我制度變化太快，說心裡話，我也不想，但隨著杜尚發展，現狀和之前很多的規章制度有點「大腳穿小鞋」的感覺，作為管理層要儘量創建一個符合現況的公平規則，所以要即時更新。以他的立場來看，有些規則越來越嚴格當然是不喜歡，但沒辦法，我總感覺一個決策能做到讓每個人都滿意是不大可能的。團隊就是這樣，有時要犧牲自己的一點點利

益，長久下去就OK了。

　　這幾天杜尚第一步已進行改革，具體成效要看一月後。第二步改革今晚討論會時比我想得要順利一些，真心再次感謝杜尚團隊核心夥伴對我的理解。創業初期，有時我也未必有很清晰的思路去規劃鋪墊一條很明確的路，我沒這能力，但我會一直努力，因為責任，我告訴自己一定要努力引導大家一起進步。

　　我知道有些夥伴心裡還是對我有些不滿，我能理解，真的很抱歉，我希望我們一起奮鬥，三年後再回頭看，那時你的能力或者收入有很大的提升，你或許會對我微笑肯定一下，那就能讓我感到無比幸福。

　　杜尚的助理們，接下來我一定要和店長和教育主管們多商討研究，用心把你們帶好，讓你們有獨立思考的能力和正確的價值觀，你們是我們行業的未來希望，謝謝你們對杜尚的付出。感謝你們，我會一直用心努力，決不放棄。

2011.9.24

吸引力

　　我尋思了好一會兒，很想把感觸隱隱約約表現出來，但發現文采有限，那就隨便點吧。

　　最近有些不順，先從遠些講，與K商討很久的「夢」計畫，那天在商談具體細節時，談到凌晨2點，最後還是以失敗告終，雖我們不合作，但依然要祝願他能圓自己的夢。除此之外，最近自己還做了段日子的替身，雖有點心酸，但生活本就是由酸甜苦辣所組成。

　　延續到昨晚回老家，一次下錯高速口，一次開過了高速口，浪費好多時間；今天匆匆睡了3小時，去陪新郎結親，累得半死，稍稍休息竟錯過了酒

席，還與從小一起長大的B因些莫名其妙的事，他一下子把我當成仇人，在這樣的雨天，我帶著冰冷的心，草草吃了點飯，選擇了回杭州。

回家爬樓梯時，腦海裡輾轉重播這些悲催事，嘴角竟不自覺笑了起來，心裡道：他X的，還可以再多點悲催嘛。哈哈，算了，不必那麼較真，讓自己快樂些。

一起長大的C與B，我心中很親很親的兄弟，C今天結婚，B也快結婚，今天與他們相處感覺自己有點格格不入；看著C的新娘在跟她媽媽道別時倆人流著眼淚，我深刻感受到一個男人對老婆的責任，想想母親辛苦把女兒養大，就這樣交給了這個男人，心裡有多麼不捨，對女兒未來的幸福有多大期盼。

村裡人看到我時都會拿我尋開心，問題基本千遍一律，婚姻問題我早已對答如流，我指著D大叔6歲的孫子說，等他長大娶老婆時也就是我娶老婆的時候，呵呵。我其實對結婚還真是順其自然的心態，不急，真要急的話在08年就有機會結婚，我沒有，因我覺得婚姻是很重要的事，畢竟是要在一起一輩子，如果隨便結下也是對別人不負責任。

人是渺小的，而且無法不被環境影響，因此選擇的環境對我們未來思想潛在變化有很大作用。臨行前，我跟爺爺聊了會兒，談了關於B對我的態度，其實我自有答案，雖然我確實很珍惜這段友情，但B的思想觀念與我不同，這無關兩人誰對誰錯，猶如本來在大家心中你是個穿品不好長相醜陋的女人，後來你忽然轉變為一個穿得很美內外兼修的美女時，雖然這對你來說是件很開心的事，但你身邊有些朋友認為這對他們是一種傷害或侮辱，在背後說你壞話，甚至以後老死不相往來；又或者原本平起平坐和睦相處的同事，在你有天升職職位高他們一等時，你同樣會發現有少數人開始疏遠你，甚至變成敵人。

馮小剛發過一條微博，大致意思是說其實每個人都有他X的虛榮心，而且很多時候還只允許自己虛榮，見不得別人強過自己，別人強過了就說別人高

調啊，膚淺啊，俗之類的惡意相告言語，呵呵。因此我們要隨時提醒自己，讓自己的內心強大一些，寬容一些。

　　與我身邊的友人比，我發現我在感情這塊花的時間和精力太少了，感覺我是把感情當成一種附屬品，絕大多心思是花在事業上，但弄到今天發現也沒多大成績。有時還是會感覺孤單，跟小強打電話聊天時，我說是不是得多留一些心思和時間給感情了，哈哈。

　　我以前挺追逐生活與工作平衡的，後來聽馬雲演講，他說他也平衡不好，於是我慢慢的也沒去追逐了。曾翻過一本叫《秘密》的書，裡面說了一個著名的「吸引力法則」，意指：當你開心時會有很多開心的事被吸引而來，反之，不開心時就會有很多悲催的事被吸引過來。因此，讓我們都保持開心的心情吧，哈哈！

2011.10.2

洗禮

　　賈伯斯有句話我記憶猶新：「記住，你即將死去」。是的，在很多時候你無法抉擇時，在困難時，在傷心時……你只要告訴自己即將死去，你就會很容易做抉擇或從悲傷中走出，死亡是最偉大的發明，因為死亡，你現在的時間是有限的，任何名利愛情得失都隨死亡不復存在。

　　晚上去看了K，他在忙，我們簡單聊了會兒，他店面找好了，在裝修設計中，我應該要從內心為他開心的。這兩個月來他與我談過多次關於雙方合作的事，初衷是好，但一些重要細節雙方都不肯讓步，終究沒有合作，當時心裡雖然有點生氣，我相信他也會，但我很快就調整好自己，建議他可以自己先嘗試下，我覺得經歷過那些事後，我們彼此會有更多的理解，以後也許還

能合作。我們還年輕，說不定哪天你做得很好，我失敗了，然後我被你併購呢，呵呵，不過我相信大家可以彼此加油一起進步的。

人的本能反應有時是小氣、自私的，但我內心有一種道德或信仰的東西在提醒自己放大胸懷，我漸漸也明白了，胸懷可以給我帶來心靈的慰藉和快樂。我與K認識八年了，這份友情我很在乎，人能有幾個八年，我認為我們因合作而有一些利益上的爭議是很正常的，有時候合作不僅考慮你我，更考慮團隊利益，不能以自我為中心，換成任何合作都是這樣。我跟他說：如果跟你做兄弟或合作只能選一種，我寧願選擇做兄弟。我後來好好思考過我當時說這句話是不是虛偽，但我的內心真是希望那樣，祝福他一切順利吧。

白天忙於工作相關事物，因為有一些「假象計畫」，所以永遠有做不完的事情和做不完的準備和鋪墊，為了能多一點工作時間，飯經常都是讓前台幫我點好送來，但即使如此，我發現我仍會因為一些微博，一個花邊新聞，一些淘寶購物，情不自禁的長時間陷入……使時間不知不覺過去，而一些很重要的事卻沒完成，於是就開始自我譴責，可是時間長了，發現自己也沒改變多少。我知道這方面我不缺方法，我很懂事情按等級輕重緩急排序，我最缺的是執行力，所以我要進一步給自己施壓了。

在經歷過一些感情後，最大的感觸是有些傷不起了，我後來得知感情還是有很多方法和伎倆的，原來女人分好多種「類型」，還有道兒深厚的，我漠然了很久，告訴自己以後不「裝逼」做好男人了，我就是壞男人，讓自己壞一點也沒什麼不好，呵呵。

D說他從不泡妞，都是妞泡他，哈哈。這當然是玩笑話，但是憑他那三寸不爛之舌和那張比牛皮還厚的臉，再加上千杯不醉的肚子，如果在酒吧，我覺得他還是非常有魅力的。當然，在我看來J的境界更高了，如果說D擁有三寸不爛之舌，J更像是一個徐志摩般的詩人，明明是通俗的想跟人家上床，他會說出：「很想看著妳每天早上起床醒來……」，通過語言文字把人帶入一

個幻境遐想之中，還更有寧缺勿濫的表面精神，把博大精深的中國文化魅力發揮得淋漓盡致，實在是個有情趣的高人！

跟這兩個兄弟在一起玩我還是非常開心的，很放得開，笑點太多了，但也不能玩物喪志，像前兩天萬聖節時D就誘惑我出去玩，我硬是克制住了，把手機關機，躺在床上看了一部早就想看的電影〈社交網路〉。

我感覺自己想要的太多了，而自身能力還太弱，兩者之間的差距會激發自己的動力，同樣兩者的差距也會給自己帶來不好的心情和空虛寂寞。

說是一個老者閉關十年修行「移山大法」，終修成道出關，眾人前來拜訪，大師對著十米開外的山大聲練到：「山過來！」一分鐘過去，山未動；大師又練一遍，兩分鐘過去，山還未動；眾人懷疑，大師跑到山邊上，說：「山不過來，我則過去！」

生活就是這樣，山不聽你話，你改變不了山，那就改變自己吧！

2011.11.4

2012

三十而立，內心一面

　　我常給自己找很多理由不寫日誌，比如說今夜的天氣太冷；或者我不喜歡在筆記本上寫，想去把手機越獄了裝上搜狗輸入法後躺在床上用手機寫。在我看來，寫日誌是需要相當放鬆舒適的環境才能抒發情感的，可我想還是得寫點吧，因為離上次寫隔得太久了，都2012年了，曾經的我可勤快著呢！

　　年初八，我的親妹嫁人了，出嫁那天我跟媽說，人家嫁女兒都會眼含淚水哭兩聲，你沒有嘛，媽笑了。我們一大幫人差不多開了5小時車來到她老公家，這是我第一次來，其實我早知道他老公家沒什麼錢，甚至相對城裡人來說有點窮，作為哥哥當然希望她能找個條件好的人家，但幾年下來發現兩人還是恩愛。我便也不說什麼，畢竟妹妹也是成年人，她有權決定自己的人生幸福，也能擔當得起自己的選擇就夠了，只要他們開心就好。

　　出嫁前親戚們放了很多炮竹，接親的也來了，村裡很多人也來看熱鬧，我躲避著炮竹，遠遠的看著忙碌的人們，心裡一陣感動，我努力讓眼淚不流出來，我自責有點置身事外，其實妹妹的婚姻我若多花點精力，定會更加光彩。

───────

　　忽然想起過年時在兄弟青山那拿了一百元錢，忘記給他了，明天打電話跟他說聲。他去年10月1日結婚，為此我特意請假送了個大紅包，還把車開回家充當接親的車隊伍，路上跋山涉水，兩天只睡了三個小時，可後來大家喝喜酒我因為太睏睡著了，他們沒叫我，結果喜酒都沒吃到，當時心裡真挺委屈的。後來想想也不是他的錯，慢慢就釋懷了。

　　今年過年他在家陪老婆，不能一起玩，也不能像以前那樣我倆睡在一起了，心裡有點遺憾，但還是要理解的，畢竟有家庭了嘛，人這一輩子很難想什麼都能擁有的，時間和精力有限，我們都得學會為了重要的人和事慢慢疏遠一些曾經很好的夥伴和朋友。人生本就是一種缺憾，就把它當成一種美吧！

　　越是愛一個人就越在乎，情緒也會因此受影響波動，為什麼？我認為愛是一種感覺，情緒是寄生在感覺上的，它們是共生的，也就是當你投入了真愛，情緒就必然會喜悲波動，這正是愛的真諦，用理性的方式去感受喜與悲，想想這之後的感覺會是什麼？

　　三十而立，四十不惑，我常常試著用四十不惑的思想去探索生命。我發現近一年身邊曾經有幾個好夥伴慢慢的我們相處少了之前的那份火熱，反思這個問題，先不談人家，得從我自己反思，我的人性隱秘的地方有醜陋的一面，有嫉妒心，自己包容心不夠，這些導致我變得冷，缺少了原本朋友間的真誠，又或者別人的冷我沒有用暖去感化，而是用冷對冷，雙方再用表面的言語來修飾一個暖場，長此下去，一個原本知心的朋友也變得越來越陌生。

　　我不去迴避生命周期中必須經歷的悲歡離合，但我警戒自己是否因狹隘的胸腸而錯失或傷害了一些朋友。世界萬變，世事難料，在現實社會中，有成就者必有頑強意志。誠然，無成就者，一口飯也足以延續生命。不同的是，有的人崇尚平淡是真，而有的人崇尚通過奮鬥實現夢想讓生命多姿多彩。兩者無好壞，只是兩種不同生活方式，自己覺得樂、值，就足矣。

2012.2.3

金色隨筆

　　記得很早以前我有些小小的想法，後來人生經歷了一些事，思想發生了一些改變，目標變大了。再吃了些苦，奮鬥了兩年後，人的潛意識裡又有了一些小富即安的感覺。有人說，人這一輩子都是在自我挑戰、自我實現的過程。我感謝那些苦難的經歷，感謝那些傷害我的人，是他們讓我變得堅強，讓我發現我還有如此大的潛能，讓我萌發了更大的野心和夢想。

在感情中我也經歷過那種椎心刺痛，但那又怎樣，你必須堅強，即使再受傷也仍要相信愛情。我是個熱愛工作的人，常常在工作中能找到自己的價值所在，有一種踏實感。我不喜歡把自己吹得很高，雖然這個社會有很多人把自己包裝得很好，但交往後日久見人心，那些內心虛偽的人，我相信睡覺時肯定不會像我睡得這麼踏實——跟死豬一樣，呵呵。

我生命中也出現過「演員」，演得很逼真，今天與你海誓山盟，一個時辰之後就突然分道揚鑣，這不怪他人，只因自己不懂得保護自己。但對於我，我得審視「保護」這個詞語是否適用於我。我不想做個弱者，我一直認為我是內心的強者，OK，的確，我一直沒想過保護自己，因為我的價值觀要求自己在友情和感情世界裡要保持一份真誠，純潔，沒有任何雜念的去投入。

我也不知道未來跟一個女生能否走一輩子，但至少我會認真的對待。我做不到心裡面同時裝下好幾個女人，我佩服那些功底深厚的男人和女人們。我想我還是會一直保持內心的那份純真，永遠永遠，因為那是我內心的聲音，只有這樣的感覺能讓我的心靈得到很好的慰藉。如果是未來的婚姻和老婆的話，我想要一個自己深愛的、很純粹的愛情，能夠彼此信任及簡單生活的人，我不喜歡那種心裡面能裝下很多人的人。

你當然可以這麼認為，這是一個浮躁虛榮的世界，但我依然相信，有那麼一個人可以做到真正的彼此信任，坦誠，守信。如果兩人在一起缺乏了信任，那麼再多金錢也換不來幸福的。

回想往事，心陣陣刺痛，這時，我的內心開始嘲笑教育我道：小樣，看你太把自己當回事兒了！好吧，看開點，如果我死後，我喜歡火葬，那我就能化作一顆塵埃，風一吹就飄呀飄呀，無影無蹤，好不自在。

太陽每天升起，每天都是新的開始，歐耶！

2012.4.3

杜尚二店華麗開幕

在杜尚創立兩年零一個月後，第二家杜尚誕生了，我心中沒有所謂的快速複製，心很淡然，一直告訴自己有多少能力做多少事，告訴自己可以踮起腳尖跳抓東西，卻不要想自己能飛翔著去抓東西，永遠把杜尚的健康發展放第一位。

新店的設計在視覺上有了很大的提升，我一直專注於專業髮型領域，要求杜尚的環境要有時尚感，有設計感，讓顧客和員工有舒適感，因此我一直力所能及的要求每個小細節做到完美。因此這兩個月我一直是在煩惱與痛苦中糾結，裝修時經常改動，為了一個櫃子面板的顏色，讓工期延長了10天，為此也浪費了數萬元，但這一切都因為我們要追求力所能及的完美。

我們會一直努力，把杜尚做得越來越好，我會一直加油進步，希望每一次都有新的突破，這是一件很有意思的事。加油，堅持追尋自己內心最想做的事，執著，永不放棄！

2012.7.9

9月總結

那日跟馬哥一起走在北京五道營胡同，找了家咖啡店坐下，一進門別有洞天，一個四合院，中央一棵成年大樹可以遮陽，很喜歡這樣的感覺。我努力讓自己心靈安靜下來，來思考接下來如何活著的問題。

近年工作越加忙碌，滿腦子的商業氣息，少了很多生活情趣，即使有那麼一點，感覺也有種虛榮的表象。我熱愛學習，喜歡在陌生的城市行走，北京和上海我都很喜歡，我還很想能去歐洲一些國家。時間變得很不夠用，老是會提醒自己要合理計畫安排時間。

認識了很多新朋友，有德高望重的前輩，有價值觀相近的朋友，有功利性很強的朋友，有表面完美內心虛偽的朋友，我基本都能樂觀面對、接受、包容了。

對於工作，在經營理念上有了比較顯著的成長，開始有持續發展的雛形，短期看可能會有波折，長遠看我還是有信心。我喜歡工作，工作讓我感覺踏實，現階段我有做不完的工作，對於工作能寫長篇大論，但我已寫不出自己的生活感悟了。有時會有孤獨感，但我告訴自己去適應孤獨，享受孤獨，若想思想上自由，確實是要付出代價的。

2012.10.2

10月隨筆

莫言說他一直到現在還保留著用筆寫作的習慣，看來人一旦養成習慣是很難改變的，年齡越大越是。本是周末可以睡個懶覺，但早早醒來毫無睡意。10月2日兄弟H結婚了，在婚禮台看著他倆一起宣誓，心裡很感動，祝福他們吧。

我們終於老得可以考慮婚姻那些事了，曾經覺得離自己還滿遠，我應該什麼時候結婚呢？上次有個前輩說我要到40歲左右才會結婚，坦白說我都不知道。順其自然吧，我不會為結婚而結婚的。

今年以來發現自己與一些曾經的朋友少了聯絡，大部分時間都用於工作以及思考工作那些事兒，德魯克說管理者的工作量是很難界定的，因為即使他坐在那一動不動，他也可以是在思考工作。我最近也在思考為什麼會與原先的一些朋友漸漸疏遠，我想是因為生活狀況和價值觀已發生改變，頻道變得有些不一樣了。

　　譬如說一哥們曾經和我都單身，那段時間就經常一起玩，後來他有了女朋友，一起玩的時間就少了，如果我還單身，也不願在那裡做電燈泡。再後來他若結婚了，家庭瑣事纏身，相聚時間就更少了，即使在一起，談的也是些柴米油鹽之類的事。

　　又譬如曾有段時期我很愛打桌球，於是就有了一幫愛打桌球的朋友，可過了一段時間不愛打了，於是就慢慢疏遠了；若我開始喜歡騎自行車，於是有了幾個熱愛騎自行車的朋友。我發現，人會因為自己的一個愛好/興趣和某一時期的環境，會遇到不同的朋友，那段時期交情會比較濃烈一些，認為你們會成為一輩子的知己，其實這是很難的，不要以為這一輩子很短，若以每天計算，還是很漫長的，你慢慢會發現，思想會隨著時間有著潛移默化的改變。

　　當然好朋友也都應站在對方的角度想，不應因相聚少而關係徹底遠離。只是我們活在社會中，不免因生活而與人打交道，認識朋友越來越多，而自己每天的時間都是固定的，因此照此計算，當朋友越多，深交的朋友就越少了。因為深交的朋友少，心情低落時你可能很難遇到一個能訴說衷腸能瞭解你心情的人，當然成功學裡常說不要把悲傷的事向朋友傾訴，因為他們不是你的垃圾桶。

　　我想說，成功吧，用王朔的話來說，不就是賺了幾個臭錢讓別人知道嘛。好朋友能互訴衷腸相互理解，是非常能讓心靈健康的。因為在我看來，人藏在心中的悲觀需要被化解成積極一面的，有時候傾訴給朋友因為他們是旁觀者，更容易看到走出來的路，也可以讓他們感受自己的平淡是幸福的。這些內心的陽光是那些只追求金錢的人感受不到的。

　　當然還有一點，就是我確實該多花些時間來想想工作以外的生活、工作以外的朋友，以及那些能讓自己心靈快樂和幸福的事兒吧，這是一個浮躁的社會，但我們可以努力讓自己不那麼浮躁，阿亮，加油！

2012.10.14

11月感悟 ·····························

　　今天本有個論壇講座，但我去不了，想多花點時間放在店裡。我不能忘記務實，看清自己的處境。這些天也在反省，從而瞭解認識自己，世間路有千萬條，然而你每次只能選擇一條去走。上次看M哥微信朋友圈發了一本書《捨得》，是星雲大師寫的，有想買一本，但看看家裡好多本嶄新還沒開封的書，心想不要只做喜歡買書的人。

　　還有就是像M哥已是知天命之年，家庭事業也都達到很高的程度，他可以去靜心《捨得》，而我現在還沒有什麼「得」，哪來的「捨」，我現在是而立之年，給自己要求是敢於拼搏。處境不同，方式也會有所不同。

　　思想境界對我一生起到至關重要的作用，但不是全部，我現在這年紀更要講究思想與現實條件相結合，工作經驗技能同等重要。有句話說得很好，年輕時要注重實幹，不能光思想不行動。

　　修正道。自己像是一個在大海中航行的帆船，弱小，隨意的風都能影響你的方向，海中波濤洶湧，險情四伏，得靠自己把握，當然不可太悲觀，換言之，這正是探險的樂趣，在河中划舟遊輪航行的人是體會不到的。

　　自己掌舵需要有一個船長的思維，大海無際，無法無章，到底是做探險家還是走偏道變海盜？很多時候人的本能反應更傾向於像海盜一樣，以侵犯他人來滿足自己。因此，我必須要有一種信念：修正道。

　　談包容心，小我。人在一個小的時期裡，有一些小成就領先身邊友人時，便很容易內心膨脹顯露鋒芒，很容易造成同向思維，即認為「我就是對的」，這種思維具有侵略性，對他人來說是不友善的，讓人不自在，很容易造成他人的疏遠。

　　人在社會中生存，不能只顧慮自己的思想，需要包容一些你看不慣的，要同理心思考，別人也包容一些他看不慣你的，這樣才能使社會和諧。在走

過的很多城市中，我發現城市越大包容心越強，曾看到北京的馬路有很多搞行為藝術的屌絲，有在人潮中一對情侶心無他念的接吻，會有幾個年輕人在馬路上盡情的唱著自己創作的R&B，是的，人們都習慣了包容，尊重每一個人的人性。

　　然而有人會說，因為那些是與我素不相識的人，而那些經常一起相處的群體是很難包容每個人的。然而我想說，與工作以外的社會群體友人不要去談執行力，不要談控制力，不要把家庭中和工作中的權勢帶給社會中的群體，我們能做的就是學會尊重他人，包容他人你看不慣的事，多看他人優點，然後小我精神，別把自己太當回事兒。至於對那些看不慣我們的人，我們仍然需要包容心。

　　而對於那些與我們在商場中有利益競爭的對手，我們需要培養包容心不去仇視他們，並保持距離，給自己一些安全空間，我認為這樣不是小氣，因為商場中一定是以成敗論英雄，我曾經傻逼似的對競爭者掏心掏肺，結果讓其拿了我的方案去坐享其成收割，我自己卻兩手空空。

　　當然，如果若干年後事業和思想達到自己理想的至高點，遙遙領先其他競爭對手時，你可以給對手分享，這是按卡洛斯的人類需求層次，在自我實現之後還會回到渴求社會尊重，甚至是得到競爭對手的尊重。有錢有精力為社會奉獻，給自己曾經犯的錯贖罪，進而得到社會尊重，讓自己內心變得更寧靜，滿足，安詳，幸福。學習韜光養晦，「悟到」就要勉強自己去做到。

2012.11.24

關於愛

　　這幾天很忙，忙得想談談感情的時間都沒有，終於今晚說服自己靜下心

來留點紀念什麼的。其實我本想寫得傷感矯情一些的，但發現這幾天在一些好友的疏導之下，竟然起到了神奇的效果，阿門，謝謝你們，願神保佑你們這輩子不失戀。

我媽電話中得知我分手後，竟然對我破口大罵，好像我是外人騙了她女兒一樣，還掛了我電話，說從今以後不管我，別打她電話。歐，天啊，貌似11年前來杭州我就沒受她管控過，呵呵。

可憐天下父母心，沒想到第二天媽就熬不住打我電話了，問我是不是情緒很低落？說讓我以後搬去跟他們一起住，這樣有家庭和睦感，還有就是能照顧我幫我搞衛生，給我燒好吃的，說實話我是有那麼一點動心，不過那也只可能在他們旁邊的樓租住下而已，我總覺得我與父母的關係是因為距離產生了無限的美。

當然，我估計日子還是照舊，媽照舊經常會打我電話，照舊是表示對我人生大事的擔心和憂心，我依然給她源源不斷的正能量打氣，讓她對我充滿希望，並走在希望的田野上。

謹以此篇提到你一下，因為我心中還有你，這時候寫還不是那麼虛偽，我怕過些日子心中的橡皮擦會慢慢把你擦掉，那時候再寫就沒有動力了。

感謝你這幾個月給了我很多快樂，因為你，我深刻感受到自己是個比較自我不大會照顧人的人，感謝這幾個月你對我的包容忍耐，雖然我有心願為你改變之前養成的壞習慣，但你強烈表示不需要了，以性格造就，無法根治，劃上了對我來說悲催的大結局。

當然我不是電影〈少年Pi〉裡的Pi，沒有那麼強的毅力，也創造不了奇蹟，在我努力過後，選擇妥協接受現實。於是我開始清理關於你的一些場景或照片什麼的，這個過程你也知道是痛苦的，但我想長痛不如短痛，讓自己少一些觸景傷情，你也知道我巨蟹座是很多愁善感的。

在我心裡還傷痛的時候，同理心讓我想起我也曾做過一樣傷害前任的

事，之前不應該那麼突然，至少讓人家緩和一下，於是我打了個電話向她表示歉意。前任慈悲心懷，竟然抽出時間請我吃了頓夜宵，看著她現在跟男朋友過得無比幸福，我真誠替他們開心，自己也因此積累了很多正能量。

另外，我給自己這悲催結局還加了一個理由：是對我之前所做壞事的報應！很抱歉這其實與你沒啥關係，這樣做只是為了我個人心裡舒坦欣慰些，這樣能有贖罪的感覺。

悲傷貌似很快就要離我而去，可我還是對你有些不捨，我感到對我來說挺可惜的，至少在這幾個月感覺你還是一個好姑娘。謝謝你，祝願你以後生活幸福美滿，並能逐一實現自己的夢想。

2012.12.19

2013

看上去很美 ···

　　事情的真相確實帶來了悲傷，然而木已成舟，就不要去過度悲傷，因為世間沒有反悔藥，時間更不可能倒流。只能感謝你終究知道了些真相，感謝自己生命還在，所有的一切，無論喜悅的、平淡的、悲傷的，終究都會過去。

　　反思自己，種了萬物因，便生萬物果，我所經歷的遭遇也必然是曾經造下的孽。剛看了柴靜採訪周星馳的一段視頻，周說：「如果能給我再來一次的機會，我希望自己不要那麼忙。」

　　今天一連串不好的事情奔向我來，很多事情又是自己掌控不了的，所以只能選擇妥協和忍耐，雖很難受，但也必須承擔。回想真相，痛徹心扉，我努力讓自己心靜如水。

　　題外話，前天在斌的婚禮上巧遇了前女友，相互微笑打了個招呼，寒暄了幾句。曾經我跟她分開時倆人鬧得很僵，幾乎反目成仇，因為我很討厭背叛還再三影響我的生活，後來我忍受不了戳穿謊言，導致倆人反目成仇。當他們初期的愛情荷爾蒙分解過後，進入第二階段相互瞭解階段及進入平靜生活後，她才知原來也不過如此。不到一個月，我就得到她又分手的消息。後來的後來，我對她更有了一些同情，她也漸漸明白我不是那麼壞。

　　然而，對我來說過去就過去，不會再重來。我似乎把自己描述成受害者，呵呵，其實並不是那樣，是因為我種下的因才有後面的果，一直以來我感覺自己對待感情就是一個犯賤之人，往往失去後才懂得珍惜。很多時候我沒給人家安全感。

　　回想10年前我在幹嘛？2003年2月，我的舟山東路15平米的阿亮工作室開了約1年，店裡員工加我還是3人，一天生意大多幾十塊錢，在倒閉邊緣，若某天生意能有一百多塊錢，我和員工小阿亮就會比較開心。記得02年7月某個我生日的夜晚，我和小阿亮炒了份宮保雞丁打包，買了1塊錢花生米，兩人

在出租房屋頂喝啤酒，真是幸福啊！只可惜沒隔兩天我倆的自行車就先後被偷了。

　　我知道我這些年獨自生活染了一些不好的習慣，我試圖慢慢去調整自己，一個人變壞很容易，可是想一輩子變好真的很難，但我必須做到。感情上若有人背叛了，還是應該謝謝她，感謝她在我生命中出現，陪我度過一段美麗的時光。她的背叛是上帝對我的懲罰，我願意承擔一切。如果我不能變成一個好人，上帝啊，祢一定還要更加嚴厲地懲罰我。

　　很多事情的真相需要很多年以後才能真實感悟，最後闡述下：沒事，我很好，無需安慰我，我喜歡無病呻吟，謝謝。

2013.2.28

法海不懂愛

　　今天陰天有雨，跟昨天的氣溫反差好大。前幾天委內瑞拉的總統查韋斯病死了，只58歲，真可惜，他老朋友卡斯楚快90歲，生了重病都還在撐著。一個反抗美國十幾年的政治強人，我打心裡喜歡這樣堅強的人。美國現在應該是開心了，少了一個大麻煩，他們肯定希望內賈德也快快死掉。

　　前幾天和小強、小妞同學一起去看電影〈悲慘世界〉，因為是歌劇的表達形式，小強說不好看，更說從頭到尾只聽到一句人話！但我覺得還真滿好看的，可能前段時間看了〈圖蘭朵〉有關，或者在歐洲聽了一些宗教唱聖歌的感觸，我思想裡更容易接受這種表達方式，歌聲能把劇情稍稍誇張的表達出來，帶來不一樣的感受。

　　從這部電影中我更深刻明白歐洲人那種一輩子對神的虔敬，信仰給了很多人安寧的精神家園。我也漸明白，自己不能只有一個人的軀殼，完全被社

會同化；我需要在精神上讓自己能平靜，能思考，能感知身邊的喜怒哀樂，能面對自己一無所有，能懂得感恩，能感知身邊小小的幸福。

　　我常說道自己的欲望，我的煩惱也都是因為欲望所致。既然我選擇了要去滿足欲望，那麼之後的所有煩惱與喜樂自己都要敢於承擔，而不是抱怨。再一次提醒自己，在工作上要嚴以自律，一定要做個懂得約束自己的人。

　　懷懷舊吧，感情上面嘛，曾有那麼一個妹子跟我處了半年時間，中間還分過一次，理由是性格不合適，不過沒幾天又和好了，直到經過半年時間才徹底第二次終結。這次分手她給了個理由：說是她去泰國旅遊時遇到一個主動搭訕她的小伙，剎那間有種一見鍾情的感覺，接下來便有了熱火朝天通宵達旦的聊天，雖然回國後她發現那小伙是有女朋友的人，漸漸小有失望……

　　但不管咋樣，她認真總結出：她一開始跟俺交往到現在都沒有那種心動的感覺，這不是真愛。我的乖乖，辛虧亮哥也是闖蕩江湖多年，內心還算強大，這我要是嫩點的，不是被氣得吐血身亡，呵呵。有種分手的理由叫做：你無從開口，無法挽留！恭喜她做到了，更厲害的是還能傷一般人的自尊！這是為什麼呢？因為她認為跟泰國男相遇的那一剎那是真愛，而跟你半年多來只是喜歡，不是真愛，不是心動，只是對你有一種好感，一種喜歡而已，而你卻傻傻的以為彼此是真愛。X的，我也瞬間感受到那首時下流行俗曲〈法海你不懂愛〉，哈哈！

　　不過俺真的不是一般人，俺是「劍南春」，俺修復自尊心的能力太強大了，我覺得我在乎是因為我覺得你值得我在乎，而如今種種，確實已經不值得我在乎；如果我不在乎，那還談哪毛子自尊心呢！因為我根本不在乎你跟我說過什麼話。

　　如果只是談有點感覺，有點喜歡，空虛寂寞冷的時候可以一起噓寒問暖滾床單，那樣的分開我才不會傷心，因為那本身就定位與對方是一個短暫的過客關係，作為一個過客是不會用心的。

最後，再次真心感謝有妳陪我的那段日子，衷心祝願妳能與真愛在一起，過上彼此願意妥協，願意共同經營的美好生活。

2013.3.11

送自己的話

4月奶粉漲了，做進口奶粉生意的人估計大賺了；上海黃浦江上漂流的死豬加上最近的禽流感，估計最近讓這些養殖戶們欲哭無淚。房價上漲了，跟朋友聊天，他說房子不屬於投資品了，我想也好，這才回歸它的本質。

跟以前的同事們相聚時經常會說到他們的孩子，看來孩子在他們生活中確實佔據了很大的空間。而我呢，依然過著一個人吃飽全家健康的日子。說實話，最近還是會覺得挺孤單的，主要是精神層面，晚上下班後心裡覺得空蕩蕩的，上帝沒有駐紮在我心裡，覺得有點不像自己，但我想很快就會過去的。

開始調整下自己，為什麼會有這種思維？我想一是今年以來工作壓力比較大，還有就是跟前女友分開，加上今年計畫要對杜尚實行一系列優化改革，這些事情都打破了原先生活和工作的平衡狀態，讓我變得要面對一段時期的孤獨。對店的優化改革也打破原有理念，怎樣讓同事們思維能跟上、能理解也是個問題。話說回來，改革不一定代表公司會走向成功，但不改革就必然走下坡路。

———

感謝歲月，年齡增長也覺得是件挺有意思的事兒，人生就是一個不斷發現自己、瞭解自己的過程。瞭解自己適合做什麼？擅長做什麼？要勉強自己做什麼？在情感上我以前認為自己是個壞人，但多年以來我發現自己不算是壞人，我發現自己是個挺感性、滿重感情的人。生活中我帶著這樣的一種感

性，其實是有點自虐傾向的，我總覺得自己內心堅強些就能承受更多，更願意把主動權交給對方，這樣他們就會少受挫折少受一些痛苦。這樣做其實是為了讓自己內心更加寧靜，所以我發現自己特注重內心感受及心靈平靜。

從今天起我要走出「最近這樣不好的生活狀態」，給自己一個預案，結果讓自己承擔，拾起工作以外的愛好，去實現它，因為擁有健康的心靈，工作才會更好。最後，送自己一段話：莫燥，舒心，靜悟，感恩的心，懂得知足，感性但不失理性。

2013.4.7

五月感懷

今年以來，感覺自己比去年要辛苦很多，我對自己也對夥伴們說，把今年當成第一次創業，要有那樣的精氣神。我之前並不大喜歡那種表面的勵志，現在想想，自己內心並非那樣強大，還是需要給自己和團隊鼓勵的。

這一個多月來，我思想理念悄無聲息的發生了變化，竟改變了我多年養成的一些思維習慣。多年來我以為一個人是無法同時做好兩件事情的，而我現在認為，如果你想要獲得更多成就，那麼你就必須同時做好兩件事情，也必須都做得非常優秀，而我身邊有優秀的同行已經能做到這點了。

原以為我不適合做某件事情，或只能做到60、70分，而現在發現我的思維竟然可以改變，變得喜歡做這件事，並且有很大的熱情，更相信自己能做到90分以上。這是一件非常奇妙的感悟。

人的思維真是個奇妙的東西，現在我越加堅定「走得遠比走得快重要」！為了要走得遠，即使現在走得慢一點我也願意，我告訴自己要一步一步腳踏實地走，不要想著走捷徑。

　　最近生活變得有些沒規律了，基本都在想工作的事，曾經我還是比較追求生活情趣的，但現在明顯感覺沒啥精力了，怎麼說呢？年少時踏入這個行業，不小心賣房投了全部家當開了個店，還有一幫幹事的兄弟姐妹，然不想虧錢，要能讓大家有錢賺過上好點的生活，結果一不小心把自己逼成了「鋼鐵男」、「打雞血男」。

　　踏上不歸路，從此有做不完的事，操不完的心，學不完的功課，操不完的煩惱，承不完的壓力。但即使這樣，每天早上一覺醒來，X的，熱情滿滿，又是一條好漢！我真是越來越不認識自己了。

　　我曾經買了個地球儀，認真的看這地球儀上的每個國家，因為我想著有一天我要自由行去那些國家旅遊。我曾想著趁自己還不算老時去學衝浪，我覺得那是件很刺激很帥氣的事；我喜歡在義大利街頭不趕時間的漫步，跟外國友人寒暄幾句當地的菜價是否貴了……。現在，作為「鋼鐵男」，我真他X的好像忙得沒時間了！

　　談變革吧。今年杜尚又要採取一系列組織變革，杜尚的夥伴們其實不喜歡變革，但我想說誰他X的想變革啊，只是這社會變化太快了，我們要走遠，不變不行啊！因為變革會造成新的崗位或崗位職責變動，會造成利益分配變動，肯定就會造成一些人不舒服，對我來說也是個痛苦的過程。

　　這讓我想起了鷹的蛻變，老鷹在40多歲時面臨翅膀、爪子、嘴退化，即將死亡的過程，但牠自己用嘴把翅膀羽毛拔掉，把老甲拔掉，把嘴在岩石磨爛再長新的……經過這樣痛苦的蛻變後獲得重生，又能再活幾十年。我想我需要的就是這種精神，不好意思，不小心又給自己打雞血了。

　　最後再來段我喜歡的一句話：路漫漫其修遠兮，吾將上下而求索！

2013.5.19

我對成功的理解

　　中午去父母那兒吃餃子，父親跟我講了很多話。妹妹和妹夫一起在杭州買了房子，為他們開心。我工作這麼多年，收穫了一些，但也失去了很多親情和友情，因為經常把親人和友人的相聚排在了工作後面。我的內心是糾結的，就像今年讓杜尚同事們年假減少，其實我心裡也是非常難受的，但我在這個位置要承擔更多的責任，沒辦法，想讓杜尚好好發展下去，只能在中間求取平衡。

　　這一兩個月發現自己有時會心事重重，抑鬱。為什麼？今晚就讓自己靜下心來好好的把自己理一理。

　　先從欲望開始。欲望沒達到，那自己就會有失落感，然後找原因，想快速的再來一次，只為滿足欲望。快速！現中國社會人們大多喜歡快速，我也是。再反問，當快速影響了我內心快樂時，還要快速嗎？快速真的那麼重要？梵蒂岡聖彼得大教堂建造花了120多年，巴黎聖母院建造花了180多年，這種慢建造在國外比比皆是；我們是否需要反思一下他們這麼慢速追求的到底是什麼？

　　我試了一段時間的快速，但後來發現自己其實是有些完美主義，而我自身和團隊能力現在達不到既快速又有品質感，那麼這與一直以來的價值觀就有了抵觸，快速會讓自己內心不快樂、痛苦，為了杜尚的長遠發展，必須腳踏實地一步一步走。雖然周圍有飛速跑的優秀同仁，我也要告誡自己不要急躁，因為一要認清自己有多少能力，二要認清每個人的價值觀不同，三是人生路其實還很長。

　　這麼多年來其實已形成一套自己的價值觀，在杜尚經營中若隱若現。杜尚創立這三年雖有很多不足，但大方向還是可以。我自己本身有一些好的東西，要繼續保持，別人好的東西可以學習，但不能照搬模仿，因為每個人成

長環境不同，每個公司發展現狀和經營理念都有所不同。這是我走了一段彎路後的感悟。

社會發展很迅速，每天訊息鋪天蓋地，叮囑自己要多付諸實踐，理論適度即可，才不會消耗太多精力，否則會迷失自己。一個人把自己丟了，那快樂也沒有了。

曾有段時間我就想著怎樣讓杜尚賺更多錢，怎樣快速發展，以為通過速度和金錢就能快樂幸福。而最近發現且更加肯定，自己雖很愛錢，但內心認定的成功並不只是錢多，更要有思想、有生活品味，注重精神上的富裕，我希望自己有時間、精力去體會生活，有心去做自己愛好的很多事物，有心去欣賞地上的落葉，有心去欣賞街上走過的行人車流，有心發現生活中很多平淡美好的瞬間，我想這才是生命的真正意義。

雖然這個社會趨向誰錢多誰就更成功，但我還是給自己定義：成功不是錢多！內心是否快樂只有自己知道，任何人都替代不了你內心的感知。有的人注重外在表像，演著演著時間久了就「表裡合一」了，便把內心的自己拋棄，這同樣沒有好壞之分，只是價值觀不同而已。

我自己要堅定這份價值觀，不要猶豫，那麼很多本來在糾結抑鬱的事，也就漸漸「水靜月分明」了。

2013.6.24

燃情歲月

房間裡，我循環播放著電影〈燃情歲月〉的音樂〈The Ludlows〉。前輩文哥曾說我日誌寫了很多小事，顯得矯情，不好，我認真思考這事，後來發現是我的內心牽引著我這樣做，那就沒辦法了。有時候我確實是矯情的，呵呵。

　　2010年時聽說「千頭萬緒」美髮店生意不好要轉讓，那時我約老闆莊毅喝咖啡聊聊，行業裡他是我前輩，他的店曾做得名聲滿好。初次見到莊毅時感覺他高大有型，看不出是40出頭的人了，那是他最低谷時候，我們聊了兩三個小時，隨後他去了QZ，之後的一年裡他很快又好起來，我由衷為他感到開心，前段時間我們去吃過一次海底撈，他還是那麼年輕，呵呵。

　　十年前我在武林路上班，壓根兒沒想到現在的杜尚。這時想想，十年挺長的，原來十年可以做那麼多事，發生那麼多變化。這告誡了我不要想那……麼遠的事，把今天做好，最長能想個三年也就謝天謝地了。

　　晚上微信朋友圈裡看了一篇關於聯想大規模裁員後員工寫的文章〈公司不是家〉，後面還有柳傳志針對這個負面文章的回覆。感覺都不容易呀，聯想公司做大了後就已經不是為一個人而做了，它承擔了更多的責任和使命。為了適應社會可持續發展，需要改革時總會有一批人犧牲掉，但不改革可能就倒閉了。文章裡，柳傳志仍然在幫楊元慶解圍，並說自己在掌舵聯想時也犯了數不盡的錯誤，但這是企業成長必須付出的代價。

　　去年聚會時文哥說起他做的那個國際貿易網站，投了幾百萬進去，上個月我們喝酒時得知他那網站關了，虧了兩百多萬。他說關掉的那幾天心情挺沮喪的，不過現在好了。我想主要是因為他之前倒閉過一家更大的公司，所以這次心態好多了。當然他手上還有5、6家公司在盈利中，手上還有好牌。

　　上個月做服裝的M哥跨界新開了咖啡館，緊接著又開了某客車總代理公司，我們一幫友人趕去慶賀，後來得知M哥跨界做客車總代理，一個重要原因是幫助好兄弟「連長」，因為連長他們廠今年客車銷售不景氣，所以三顧茅廬請M哥幫忙。晚上的宴席上看M哥為了生意玩命的應酬喝酒，內心很觸動，真的夠兄弟夠義氣。以M哥50出頭的年紀和上億身家，其實不用這麼辛苦了，他本來開的這咖啡館就是給自己晚年在這裡和朋友聚會懷舊用的，可現在看來這讓他有得忙一陣子了。

宴席上，XX客車董事長逐桌敬酒，他說他收購接手控股這個客車集團是業績谷底的時候，他希望通過他們團隊的努力來個V線反轉。為此他們半年多都沒休息，連長也是兩個月在外出差都沒回家，喝完酒他們還要連夜趕回江蘇，明天還有其他事要忙。

我非常佩服這位董事長有這樣棒的團隊，連長一個做生產的經理，為了工廠竟也幫忙做業務銷售了。有這麼棒的團隊，我相信他們一定能讓企業扭轉乾坤的。光環背後付出了常人難以想像的努力，他們那樣的全情投入，拿生命去做事業，真的會感動身邊的人，讓我們肅然起敬。

我反思自己，很慚愧，感謝這些優秀前輩願意跟我這「屌絲」小弟做朋友，我沒什麼事業，也不成功，很多時候又不懂禮節，他們也願意包容。自己習慣了擁有後就害怕失去，忘了自己原本屌絲的肉體。心情有時會沉重，我想主要是太他X的把自己當回事了。

我開始害怕失敗，以前不是這樣的。社會給了我一個新面具，戴的時間久了，我還真當回事，認為那就是自己。我開始喜歡面具，在乎一些人的看法，甚至會花精力來把面具維護得更美。

「面具」是什麼？沒有面具我會怎樣？還能活著嗎？它是給誰看的？是面具重要還是自己的內心重要？答案是：面具是虛榮心的產物，沒有面具就是不要臉；但不要臉依然可以活，如果不要臉讓內心快樂的話，那就是活得很好。另外，面具是給人家看和想像的，如果把我的面具拿掉，我就是一個30歲男人，出生安徽農村，父母農民，來城市這十幾年喜歡學習和思考，然後幸運的認識了很多朋友。其實沒有面具也可以活，那樣內心或許會更快樂。

很喜歡電影〈燃情歲月〉中布拉德皮特飾演的崔斯汀，故事很平淡的講述了親情、友情、愛情，但能給人帶來心靈的震撼。網上有影評這樣寫：生命是一場放逐和流浪，只是大部分人都將自己交給了世俗，用別人和社會既定的軌道牽絆自己前行，而內心的聲音早在懂得諂媚他人之前就消失殆盡，

又或者，在耳畔永遠有它孤獨的迴響。而那些咆哮著的聲音被壓抑在心底，總在深夜不斷響起，所以，愛上他鄉的秋日傳奇，感動於自己的燃情歲月。

2013.8.15

平凡的美

　　房間裡那盆綠蘿在這個夏天長得很喜人，藤蔓沿著盆垂下來，滿美的，這是自然生長出的曲線美，剛買回來時怎麼打理也打理不出來，過兩天買點植物肥料給它吃，相信它的氣色會更好。植物也通靈性，換了環境或容器，它總有段適應期，有時為了自保會先凋零些葉子，等適應環境後再長出新的。

　　下午一個人去看了電影〈賈伯斯〉，雖然網上影評評分很低，可我還是想去看，主要是對賈伯斯這個人有情結，就像之前電影〈暮光之城〉那樣，只因我對第一本那種深深的愛，導致後面的二、三續集出來，即使劇情很一般，但只要看到男女主角我就滿足，覺得好看了。不過在觀〈賈伯斯〉中，因為看的人少，我邊上後面一排有個男的把腳架在我隔壁的座椅上，好想說他，想想算了，自己當著他的面換到離他很遠的座位去坐了，相信他也能明白我的意思了。

　　看完電影去「城市陽台」錢塘江邊上坐了會，視野開闊，心情相當好，覺得杭州真美真舒服。回來開車時看到我後邊車有一對夫妻也下車去江邊了，可我發現他們車的發動機還在響，我立馬開車趕到他們面前，說你們車子還在發動，不過那男的跟我講，是車的發動機風扇在自動散熱，待會自己會停掉的。好吧，我過時了，不過他對我表示了感謝，呵呵。

　　曾經上海世博會的宣傳理念是「城市讓生活更美好」，我同樣感謝這個城市給我們的生活塑造了很多美好，醫療的進步、公共綠化環境、美食、娛

樂等等生活相關，讓我們的生活更加豐富多彩。作為一個城市個體，也要勉強自己學習力所能及地去幫助人。

以下這些事讓我受影響很深：在東京逛街迷路時，一個日本婦女帶著我走了500米的路，幫我買了地鐵票，還送我上地鐵再給我鞠躬；在東京逛超市出來時下雨沒有雨傘，一個日本老人慷慨的送了一把雨傘給我；在香港西環坐叮叮車沒有硬幣，一個香港大伯給我投了硬幣，還不要我錢，說是他港人應該做的。

我很喜歡這種平凡的人給我的這些小小感動，他們讓我感到很溫暖，放大到對這個城市甚至對這個國家感到溫暖。懷著這些溫暖，我也在心裡要求自己回饋給他人，因為幫助人自己也會快樂；也要求自己養成不亂扔垃圾的習慣，不給他人增加麻煩。在街上或路上有人問我或求助，力所能及去幫助他們。

前兩天在上天竺有遊客問我某飯店怎麼走，我雖然不知道，但用手機大眾點評搜索到這家店，告訴他們地址，並讓他們記下電話號碼，萬一找不到可以撥打。我想著自己的舉手之勞能讓遊客感受到一絲溫暖，心裡還是滿開心的。就像杭州政府大力宣導的「汽車斑馬線禮讓行人」，一年多來有較明顯的效果，這樣我想杭州的老百姓和來杭的遊客都能感受到更多這座城市的軟實力。

在走過日本的一些鄉村和東京大阪這樣的城市，又或者義大利或法國的一些小鎮，都能發現其生活品味、環境衛生與大城市沒有多大懸殊，而在中國，都市與農村的懸殊矛盾還太大。同樣論建築，東京、香港、台灣多是以小舊為主，遠沒有上海、北京高樓大廈洋氣，只不過他們整體的軟實力——人文生活品味思想，這塊還是領先中國整體數十年。

我還有些夢想：想學好英語；想學滑雪，最好是瑞士；想學衝浪，當然能在夏威夷衝浪就更棒了；還想學攀岩；想著有朝一日能自由行周遊各國。總之，我的夢想還有很多很多，但人生短暫，所以我還挺忙的，不知能否實現，但至少要去努力。

好了，談談工作吧，我忙，很忙，非常忙，做不完的工作。剛剛過去的9月壓力稍稍小了一丁點，其實之前4～8這5個月裡我經常一陣陣壓力山大，有時甚至會失眠，回頭看看，自己確實犯了一些錯誤，走了很多彎路，浪費了很多時間、精力、金錢，但我想那是成長必須付出的代價。

杜尚成立3年4個月，還有太多不足需要努力完善，當然我還是那句話，自己得全情投入，然後無論結果咋樣，已經無憾了。

2013.10.6

偽裝

兩個月沒寫日誌了，多年養成的習慣還應堅持，勉強自己。

前幾天霧霾，呼吸困難，路上開車時感覺像是世界末日，沒想到杭州也會出現這樣的天氣且持續多日，全國人民開始反省，是否真要像早些年倫敦那樣非得死一些人，政府才會下決心整治。這些天，深刻感受到能吸到好空氣也是一種享受。

曼德拉前幾天去逝了，看到多個國家元首及代表都去參加了追悼會，曾看過他的紀錄片，年輕入獄時人民和他都以為很快就會出來，沒想到是一波又一波從希望到失望的反復，他的妻子女兒也為了他的自由受盡磨難，直到27年後出獄，成千上萬人來迎接他出獄的場景，讓我看得熱淚盈眶。

檢討自己。首先是當初雄心壯志的學英語計畫越來越怠慢了，還給自己找了N個藉口，看著曾一起上課的同學們嗖嗖嗖的快我好大一節，讓我自尊心碎了一地；其次是自己的工作效率仍然不高，時間安排不科學，導致瞎忙浪費了很多時間。

在工作上還是有一些疑惑的，為了搞清楚，大腦很痛苦，因為你需要各

種假設，問題是我本是個經驗不豐富想像力又不行的人，當然為了能健康快樂的生活下去，我要學會把疑惑和困惑轉成正能量，於是就想為什麼會有疑惑？那是因為我們在改變，改變就肯定會有未知，有不可控，但也代表著可能會有進步，而且把疑惑通過實踐解決了還是很有快感的。

馬雲和馬化騰都影響了我的生活，我有些離不開他們，每次逛淘寶購物時，即使再疲憊都會有種輕鬆的感覺，感覺好像是馬雲給我送禮物，這也變成了我的減壓方式之一，只是我會勉強自己把大部分放到「我的最愛」，不過剛才手賤，不小心買了個加濕器，真是悲催。

化騰兄的微信就更不用說了，直接改變了我的生活和工作習慣，得空的時候會不自覺的刷刷朋友圈，偶爾看看微博，於是導致後來總結自己為什麼看書這麼少的原因是因為自己太忙。不過話說新浪微博當初那麼牛B，現在做成這樣真是太可惜了，看來搞財務專業的曹國偉，注定在做產品使用者體驗這塊就是做不過IT技術男化騰啊！

我的沉澱還不夠，感覺自己情緒有時會一陣陣低落，還會持續個半天，這點我不喜歡，需要審視調整，這應該是一種不自信的表現吧！這也許是與「捨得」相關，我希望自己是平靜而淡然，樂觀積極的。心中有一些準則，要經常練習，在每次不知如何抉擇時，就用這個準則去判斷吧。

身邊有很多優秀和成功的朋友，看到他們依然那麼努力，我知道自己真的還有太多不足，需要多學習。腦中還有太多疑問等著我一步一步去找答案，當然自己也要做好準備，肯定要交一些學習費的，還需要花掉一些時間和金錢，甚至是從零開始，但即使如此，還是要鼓勵自己敢於嘗試，並承擔錯誤吧！

脫掉偽裝，摘掉面具，看看真實而醜陋的自己，哦，皮膚還是那麼光滑白嫩。

2013.12.12

2014

總結與展望

　　年前很忙，年過得也很忙，一上班連續忙了一周，時差昨兒也倒回來了，人精神氣色回轉，那就簡單總結下過去的一年吧。

　　13年，自己算是走得不平坦，繞了很多彎路，關於工作，也曾操碎心，也曾不分日夜到處奔波。我想這也算是繳學習費吧，寶貴的經驗，當然我並不喜歡這些經驗重新來過，能免則免。

　　在商海中自己算是個稚嫩的孩子，很渺小，有太多地方需要跟朋友們學習。我曾親力親為，注重每個小細節；而今我又對「格局」這個詞有一些新的認識；人的精力是有限的，時間是寶貴的，更何況我是如此地熱愛生命。

　　關於感情和婚姻，雖然父母催得緊，可我並不急，主要是自己工作挺忙，還有本人愛好很多，時間也不夠用，隨緣吧。我愛我父母，可我也愛我自己，希望我父母能自己就有很多快樂，而不是一定要把快樂建立在我的婚姻和生子上。

　　我想自己未來做了父親，無論小孩是男還是女，在成年之前要給他們提供一些我力所能及好的教育，形成健康的價值觀，慢慢學會獨立思考，做自己喜歡的事，我也會給他們一些建議，但他們可以不採納，無論他們窮困還是富有，我都一樣愛他們，鮮活的生命該讓他們自己把握。

　　關於14年，工作上我依然是滿腔熱血，依然會百折不撓。我想會有一些突破躍進，杜尚的整個系統還有很多不足，但會越來越完善。我心中對杜尚的期望是：學習做一個追求品質、有發展、有生命力的公司，在未來10年、20年、30年後還是一個很棒的為顧客提供好品質服務的企業。

　　而生活上呢，我想會繼續保持德智體全面發展吧，身體要注意保養，堅持學英語，爭取日後來個英國自由行和美國西部自駕遊。

2014.2.21

鄧紫棋讓我反省的那些事

最近看〈我是歌手2〉，鄧紫棋表現很棒，作為一個90後，人長得美，中英粵語都說得很棒，又會寫歌作曲彈鋼琴跳舞，每次演唱作品都有突破，音樂有好多可能性、可塑性及驚喜。我發現一個挺有趣的現象（謹代表個人觀點），在〈我是歌手2〉裡，國內歌手如張傑、周筆暢、滿文軍、韋唯，從音樂表現看，他們能力好單一，只能說會唱歌，很容易讓我審美疲勞，而其他好幾個歌手都是在啃老本，沒啥新意。

我挺喜歡鄧紫棋這樣的歌手，不只是歌聲、長相，更是背後的那些付出、那種韌勁。90後、長得美、家庭條件好，本是談情說愛被人寵愛的年紀，可她卻選擇連續工作3、4天只睡幾個小時，從年前到現在都沒好好休息過地趕場子；為了追求自己最大限度的完美，在〈歌手2〉裡寧願唱到一半喊停；那種吃苦能力，那種追求完美，真是需要很頑強的毅力以及對工作的熱愛。

她鋼琴彈得那麼棒，歌唱得那麼好，普通話也說得很好，還會寫歌寫曲，這些都不是隨便就會的，連她會的單單其中的一種語言——英語，我學時都很頭痛，基本會已很不容易，更何況她能把每樣都掌握得很好。

反觀自己，開始習慣安逸生活，對一些突如其來困難挫折的事感到害怕、苦惱，每次都像是對自己深深的、致命的打擊，彷彿世界末日到來。其實是自己把困難的想像拔高了，讓自己變得膽小，變成侏儒了。這是為什麼呢？因為我有些習慣安逸，害怕向前；習慣了擁有，時間久了誤認為這就是自己，失去這些便彷彿失去了自己，其實「真實的自己」完好無損，是自己太在乎財富及名利罷了。

記得自己當初創業的激情是什麼？夢想是什麼？如今的夢想又是什麼？我很清楚自己的夢想是：XXX。要完成這樣的夢想可能需要犧牲當下的財富和閒置時間，我要不斷提醒自己眼光放遠一些，千萬不能鼠目寸光。當我真

正願意花一生去做一項自己喜歡的工作/事業時，即使賺錢少一些、先失敗一陣子、賺錢晚一些，都沒有什麼。

　　我要不斷告誡自己，不要因為很多人對你世俗的短期偏見而否定了你長遠的夢想。人的一生很長，有長者說過：人很容易高估自己一年所獲得的成就，而往往低估了十年所獲得的成就。當然，這個社會大都是以財富為榮，以發展快速為美。

　　我身邊有很多中產階級，他們家庭父輩條件就不錯，從小接受良好教育，因在中國上世紀80年代實行計劃生育後，城市人大都只生一胎，所以從教育品質到孩子長大後，大多家庭能給予滿大的經濟和其他支持，這是這一代人的福利。

　　以後政府放開一胎，多年後對多胎生養降低費用後，那時的孩子就沒有現在的年輕人這麼幸運，更多要靠自己。不過理所當然，那時的人應該會更懂得自己幸福感的含義，即更加注重內心感受，大多數人對金錢名利的追求應該不會像現在這樣普及和主流。

　　在我看來，一個健康的社會應該是有很多人在做一些讓自己快樂、對自己賺錢無用的事。很開心我身邊有很多同齡人他們做到了，他們雖然有些錢賺得還沒我多，但他們的快樂和幸福感是大於我的。這原因在於他們有些因父輩的家庭條件殷實，有些從小就受到良好的教育，使工作能力傑出，才能有大量閒置時間做自己喜歡的事。這種種，很多都是在滿足基本物質生活保障後開始的精神滿足。

　　而現在大多數農村家庭達不到這樣的條件，即使農村年輕一代工作賺了錢，但因為父母輩的貧窮，讓他們很容易被金錢繼續主導思維，基本上要等他們的下一代才會改變。就像我這一代農村人，我若在這城市賺了錢安家，收入殷實，能給我孩子提供好的教育和環境，我孩子在這樣的環境下長大，不會對賺錢過於渴望，我也不會要求孩子賺多少錢，只要他自己開心就好了。

　　回歸當下，我在這個時代，我瞭解自己喜歡用怎樣的方式去過生活，我熱愛什麼，我熱愛挑戰挖掘自己的潛能，就像我日誌中經常會寫的勵志的段子，但這確實是我內心需要的，我知道自己柔弱的那部分，我需要經常給自己加油，讓自己堅持理想。

　　我一再提醒自己，不忘創業的初心，不要拋棄那種韌勁，那種吃苦耐勞越挫越勇的毅力，那個財富面子全都一無所有還可以讓自己快樂豁達無憾的阿亮。

　　愛四年前的自己，立於心，重新做四年前的自己！

2014.3.16

走心

　　臨下班時下了場雨，我叫技師某某騎車載我一程，頭塞在他雨披裡，有著被保護的感覺。平時工作中經常對他不滿，甚至有主管處罰過他，他做的還不夠好。不過我覺得杜尚的大多數助理、技師們態度都還不錯，虛心好學，有時候他們做得不夠好，我覺得是我們前輩的錯，我們真的該不斷捫心自問，真的有發自內心幫助他們成長嗎？初入美髮行業之人，大多農村出來，從小未接受好的教育和生活習慣，我們做前輩的也應力所能及幫助他們改掉一些不好的行為習慣。

　　好吧，話題沉重了，放鬆下陪自己拉拉家常吧！四月時我租住的房東跟我說，她因女兒要讀這裡學區所以要搬回來住幾個月，他另外租了套房，幾個月要我搬過去，對我來講確實麻煩，但想想他們為人父母確實不容易，為了小孩更好的教育，寧願把濱江大房子不住，跑到這裡租住老舊房子。這份付出我挺感動，也認可孩子的教育對成年後確實很重要，因此雖然麻煩還是

樂意配合。

　　搬家後，有時房東一家人偶爾會在我隔壁房間住一下，這讓多年沒與人合住的我頗不習慣，要考慮他們的感受，不能影響到他們。當然大家也都彼此尊重，相互關照，沒幾日也成了朋友。我很開心身邊有一些讓自己內心感到溫暖的人和事。

　　前些日子跟同行朋友相聚聊天，說某某以前很牛的店現在也在虧損。現實確實很殘酷，風光不再。我在想，要想不失去風光最好的方法就是不要風光。有時候我也想趁時機去撈一把，但很快就讓自己打住，我腦海中閃現「蓄水庫的故事」，要看清楚當下自己的能力，還要修建水庫，以保突然乾旱時還有水可灌溉。

　　世間誘惑很多，我要刻意壓制自己被挑起的貪婪欲望，讓自己看著身邊快速成功的朋友，然後繼續不卑不亢過著屌絲的生活，再然後呢，努力找到工作的樂趣，然後熱愛自己的工作。哈！

2014.5.17

愚公

　　六一過了，裝修沒如期完工，我貌似頭頂多了一根白髮，在與施工Z溝通時，他說了一大堆理由，總之不是他的錯，並討論有些超出施工預算部分希望到時能減免。隔行如隔山，當他在眉飛色舞說著某一道工序的專業術語時，我仔細想了想後表示，還是照契約走吧，從長久合作來說還是需要契約精神。

　　曾經某年某月，一個姑娘跟我說她想要出國留學，我說，挺好的呀，我喜歡一個人就喜歡她變得越來越優秀。現實和理性經常那麼苦逼，還能保持

那份感性也不錯，在生命的夕陽狀態時再回味，必然會變得更加美好。

虹橋火車站真的很大，從建築規模來說已經超越了之前保持第一的美國紐約中央車站，這也間接表露上海在世界城市中的地位，從流動人口來說名列世界前茅。光頭兄弟說要來接我，我說算了不用麻煩，倒了兩班地鐵到了。他曾經英俊瀟灑、風流倜儻、事業一帆豐順，近年來可能是用腦過度，頭髮開始稀疏，他乾脆理了個光頭，看上去確實「質感」了好多，當然我也可以叫他「大叔」了。今年「大叔」在工作上做了滿大的轉型，他帶我去看了後，我覺得轉型挺順利的，不錯，薑還是老的辣。

從「大叔」身上我發現自己像個「屌絲」在風中飛舞，自我感覺是舞蹈藝術，用P總的話來說是「做了婊子還想立牌坊」，很多時候也可以用一個字來形容──賤。另外一個兄弟C，是個務實的人，他會當面批判我老是拿價值拿感覺說話，當然我並不生氣，有個這樣不怕得罪你的兄弟說你，應該珍惜。

我覺得自己大體上是不會改變的，但會做一些調整，去平衡，畢竟公司人多了以後，你自己可以不吃肉，但其他同事要有肉吃啊！在經濟浪潮中，勝利者總是有更多的話語權，至少在當下這個時代是這樣，一個人在時代面前是渺小的。

當我看到朝鮮電視畫面，金正恩坐船去看望女兵時，女兵們在岸邊熱淚盈眶迎接，船還未到岸，所有女兵們爭先恐後撲到河裡就想著能早點摸到金主席，哪怕摸到船也激動不已。我覺得這些女兵都不是傻子，有很多都比我們聰明，只能說，人在國家面前、在時代面前，真的很渺小。

我曾欣賞的薛蠻子嫖娼了，好男人黃海波也嫖娼了，其實，何必如此小題大做，國家重要之事何其多。當然，當傳統媒體不自由且成了政權工具之後，新聞也只能拿老百姓來自由批判了。

近代歐美思想領先世界，從文化和經濟都以他們為中心，美國更是以全世界救世主的姿態想要拯救世界，從攻打伊拉克，到阿富汗，到利比亞，推

翻了壟斷專制，大力推行美式民主體制，但從現實這麼多年來看，這些國家的老百姓的生活並沒有比之前好，不免讓人想到因宗教信仰不同美式民主難以施展，且民主政治也需要分階段性，循序漸進才能成功。

記得曾看過一個報導，印度總理要把沃爾瑪等大型超市引進來規範商品，以及改善百姓生活，但因為是民主國家，小商販們抗議，結果沃爾瑪沒進成，老百姓至今依然在髒亂的市場中買著亂七八糟的小商品。

我絕對相信中國有朝一日能與美國旗鼓相當，中國體制也是很多國家效仿的榜樣。勝者為王，當然有更多的話語權，這在歷史的長河中一直如此。

回家時在社區門口看到一個揀垃圾的，黑暗中看不清他的臉，只看到他努力在垃圾桶裡翻著，希望能找出一點有價值的垃圾。

這段時間自己工作效率低下，做事不夠專注，心思容易亂，三心二意，責令明日改之！

2014.6.5

半年總結

頭有點昏，但還是想寫篇日誌，畢竟兩個月沒寫了。晚上和P吃飯時喝了些酒，有些擔心自己的肚子大起來，到了這年紀肚子很容易大起來，如果這樣下去，需要增加鍛煉以及晚上拒絕一切進食了。

記得自己以前並不愛吃水果，近年來為了健康，養成了基本每天吃水果的習慣；以前也不愛走路，現在也是養成愛走路的習慣，一般兩三公里內，如果不是趕時間，就會要求自己走路。

總結下14年吧，工作上算是及格，但原本答應自己的一次英國旅行沒實現，學好英語也沒實現。每當工作忙起來，我總會妥協後面兩項。

15年，是壓力挺大的一年，也是關鍵的一年，必須要求自己歸零，當做重新創業。年後一直忙碌，5月份濱江店開業，整個公司系統還有很多不完善的地方，需要與夥伴們一起逐步優化。

反省自身，近一個月自己格外浮躁，有些靜不下心，大腦轉不停，導致一到晚上就很累。就像今天我周六休息，仍拿著個手機東看一下訊息，西點評一下這個那個，偶爾還在微信群裡討論些事，弄得自己明明在休假，可大腦卻沒有放鬆，仍在快速轉動，導致大腦疲勞。這些我應該要調整，要控制自己的時間，不要太多被手機侵佔。

另一個浮躁的原因是我原本相對安逸的工作，自從濱江店開業後，以及接下來還有很多重要的事要做，積累在一起導致我的工作強度大了很多，讓自己一下子難以適應。再加上已習慣原先的生活，才半年時間忽然又要換成另一種生活，確實一下子很難適應。於是乎會聯繫一些朋友以淡化自己那份「不適應感」，因此很抱歉，最近被我頻繁聯繫的朋友，打擾了。

我是在找「存在感」嗎？我以前真不是這樣的人，我變了，失去了原有的自己，但也沒變成更新更好的自己，成了一個「怪體」。晚上和P聊天時他說他很享受獨處，自己獨處兩年多了，挺開心的，哈，我以前也是這樣的呀，可現在很難做到那樣長時間獨處了。

我用李連杰說的「太極陰陽平衡」的概念去闡述我認為的健康生活理念，我平時工作挺忙碌的，一周要工作6天，我給自己要求獨處的時間5天足矣，每周有1～2天我期望和朋友、親人相聚，這樣可以讓身心更健康，也可以很大程度緩解我平時的壓力。

有時我會問自己，這麼努力工作的意義是什麼？從明天起我應該要梳理下：我想擁有哪些？以我有限的時間只允許我擁有哪些？我必須要忍痛割捨掉哪些？提醒自己不能什麼都想要，我的時間和精力是不允許的，那樣只會讓自己更加浮躁，像一團亂麻，每天晚上睡覺前大腦總是暈乎乎的，忙一天

也沒啥有實效的成果。

好吧，認真做減法，找回原來內心安靜、真實快樂的自己，加油！

2014.6.7

回望

〈人來人往〉這首歌放在手機裡好幾年了，我仍經常拿它單曲循環播放。我曾在KTV裡學過這首歌，沒學會。手機裡裝了各種通訊軟體，「媽媽再也不擔心我們無聊了」，一開始好意是方便利用大家的零碎時間，現如今發現佔據了我太多時間。我試著買一些紙本書，放在隨身包裡、車裡，希望自己能多看看書。

手機微信朋友圈和新浪微博雖然信息量新又大，但相對來說比較片面，而書本若能靜下心來讀，深度多很多。生活在這個資訊爆炸的時代，地球另一邊發生的事我們立刻就能知道，有人說，網路時代一天的資訊量相當於一百年前所有文字資訊的總和。因此必須面對的問題是，在資訊爆炸的時代我們如何選擇性地閱讀，否則就會浪費太多時間看無用的訊息。

我會習慣性地拿出手機，動不動跳出的一個訊息會打擾到當時的思維，讓我基本長時間都處在「手機控制思維」的模式，就像前幾天我要寫常規的每月一篇日誌，心靜不下來，也就放棄了，直到今日勉強梳理。因為我的資訊接收非常廣及散，因此形成了廣而不精，當然我並不認為這是壞處，大教育家胡適先生說，他看的書也是東一段西一段，我敢講他也是廣而不精，但也取得了舉世成就，哈哈。

晚上去看了電影〈分手大師〉，好歡樂，笑死我了，這讓我對鄧超和楊冪改變了看法，從不喜歡變為有點喜歡。我很喜歡去電影院看電影，有時

從電影中能有所學習感悟，同時也是放鬆自己的一種好方式，只是有時一個人不大好意思去看。感覺國內電影這兩年進步好大，現國內電影票房動不動就是幾個億，隨著國內影院爆發式增長，也反應文化產業近年來走向繁榮昌盛，而文化產業的昌盛是反應一個國家真正進入文明發達的象徵。

我終於又搬回原來住的地方，一切又回到熟悉的感覺。W昨天也搬家，從杜尚員工宿舍搬到另一地，我對他說：你搬到住宿條件更好的地方，是不是很高興呀！他說：沒有。我問：為什麼？他說：「因為跟同事們在一起住的時間久了，有感情了，所以搬走有些傷感。」我說你是不是巨蟹座的，他說：「是的」，近年來，我從不相信到開始有些相信星座，並想有時間可以好好研究下了，呵呵。

杜尚建國店終於在6月24日裝修好了，這次裝修工期如此之長是我遠遠沒想到的，我想是不會再有下一次了，吃虧長智。有很多朋友說很不錯，我只能引用某一國外建築大師的話：我最好的作品是下一個！呵呵。是的，因為在我們心中，總覺得還有很多遺憾。

關於上半年的工作，給自己打59分吧，平常跟同行前輩相聚或電話聊天時總覺得自己太渺小，有太多地方需要完善。不過自己思想上的進步還是有的，我曾害怕走彎路，一直努力避免不走，因此做新抉擇時需要大量徵求意見或調研，之後我會調整一下，就是允許自己走少量的彎路，這樣在對新事情做抉擇時效率會高很多。

我也同樣發現自己非常注重安全感，膽子不夠大，下半年自己在這方面需要改良一些，把膽量和魄力適度提升一下。希望下半年能如期完成計畫，得到杜尚家人們的配合，在顧客體驗上把品質再提升一些，並能保持穩定。

昨天T打我電話，下半年要我結伴一起去英國自由行，我挺想去的，對倫敦、英格蘭、蘇格蘭我都喜歡，但還不確定能否安排出時間。很羨慕T能有那麼多時間經常去旅行，上次在美國旅途中能相識T和S，確實是一件非常美好

的事。

　　前兩天傍晚我路過石祥路某一段城郊結合處，看到有個路邊夜市，停下來走進去轉了會兒，基本都是外來人，東西都很便宜，西瓜只賣1塊錢1斤，現做油煎餅1元1個，大多東西品質感覺都比較差，但依然人群攢動，顧客絡繹不絕。我在想這也是一種群體的生活方式吧，沒有特別的好與壞，只是我自己適應不了。處在人群中有些失落感，雖然這裡物價很便宜，即使在這樣的環境能賺很多錢，我想我目前也適應不了。（以上言論沒有歧視意思，只是想表達人的生活確實有群體之分，在一個群體生活久後到另外一個群體會接受不了。）

　　引用JEEP的廣告文案：感性說，我應該按照自己喜歡的感覺去生活；理性說，管他哪個群體，什麼生活方式，能賺到更多錢才是硬道理。這也許就是我的軟肋，我目前的人生沒有偏向哪一種，一直在兩者之間找平衡，在感性與理性之間徘徊。俗也是雅，看你從那個角度去看，對於俗的群體，他看到的俗其實就是雅。不過話說回來，JEEP最近這個「理性說，感性說」的廣告確實拍得很棒，這是我近年來看到的最喜歡的廣告了。

　　前幾天地產商打我電話，說房子造好了叫我可以去收房。三年前自己買了套房，起初因銷售的不誠信讓我很生氣，沒有去做按揭，導致到了後期該送我的車位也沒送我，拖了三年，如今我去收房依然要做按揭或者補交尾款，據說還要交滯納金，雖然在我看來是地產商的錯，但作為個人我還是弱勢，很難也沒有精力去維權。

　　算算這三年的滯納金加原本要送我的車位，共損失了約30萬，這對當下的我來說是個不小的數目，父母要是知道肯定罵死我。我老家農村一戶普通人家一年純收入也就兩萬。我當然挺後悔的，只能寄希望地產商不要對我這麼狠，當然真即發生了，也就這樣吧，日子還得過，給自己個教訓，吃虧長智，以後堅決不再做這麼傻的事情了，並且今天這樣的損失要加倍努力把工

作/事業做好才能補回來,這樣看來也不算是壞事,做個將功補過的好青年。每天早上起來俺依然要保持良好愉快的心情。好了,今天就到這兒,洗洗睡了,晚安,祝美夢成真!

2014.7.13

節日的問候

今天是光棍節,也是淘寶的節日,剛看到30分鐘成交額就超100億了。近年來發現國人生活條件好了後特別注重過節,且國內的和國外的節日都過,感覺節日有些氾濫。

C是我生命中特別要感恩的人,我們倆也特別投緣,成了無話不說的好兄弟,他與我分享了很多經驗,讓我懂了很多,在實踐中一點一點嘗試成長。S是個非常正直的朋友,而我呢,是個「不正經」的人,喜歡開玩笑,笑時更是毫不掩飾的開懷大笑,與S形成強大的反差,但相處時間久後不免會受一些影響,反省自己在談正經事時還是要嚴肅一些,不能一直開啟度假模式。

H是個非常有成就且非常謙卑的人,可能是年長我一些,他喜歡正裝打扮,對風水和信仰格外鍾情,我在他面前顯得格格不入,但還是能有些融合,且不免多少會受一些影響,反省之後再與他交往時不能穿得太隨性,以示對前輩的尊重。如H所說,「你至少需要看上去是同一個頻道的人」。

我看到大量的街頭店面關門,一些百貨商場倒閉,7、8月時我看到武林銀泰整層改頭換面,連鳳起店沃爾瑪超市也關門歇業了,而另一方面鮮明的對比是電子商務的總營業資料卻是風聲水起,呈數倍甚至十倍的增長。當然我們慶幸美髮這個純手工行業雖然賺不了大錢,但很難被網路取代。

近段時間我開始有了婚姻的想法,想著自己應該過些簡單的生活。但習

慣了一種生活模式，一種工作節奏，一種思維方式，等到有一天需要顛覆這些時，心裡還是有些怕，擔心一夜回到解放前，於是乎今天這樣想想明天那樣想想，浪費了許多時間。

我記得以前自己像是個哲學家，把生啊、死啊看得很透，現在倒是忙糊塗了，怕死呢，還擔心這擔心那，扭扭捏捏，過於在乎得失。還是該多努力實踐，不要怕錯誤，因為錯誤是成長的台階，哈哈！要做那個打不死的小強，但曾犯過的錯誤堅決不允許重犯，至於犯新的錯誤那我覺得還是可以諒解的，呵呵。

2014.11.11

2015

靜靜

　　快過年了，杭州市區路上車很多，經常過個十字路口要等好幾個紅燈，讓開車的人很容易煩心。杭州現常住人口約800多萬，在中國並不算是大城市，但仍在想著擴大，變成個大城市。以前旅行去過的德國第三大城慕尼黑也不過100多萬人口，我很嚮往去的英國蘇格蘭首府愛丁堡人口也不過50萬人左右，這相比中國的上海、北京，連一個區的人口都比他們多。

　　據說蘇格蘭很多男人會穿蘇格蘭裙，按風俗裡面是不穿褲衩的，但我們看到這不能以世俗的眼光去看或取笑，要尊重人家的風俗文化。人口多不等同幸福指數就高，反而由各地人口彙聚形成的大城市，如果人民素質不均，本不是階級社會卻會在此產生階級衝突。

　　我從小受基礎傳統教育少，年少時就進入社會一個人磨練，受實用主義或西方式價值觀影響較深，因此我變成一個不中不洋混合式價值觀的人，有些我行我素，過於追求自己內心感知及所求。我對很多國家的歷史文化感興趣，未來有空閒想在這方面花些時間，今年原計劃過年的英國之旅，因為種種原因暫時擱置，非常遺憾。也因此明白結伴旅遊是很難靠譜的，深刻明白英語學好的必要性，我有些嫌棄自己，有種恨鐵不成鋼的感覺。

　　我崇拜的新加坡開國總理李光耀說過，語言就相當於打開了一個國家的門，讓你可以直接去瞭解外面的世界。因此他擔任總理時做了一件重要的事，就是把英語作為官方行政語言、各族語為輔語的雙語教育。他說英語是世界最通用語言，新加坡需要與世界連在一起，但全英語則容易被西方價值觀同化，華人學華語，馬來人學馬來語，這樣讓人不會忘本，這種超前意識造福了現今的新加坡，先是跟西方學先進，近年中國崛起，新加坡華語就是普通話，因此很快的沾光同步發展。

　　扯遠了，再轉回來。我恨自己浪費了英語培訓班的錢，光有夢想口號，

沒有實際行動。這個世界真如高曉松所說，除了苟且還有詩和遠方嗎？不好意思，我小學畢業，不懂詩，高是個文人，而我是個俗人，認為賺到錢才能去遠方，呵呵。我倒是真想多去這個世界看看。

晚上看到央視公益廣告放一金融系碩士生畢業後自己開了個小飯館，日子過得也挺好。這信號貌似在傳遞行業不分貴賤，不管他人偏見，鼓勵每個人按自己喜歡的事去做。好了，那麼問題來了，我喜歡什麼？我想要什麼？想了許久，我沒認真思考過這些看似簡單又深奧的問題。人活著，除了工作賺錢，還應該幹些與賺錢無關而自己喜歡的事吧。可我真的很喜歡工作，經常工作起來覺得吃飯都是浪費時間，真的忙啊，但一年下來發現也沒因工作賺到很多錢，真是悲催！

之前談戀愛也因工作忙而得罪了女朋友，於是乎漸行漸遠。我知道，我想要什麼就需要在這上面多花時間，想要的種類越多時間就需要越分散，那麼問題出現了，一天就24小時，真是不夠用了。

近兩個月買了幾本很不錯的書，但都沒去看，英語培訓班今年都沒怎麼去，時間都去哪兒了呢？難道都刷朋友圈刷微博了嗎？我的欲望太多，想要的太多了，時間分散太多，因此搞得心力交瘁還沒成效。我應該要做減法，把一些雜七雜八的事減掉，讓自己做到清靜不凌亂，對重要的人重要的事多一些專注，能有一些知識經驗進來，能有所沉澱有所悟，我想那是極好的。

15年生活上一個重要的目標就是英格蘭/蘇格蘭自由之旅，一定要實現。工作上，新的一年會面對很多大挑戰，我已做好心理準備，這些是我必須要去經歷的，當下眼見的所有包袱和壓力，其實都是自己能力還弱的一種顯現，當翻過了這座山頭再回頭望，就不會覺得那是壓力，那時就會想去攀登更高的山。我希望能一直保持這樣的狀態，那就棒棒噠。

2015.2.10

我的母親

昨天下午接到母親電話，說是又跟父親鬧矛盾了，要到我這來。我走進社區時遠遠看到了她，天下著雨，讓我有點酸楚。回到家裡，母親跟我傾訴，我默默聽她講，偶爾會反駁讓她想通些，心情要保持愉快，沒啥大不了的。

我初中時作文寫過一篇〈我的母親〉，曾受到語文老師的表揚，如今我已忘記內容寫些什麼。母親是農民、文盲，聽她說只讀過小學二年級，三年級讀了一半，印象中母親就基本不認識字，連名字都寫不好，不過這對我來說不重要，我依然很愛她。從我記事起到現在，母親吃了太多苦，有的苦是天災，有的苦是我父親性急、脾氣暴躁、曾好賭造成的，有的苦卻是母親嘴巴毒辣惹父親造成的。父母經常吵架，以前父親經常毆打母親，直到近年來好了些。我年少的生活只要住在父母邊上，基本是在他們三天一小吵一周一大吵中度過的；當然，我依然愛我的父母。

母親雖然不識字，但她手工活很好，我和妹妹小時候穿的衣服襯衫毛線衣類，很多都是母親用縫紉機和毛線親手織的，她還做得一手好拖鞋，直到現在我家裡穿的拖鞋還都是母親做的。

我和妹妹分別到了7歲後母親就會安排我們做事情，從幹家務活掃地洗碗燒飯洗衣服，到田地裡幹一些輕體力的農活，大多時候我能忍受，但我最討厭夏天最熱的時候去田間「抱把」（把田裡割倒的稻穀抱起來送到大人手裡，大人用稻穀機把稻穗和稻稈分離開來），直到我少年時父母都很少讓我插秧，因為他們怕我把秧插死了。在我那時的農村，讀書放暑假其實意思是指孩子們回家幫忙做農活，忙「雙搶」。我其實挺感謝那段日子，讓我後來進入社會後比較能適應吃苦。

我讀初一那年，父親開農用運輸車，車翻了，坐在副駕駛座的母親被發動機的超高溫沸水全身大面積燙傷，當晚送到宣城醫院醫生不敢收，說太嚴

重，很快會感染，母親會死掉，於是父親和叔叔包車連夜把母親送到燙傷科很有名的蕪湖弋磯山醫院急救，母親昏迷了兩三天後醒來，之後在醫院住了四個月。那天我和妹妹一夜都沒睡，過了幾天我也被一輛騎得飛快的自行車撞了，因為家人不在邊上，那時我捂著一頭的血去找了我班主任幫我送去醫院縫針，後來撞我逃逸的人也被我們校長找到了。

經過連續多次的植皮手術後母親漸漸有了好轉，在醫院住了四個月後，母親非常想回家，想我和妹妹，不顧醫生的反對堅決出院回家，結果在家裡因為用了一些「農村土方」治療，造成了感染加重，一個多月後叔叔來探望發現問題嚴重，又把母親強制送到蕪湖弋磯山醫院，醫生說再晚送幾天就沒命了。叔叔是個優秀的小學老師，這幾十年他幫助了我們家很多很多。

母親第二次住院又住了兩三個月，醫生確定可以出院了，母親終於回到家中，在家躺了些日子，時值冬日，母親狀況不錯，想下床曬曬太陽，於是我和妹妹一起扶著她下了床，八個月了，母親終於勉強站了起來，只是體質太弱，加上躺了太久，大腿肌肉已經萎縮不能走路。又過了些日子，母親慢慢好起來，可以自己走路了。母親進醫院時，當時包括我，很多人都以為她這輩子看是癱瘓了，沒想到一兩年後她完全康復，後來還繼續做高強度農活，這對我們家來說真是個奇蹟。

我2000年來杭州打工，混了幾年後，找了個機會幫父母在杭州開了個小熟食滷味店維持生計，想想這樣比在農村輕鬆些。開滷味店後，母親依然很勤勞，除春節外基本全年無休，我去看她時經常跟她說，「想開點，留點時間自己玩，晚上早點關門」，可她依然如此。

母親沒讀過什麼書，思維很簡單，每次跟我打電話說的話基本都一樣，要我趕緊找個老婆，生個孩子，把房子弄好住進去；母親一年大約給我打百八十個電話，因此一年我基本重複聽這些話二百次以上，當然一般我不會嫌煩掛她電話，因想想是我做的不合她心，讓她說說就當是補償吧，因此每

當我聽煩時都告訴自己要「耐心，耐心」。

母親打電話有個習慣，就是講完她想講的話，然後不跟我說再見，也不管我當時可能還在跟她說話，就突然掛斷。有時我想跟她說下這樣的習慣不好，後來想想算了，她開心就好，就讓她任性下吧。

父母經常吵架，我在05～06年時試過調解改善，因此特意搬去一起住了八個月，希望能改變他們，後來發覺還是改變不了他們，依然經常吵架，嚴重時說離婚分開過，不過他們吵過很快又好了，因此經常會出現我心裡還為他倆吵架擔心難過時，他們卻很快好了，跟沒發生過一樣，變臉非常快。因此後來我也就放棄改變他們了，這也許就是他們這麼多年磨出來的相處方式，不過長期這樣的生活方式我是適應不了，後來我又搬出去單住了，偶爾去看看他們，那麼大家都還是能很開心的。

昨晚我下班回到家，母親給我做了一個老鴨煲，還有我小時候愛吃的「清明團子」。我看她躺在沙發上看電視，想起前段時間她戴著老花鏡用針鉤拖鞋的場景，我一直以為她還年輕，可現在需要戴老花眼鏡幹細活了。

今天上午母親心情轉好，回家與父親和好了。

2015.4.9

約定

前幾日在飛機上翻完了那本《斷捨離》後，回到家第一件事就是清理扔掉了家裡四分之一的衣物，雖然有些不捨。最近去看望了些老朋友，聊聊天，交流一些當下心得，心裡很是痛快。自己年紀越大，能講知心話並思想能在同一頻道的人已越來越少。

人有時會與身邊的人攀比，以滿足虛榮心。每個人都會有虛榮心，往好

處想這也是愛自己的表現，只要平衡好就OK。在如今商業環境裡，整天能看到互聯網+、O2O的身影，左一個顛覆，右一個顛覆，搞得很多傳統實業人心惶惶。就連我們做美髮的人在聚會時也會談互聯網+，不談兩句互聯網+就會被人瞧不起，現在做美髮真是不容易啊！

感覺從14年開始O2O就越來越火，大量的風投把錢投到這個領域，各種O2O的APP用資本方式燒錢，免費或倒貼給百姓以求佔領我們的手機，不過我想不出兩年，會有80%因資金斷鏈而掛掉吧。用小米雷軍哥哥的話來講：「在現在這風口上豬都能飛起來」。問題是若風停了豬還沒長出翅膀，那就要掉下來摔死了。

有人說互聯網+的時代猶如上世紀汽車淘汰掉馬車的時代一樣，但也有人說沒那麼誇張，是傳統實業與互聯網的融合。在我看來，應該是往好的方向發展吧！未來必然是多元化生態，百家爭鳴，百花齊放，這樣的社會才和諧，任何一家獨大都是不健康的。

好像扯遠了，談自身吧，7月我終於弄了個跑步機放家裡，也堅持了一周至少有四次20分鐘以上的跑步，這對我來說是個突破，要求自己堅持下去，畢竟自己已不青春年少，很容易發福，有小肚腩，肚子大看上去特別顯老，我一定要通過鍛煉，不讓這些出現，儘量把年輕的時光拉長一些，呵呵。

也就這幾個月，特別有感覺，感慨人的青春期真的太短了，只匆匆幾年，我以前認為90後是小毛孩，如今90年出生的人都到了晚婚的年齡，很多都已為人父母擔當責任，剩下的也都在家長的叮囑下找個結婚對象，像我這樣的大齡青年越來越異類了。有時候自己的內心確實會被周圍環境影響，讓自己偏向主流生活，趕快結婚生子。有時下班累了想放鬆，一個人去電影院看電影，有個別的人會用異樣眼神看我，我其實很想對他們說，我就是喜歡看電影，一個人就沒有看電影的權利嗎？哈哈。

最近大腦有些亂，感覺自己心不夠靜，不夠專注，不夠矜持，耐不住寂

寞，害怕孤獨，難道是年紀大了嗎？要自我調整下，哈哈。屏住呼吸，大喊一聲：我在人民廣場吃著炸雞，而此時此刻你在哪裡？哈哈，這是這兩天我很喜歡的一首歌。

2015.7.30

漣漪

　　晚上跟兄弟F一起去「潮州人」喝粥，回程時我提議走路回吧，於是我們就走著走著各回各家。我走到寶善橋麵包房邊上又看到屋簷下的老頭乞丐，印象中老頭在這寄宿好幾年了，只不過已凌晨1點，老頭沒睡在那個撿來的紙板箱，9月的杭州有點涼，老頭穿著撿來的廣告短袖衫，他瘦弱的身軀套上大大的短袖衫，像穿戲服似的，路燈餘光下我看到他頭髮都灰白了。我默默的走過，走了數十米後想想回頭掏了點零錢給他，他感到很意外，愣了下，然後連著跟我說了兩個謝謝。人窮志不窮，其實我還挺欣賞他，這麼半夜還在那用自己雙手拾荒撿紙板維持生計，他比那些坑蒙拐騙的假乞丐好太多了。

　　走到社區邊上，我看到社區門口的小店主在路邊餵一隻貓，我問這是流浪貓吧，小店主說「是的」，這隻貓在去年有個夜晚他餵過一次，之後牠外面吃不飽時就會半夜來求助小店主，小店主每看到都會給牠準備吃的。小店主還說，這是隻老貓，非常聰明，頭幾次貓都會很謹慎的吃，怕有毒，現在是放開了，不過老貓看到我在跟店主聊天，立馬跑到一邊防備起來了。我問小店主：「萬一老貓在門口等你，你沒開門呢？」店主說，不會的，他基本每天這個時間都會開門的。其實我也欣賞這樣的小店主，有份愛心，讓我感到很溫暖。

　　凌晨，因為安靜，在廚房倒水喝時我聽到窗外蟋蟀的鳴叫聲，還有些蟲

類歌唱，此起彼伏，每天回家走路匆忙，從沒注意到這些聲音。想起小時候我和妹妹夏天睡在房頂上，看著滿天星星，數著流星，那時也聽到這麼多蟋蟀的聲音。

小時候我和妹妹感情特別好，都是我帶她玩，偶爾也欺負她，只不過進入中學後我們就住校分開了，見面不多，然後就不知不覺長大，想法不一樣了，有段時間甚至有點疏遠，後來我們都懂事了，懂得了這份親情，再後來妹妹就結婚生子，每次看到外甥，對他也有份親情。

新加坡國父李光耀曾說：我可以把窮困的新加坡發展成富裕發達的國家，但卻解決不了自己50多歲的女兒還沒結婚，他和太太有時會催促女兒，女兒卻說：我在等待我的白馬王子，我不願意去照顧一個我不愛的人。

記得好像韓國總統朴槿惠曾說過：一個國家女性受教育程度與這個國家的人口出生率成反比。我只能一笑，呵呵！不過這些年亞洲一些發達國家如新加坡、韓國、台灣等，確實人口出生率都在下降，人口在減少，政府很著急。

隨著中西文化交融，中產階級比例越來越高，人們生活方式越來越多元，價值觀不再大一統，而是多種並存，不同的人群間相互包容，那是個很有意思的世界。

扯遠了，還是回到現實生活吧！我的父親前段時間住院了，雖然病情不嚴重，不過確實給自己敲了個警鐘，父母逐漸老了，未來需要給自己預留些時間及精力關心下他們，畢竟生命是最重要的。

我是個比較自我及注重內心感知的人，母親這幾天經常用微信發重複的一張我和前女友合影的照片給我，我打電話過去關心下，問：「媽，你是不是病了」，呵呵，我媽經常給我洗腦，我只能開開玩笑一笑而過。這麼多年下來，對於逼婚我算是百毒不侵了，呵呵。

談談工作吧，9月份有個新店要開業，我其實是有壓力的，甚至有點擔心壓力會不會導致掉髮，因為我髮量不大，很怕禿頭，哈哈。總的來說，我覺

得自己算是有夢想的人，至今努力堅持著，主要是想著人活著就這幾十年，現在還不老，能拼就拼下，勝利與失敗在一二十年後都不算個鳥事，那時有碗飯吃、有豆漿喝，也能心安理得吧；人生歷程中，多學點經驗，思想有些新領悟，就算是收穫吧。

工作的煩惱總是有，做不完的事，也有因用腦過度導致的頭腦脹痛，不斷自責工作效率不高，但睡一覺後又感覺滿血復活了。希望自己永遠樂觀，做個用行動改善自己不足的人。

我是有惰性的，所以一直告訴自己要勤勞，說服自己去愛工作，說服自己要全情投入燃燒自己，說多了以後就把自己說服了。好了，歇歇吧，睡了。

2015.9.16

雨綿綿

最近小辦公室因為有新同事加入，我讓出了，而新辦公室還沒裝修好，於是我這幾天除了在店裡，很大一部分辦公放到了家裡，這讓我很不適應，且不只辛苦，效率還很差。我一直把時間看得很寶貴，很多時候把神經繃得太緊，因此今天傍晚發現有點頭痛，睡了一小會，稍微好了點，還好沒大礙。

我想我應該重新梳理下自己對時間的計畫，不用對自己那麼斤斤計較，把精力和時間花在重點工作上，不能因一點小事而偏離了原本計畫的工作。我的注意力很容易不集中，這是我讀初中時就發現的特點，因為我讀書時老師在上面上課，我老是走神進入另一個虛擬世界，最後導致學習成績很差。但這現在看來也不是壞處，因為我覺得這樣的人想像力其實還是可以的，直到現在還經常會有天馬行空的奇怪想法，但我覺得這對我工作和生活都挺好。

半年前社區門口東園街上有三個小伙開了個炸雞薯條洋速食店，在這地

方開這樣的店，很為他們擔心，經常回家路過我會看下，發現這三小伙每晚12點多還在餐廳裡打牌，我想這樣下去可能要關門了。果不其然，開了約兩個月薯條店關門了，而後新開的店讓我覺得很有趣，原來這三小伙因為喜歡賭，把店重新裝修成棋牌室了，這就是那句人生哲理的真諦吧：人一定要做自己喜歡的事！

然而不到兩個月棋牌室又關門了，這三個小伙又把店改成洗腳店，而且還是他們自己洗。佩服他們多才多藝、適應能力強，及越挫越勇的狀態；另一方面我覺得這有些盲目，青春是可以揮霍，可明知那是一條失敗的路還要去走。當走在錯誤的路上，其實停下腳步也是一種進步。

所謂發展中國家，確實會有很多社會矛盾突出，社會不公，環境污染，大量投機主義，很多人覺得社會很糟，但同樣也因為這麼多的矛盾不公，代表著大量的成長機會。藍天曾經是有的，可那時人們並不喜歡他，因為太窮了。跟一個生存需求還未滿足的人去談精神是比較難的，因為當快要餓死時，精神再富有遠沒有吃下一個漢堡給人帶來的快樂多。

我的層次造就了我對吃還沒那麼講究，在倫敦時我更是玩到哪兒，餓了就附近找點吃的，啥英國人吃的簡餐那種我都會嘗試，以前我是拒絕的，只因為後來在王石書裡看過，他去一個地方旅行，當地的飲食也是文化的一種，於是我有時像吃藥一樣的去嘗試，哈哈，試了幾天有點吃不消，搜索了倫敦唐人街附近有家蘭州拉麵，立馬趕過去，雖然不是正宗的蘭州拉麵，但還是覺得很好吃。

不過話說倫敦唐人街的位置真他X好，感覺是倫敦市中心了，相當於杭州的武林廣場和上海人民廣場的位置，可見華人地位還是可以的，哈哈。邊上就是傳說中的SOHO紅燈區、特拉法加廣場、各種博物館、歌劇院、首相府、國會大樓、女王的白金漢宮、倫敦眼、泰晤士河等等，從這裡都是幾分鐘到半小時內可到達。

每到黃昏時，倫敦大街小巷的小酒吧餐吧堆滿了喝酒的男女老少，很多排了很長的隊伍，很多坐在門口喝，這讓我心感舒慰，我還曾因為自己愛喝點酒，把這認為是不良嗜好呢，哈哈。當然也因為英國天氣冷，發達國家社會福利好，人們都不用擔心溫飽看病等問題，自然更懂得去享受生活，這跟我們李克強總理所宣導的全民創業形成巨大的反差。

倫敦回國前最後一個早晨，那天住郊區，看著地圖我知道對面有個村莊，於是我逛過去，非常乾淨安靜的小村落，每家一個兩層的小樓，加一個小花園車庫，人很少，偶爾看到一兩個人在門口洗車或準備出行。我在想，如果現在讓我過這麼安靜的生活，我應該適應不了，因為我習慣城市的喧鬧。

9月底龍湖店開業，那段時間很辛苦，因為趕著裝修，裝修隊伍通宵開工，當然這也是自己經驗的缺失。杜尚的同事們都非常努力，但確實還有很多不足，我們正在一點點的優化完善。

10月初和團隊一起在商場做了個髮型秀，花了大家很多心血，第一次做，總的來說還行吧，當作積累經驗；10月8日趕著去了趟英國，之後又去了韓國，使得10月真正上班時間不多，心裡有些自責，因此在飛機上有種意念指使我努力想工作方面的事情。所以這半個月來感覺大多時候氣色不是很好，皮膚有點發黑，倒不是工作有多忙，而是自己對工作與生活時間安排的一種無序混亂造成的，我想這段時間該調節下了，好找回我的健康膚色狀態，哈哈。

至於跑步，還是叮囑自己要堅持，而學習英語，因為現在請了個上門老師，這樣我堅持起來會輕鬆很多，之前需要跑來跑去，而人一多我又容易走神，使得效率很低，讓人容易想放棄。不管以後學到什麼程度，還是要逼自己一下，至少努力過，沒那個命也沒辦法了。

步入中年後事情確實多了很多，或是自己的工作與生活，或是關於父母家庭。母親待我很好，經常也會煲個湯要我去拿，但我因為忙，嫌麻煩，弄

的母親也不開心。我是應該在父母身上預留一些時間了。

　　上周六母親來我家，雖然來了很多次，依然找不到我的地址，我試著讓自己有耐心，教她自己找到。現在確實有感覺，人老了跟小時候很像。我知道父母內心裡不喜歡麻煩我，如果有需求的話，那是真的需要幫助了。

　　對待工作我是個力所能及追求完美的人，這樣的人是很勞心的，經常一件事情今天覺得還行，第二天又不滿意，因此不斷修改，如果今天不修改焦慮會在心中一直徘徊，這點我需要調整下，因為這樣會讓我不開心，而我本給自己的定位是做個內心樂觀積極平和的人。

　　如何解決呢？我想就是繼續做減法，減掉那些相對不那麼重要的事與活動，雖然這樣會讓有些友人對我有看法，但至少自己不會那麼累，心一累人就不那麼健康了。我當然期望把每件事都做到完美，和每個朋友都相處好，但精力有限，就只能在有限時間做有限的事，那樣對自己也算可以交代了。

　　我當然做不到像歐美國家大部分人那樣悠閒，有大量時間可以享受生活細節的美好，我只要在中國這樣的國家、相對拼工作的人中，生活與工作平衡的還行，那麼對當下的我來說也是滿足的。沒辦法，又不是富二代，在中國像我這樣奇怪的人，如果有很多夢想便需要有金錢去做支撐，否則光看個病都能看死你。

　　說生活感情吧。最近聽到有人評論我花心，是的，我想也是，至少我到現在還沒結婚，心也還沒定下來。從這麼多年來看，覺得自己還是容易遇見喜歡的人，只是當要考慮結婚就變得特理性，因為自己平時過得也挺快樂充實，如果兩個人結婚沒有讓生活更快樂，那我想就不要結婚吧，否則對不起自己也對不起她。當然，主要的原因是我現在還能折騰，不願意妥協，我想隨著年紀漸長，要嘛遇見對的人，要嘛我妥協了。這麼多年來，有中國傳統婚姻觀的人會看不慣我，不過這不要緊，畢竟鞋子穿得舒不舒適只有自己最清楚。

　　那就這樣吧，明天新的一天，早起上英語課2小時，逼自己一下，還有就是讓自己能狠下心做減法，不能什麼都想要，做好有重要意義的事，留出一些時間過點平淡或有意思的生活。

2015.11.21

2016

2015年總結

　　杜尚教室裡還缺個投影儀，我本想發揚勤儉節約精神，在趕集網上淘個二手的，開個車堵車花了近一個小時到人家家裡買了個回單位試了下，竟然是有很大瑕疵的，很明顯我花了這麼多時間和精力，顯示是白費了，被騙了。我打了電話過去，他說幫我換一個，我這才知道他就是個冒充個人的商家，哎，我本以為現在的人都是善良的，不會有騙子。算了，往好處想算是吃虧長智吧，這麼想，瞬間為我的智商又有提升而感到高興起來，呵呵。

　　下午和L一起去挑選植物，買回後擺放在店裡，我一直在默默調整擺放角度，一個很多年的老顧客在邊上一直看到，她問我是什麼星座的，我說是巨蟹座，她說：「你怎麼這麼追求完美，我看你調整了半天，在我看來效果是沒差別的。」我笑說：「你太沒有追求了。」哈哈。

　　父母從妹妹家搬出去住了，住到了他們自己買的一個小居所裡，前段時間我去看他們，可能兩代人的審美差異，而我對視覺又是特敏感，覺得這樣的裝修格局真沒法住，可是父親覺得挺好，還說我媽：「你年輕時跟著我土房子也住了，現在還跟我挑剔。」我恨不得出些錢幫他們重新裝修下，但看到父親堅定的信心便不多說了。可能是他們觀念確實與我不一樣，又或者是不想靠我，給我負擔。

　　跟很多兒女慷慨的給父母錢，我確實顯得不夠大方，比較自私，我與父母間的關係與一般人家有些不同，彼此間有種刻意不想給對方負擔，但遇大難處彼此間還是能心有靈犀互相照應。

　　很多朋友都覺得我很空，應該沒啥事做，但其實我有做不完的事！因為只要你有欲望，渴望更好，力所能及的追求完美，那麼就會有做不完的事。當然也有很多朋友認為我很忙，但其實我也沒太忙，因為我做的大都是雞毛蒜皮小事，還經常不務正業，呵呵。

好吧，對15年總結下！這一年給自己打個60分吧，年末時訂了自己喜歡的車獎勵下自己，總算是去了趟英國，圓了14年的夢想，15年新開的兩家店，在杜尚夥伴們共同努力下，成績還不錯，整體與去年同比都還是有增長。16年繼續勤勤懇懇努力吧！把拖拉的習慣再改善一些，讓生活變得更美好一些！新的一年，加油吧，中年老男人！

2016.1.2

心事

年廿八回老家，只待了兩天就去新加坡，有點慚愧。老家親戚多，我這幾年過年在老家待的時間都短，因此有些親戚一晃多年都沒見過，另外原本過年有些十幾年沒碰面的初中同學聚會，我也因走得匆忙沒參加。

以前過年和我睡一起的兄弟，現在已結婚有孩子，不能再像以前那麼任性天天黏一起。一年又一年，村裡的建築變化不大，可見農村遠沒有城市發展得快，國家也還沒很重視農村的發展。

每一兩年經常從母親口裡聽到村裡的某某老人去世，每次聽到都有些傷感，感受生命的短暫與時間的飛快。年少時經常帶我一起去釣魚的易成倉爺爺，前兩年也去世，今年回去時看到那老屋也荒廢了。年初一我遇見小時待我挺好的海鋒奶奶，我喊了她一聲，可惜不知是她耳朵不好還是怎麼了，她沒認出我來……

過年農村裡娛樂生活比較單調，村裡人都會賭博，我沒啥興趣，小時候幹活玩耍的一些田野和山頭我都會去走走，回味回味，而後曬曬太陽，晚上因為受不了寒冷，會選擇開車到城裡尋找娛樂生活。本來讓L給我買年初三的票，可買成了初二，於是我也就初二出發了，之所以選擇去新加坡，因為我很敬仰他們的開國總理李光耀，是他把一個在1965年被馬來西亞趕出的小國，治理成人

均GDP全世界排名第五的花園城市，政府效率全世界第一，據說人均收入是咱中國人均的五倍之多，可見那裡老百姓的幸福指數應該很高。

曾經讀到哈佛大學傅高義教授寫的《鄧小平時代》，從中瞭解到李光耀對中國的政治和經濟有滿大貢獻。當時我們鄧大人很多經濟政策就是學的新加坡，而且李光耀在毛主席時期就一直在背後為國共兩黨之間友好會談做出很多努力，去年的習大大和馬英九會談就是在新加坡舉行。

因為新加坡小，所以本來想兩三天就沒啥好玩了，那我就飛去泰國待幾天，反正泰國免簽，只是到了新加坡，感覺比我想像的要好，經常有一些驚喜，而且從旅遊文化產品來說還挺精緻，城市乾淨又有人情味，超越香港太多！我竟不知不覺玩了6天。

我們常說一個發達國家除了人均富裕外，還有就是人情味濃一些，這些細節會讓人很舒服。每次坐計程車司機都很客氣，即使打到賓士計程車，收費也是差不多；還有就是打車大家都講究秩序排隊，有些打車點還有沙發可坐。

新加坡大約63%華人、20%馬來人、6%印度人，加其他種族人組成，所以到處可見不同種族間一起和睦共事的景象。我去馬來人區和小印度區時感覺政府把他們原有的民族文化保留得非常好，房子雖然老舊，可還是沒拆掉，將原有風貌和習俗保存下來。

每次從國外回來，剛開始都會有一兩天對環境不適應，從國外的藍天一下進入灰濛濛的世界，但這的確是我的祖國，城市中空氣是髒的，杭州也是，我洗好的車若停在路邊一晚上，第二天就蒙上一層灰。

我們這一代在城市中生存的人為了社會的發展進步，獻出了一部分生命，因為每天在這種髒空氣中呼吸生存肯定是減壽命的；雖然我注重健康的飲食，堅持運動健身，保持良好的睡眠，家裡放空氣淨化器，但生活中無處不在的呼吸是我們無法控制的。

周星馳的電影〈美人魚〉講的也是環境與空氣，名為喜劇，但也算一部

環境保護宣傳片，雖然豆瓣影評一般，但我看後是非常喜歡和感動的，因為周星馳通過自己的名氣和電影效果，倡議人們對環境保護的重視，這是非常有情懷的，不是那種純粹只顧賺錢的商人，中國的企業家若能都像周星馳這樣，那麼我們的藍天將會成為常態。希望未來有更多周星馳這樣的企業家和老百姓，從自身做起，做一些力所能及保護環境的事。

感覺自己最近有些急躁，很多事擠在一起，頭緒不是很清晰，先後順序有誤，減法做得也不行，感覺不是我想要的生活狀態，有些失控，需要反省下，就像我經常聽日本亞洲通訊社社長音訊裡所說的，心靜才能看到真相。

我的急躁和失控最簡單的一個例子是，最近開車看到其他不按順序排隊插隊先行的車我會很生氣，會緊挨前車堅決不讓對方插隊，有時也會搖下車窗給對方講下，要他們按秩序排隊通行，對那些不聽勸的人我同樣也會認真緊跟前車，不讓對方插隊，不過現在想想，確實挺可怕的，這樣很容易出現車輛刮擦，提醒自己以後再碰到這樣的事就提醒下別人遵守秩序，如不遵守就算了，退一步海闊天空。

想起14年在美國旅行時，在水牛城開往華盛頓的一條鄉間小路上，我要去便利店買食物，在我準備進門時有個要出來的美國人先我一步把門拉開讓我先進，這種舉手之勞的細節讓我很溫暖，而且這不是在美國大城市，而是在農村的鄉間路上；我還記得在日本一個陌生的老爺爺因看到我在避雨，默默從車裡拿出一把雨傘送給我的場景；還有次在東京坐地鐵迷路，一個日本婦女熱心帶我走了500米坐上地鐵，還幫我買票，再給我鞠躬說再見，這些細節都讓我很溫暖，也感染到我，以後遇到這樣的事也要像他們這樣。

這些事跟錢沒啥關係，想像一下，在一個有人情味有秩序的社會中生活，那樣大家幸福指數應該更高吧。當然首先我要反省，以後克制自己不要急躁並努力做到。

2016.3.6

後來

3月，終於在一個凌晨啃完1972年的電影大片〈教父〉，與一部老電影〈天堂電影院〉一樣，看後都是驚歎，導演怎麼可以拍出這麼棒的電影，我甚至不願錯過一秒鐘的情節，教父那句「我會給他一個無法拒絕的理由」，讓我印象非常深刻，也是我最近做事會考慮的方式，哈哈。當然，〈教父〉這種有深度意境的電影我十年前未必看得懂，不過說實話，看這樣的電影真是一種享受。

我去年看〈天堂電影院〉時也感觸挺深，那個冷漠無情的老放映師其實是對男主角的一種大愛，他離開了西西里去繁華的羅馬，也功成名就。如果我年少時看了這部電影，也許會改變我的人生，呵呵。從〈西西里的美麗傳說〉，到〈天堂電影院〉，到〈教父〉，這三部經典電影都提到義大利的西西里島，讓我對西西里很是好奇，這麼神奇的島，讓藝術家們那麼愛，以後一定要去深度體驗下。

我發現了一個秘密，那些讓人思考人生的電影，故事情節基本都是貫穿一個人人生幾十年的跨度，這樣可以讓不同年齡段的人看著都會有感觸，因為深度最深的莫過於人從生到死的過程，呵呵。

3月，最痛心的事是阿姨出車禍去世了，火化那天我專程回了老家去看她最後一面。在殯儀館時看到靈車如流水線般運送著死去的人到火化間，很多悲痛的親人朋友在旁做最後送別。我沒有恐懼，想像著自己有一天也會這樣被送進去火化，人一生誰都逃不過死亡。在基督教信仰中，人死後可以上天堂，佛教有來生轉世，我想這些都可以讓活著的人心靈更安靜。有一天當我死去，我希望身邊的親人朋友不必哭泣，活著時自己挺熱愛生活，熱愛生命，這就很OK了，呵呵。

前西德總理施密特12年時去新加坡探望老朋友李光耀，兩人有段對話，

我看後很是酸楚：

　　施：這是我最後一次到世界的這一邊來了，我再也不能如此長途跋涉了。

　　李：請好好活著，但願你安康，生活充實美滿。

　　施：哈里，希望你一切都好，祝福你。

　　李：也祝福你，很高興也很榮幸能認識你這個朋友。

　　三年後，這兩位偉大的人相繼離世。在施密特和李光耀兩人心中，全世界最偉大的領袖就是我們中國的鄧小平。

　　3月，工作上我犯了一個很大的錯誤，發生在我跟搭檔們聊天時，對此我非常後悔和自責，這種情緒持續了大半天，覺得就要不行了，要給自己灌點雞湯安慰自己。於是就有了：跌倒並不可怕，可怕的是跌倒後爬不起來。我告誡自己不要停留在後悔中，要爬起來，重點是吸取教訓，爭取下次不犯同樣的錯誤。於是我又找回了開心快樂的自己，哈哈。

　　4月，工作上做了幾個重要的決定，這些都會增加壓力，但往好處看就是逼自己成長。事情肯定會更多，相信只要合理安排與授權，應該可以應付的，我可不想操心過度，導致脫髮變禿頭，我可是還沒結婚的人呢，哈哈。

　　4月下旬和M哥一起去洛陽拜訪前輩L，L哥說，「亮，你該結婚了，希望下次把女朋友帶來。」M哥在機場卻跟我說，別那麼著急結婚……，他們都是我尊敬的前輩，哈哈。

　　人與人之間確實有思想上的差異，尤其在經濟水平越來越好的社會中，很多人追求與眾不容，有個性，而在社會中與人相處我要學會包容，學會欣賞，接受人與人之間的思想不同，這樣的社會會更加豐滿有層次。

　　長江後浪推前浪，進入移動互聯網時代，感覺中國的市場形態變化更加快速，如今網紅興起了，也帶動整體行業的發展，各種APP興起，智能手機新媒體也興起了，我試著去學習瞭解，很怕被社會淘汰。不過相信未來，線上與線下是連在一起的，兩者之間的邊界沒有現在這麼邪乎。互聯網時代，

其實東西的味道並沒有變得好吃，只是增加了各種行銷方式而已。好產品與匠人精神才是永續經營的王道。還是引用〈教父〉中那句話吧：我要給他一個無法拒絕的理由！呵呵。

還想著今年夏天年假能去墾丁學習衝浪，希望能成行，也希望我能耐得住寂寞。我曾經是個很耐得住寂寞的人，最近怎麼好像有點變了，哈哈。再次提醒自己，時間有限，不能什麼都想要，學會做些取捨，少些玻璃心，心態放平，把好的習慣再繼續堅持。生活不能苟且，即使沒有耐心讀詩，那也要去遠方看看，哈哈。

不是特別走心的日誌，下回改正。

2016.5.9

傲慢與偏見之台灣

最早認識墾丁是因為〈海角7號〉那部電影，後來因為想體驗下衝浪，剛好搜到墾丁，其實本來就想去台灣轉轉，去年7月終於成行。

飛機抵達高雄，再坐上約兩小時的公車便來到了台灣島最南端的墾丁小鎮，下車後發現行李丟了，非常焦急，但公交大哥說必須準點到下一站，不能陪我，給我一個他們客服電話。我心灰意冷地打了電話，便去了提前預訂的海邊民宿，民宿老闆非常熱情，立刻幫我打電話給員警廳，沒過一會兒老闆就跟我說行李被一乘客拿錯了，等下他騎摩托幫我去員警廳拿，我瞬間感動得眼淚差點滑下來。

7月的墾丁還是挺熱，午飯後我向老闆打聽學衝浪的事，雖然我事先已在網上瞭解過，沒想到老闆給我推薦的就是我原本要找的那個衝浪師傅阿飛。事後才知道整個墾丁也就兩家教衝浪的，哈哈。為了安全，我讓老闆問了他

有沒有衝浪教練執照。第二天中午一個長得像動力火車的長毛小伙子，開著個80年代的大眾麵包車過來接我們，我上了車，小伙子踩油門時發動機嘶鳴的咆哮，飛馳在沿海公路，沒有空調，也沒有車窗，不過海風呼呼的吹著，很舒服。

其他幾個衝浪的夥伴中途上了車，於是阿飛就一邊開車一邊沿著海去找浪，每開一段美麗的海岸線，阿飛都會提醒我們趕快看風景，順便給我們講解。沿海公路山邊長著那麼多的千年木、熱帶植物，這些平時我在杭州植物店裡買都要四、五百一盆，我在想要是把這些都挖回去賣就發財了，哈哈。

阿飛終於找到一塊有浪的海灘，換上衣服，自己把衝浪板扛到海灘開始了學習，我問阿飛，你這樣每天泡在海水裡，厭倦嗎？他說沒有，自己很喜歡衝浪，遇到沒學員時自己也會去衝浪。阿飛不穿衣服，也是披著長髮，皮膚常年暴曬已經曬得黝黑。雖然我塗了防曬霜，但練習了兩天後還是全身曬脫一層皮，臉上一搓一塊死皮，但阿飛一點也沒事。

傍晚結束時阿飛帶著我們走另一條鄉村公路，路過一家田野邊上的小店時停了下來，買了幾瓶冰鎮啤酒，大家一起光著膀子喝起來，夕陽溫柔的照著田野，此時的田野公路一眼望去金燦燦的，再配上他那老爺大眾麵包車，景色真的好美，這讓我想起來電影〈肖申克的救贖〉裡，肖申克和一幫獄友在夕陽下喝冰鎮啤酒的幸福場景。

晚上回民宿時阿飛特意開了他另一輛年代久遠的老爺大眾金龜車送我們，阿飛跟我說，他很喜歡這輛老爺車，為了保養這車他花了很多心思，其實我也挺喜歡的。下次我還會回來找阿飛衝浪。

離開墾丁，到高雄坐高鐵，從台灣最南端到最北端的台北，看手機google地圖，那個箭頭移動得好快，不到兩小時竟然到了，哈哈，好直觀的感受到地小的方便。

從現代的台北建築和國內建築來看，蔣介石比我們更愛中國傳統文化，

從大劇院到博物館，從圓山飯店到國父紀念館，很多都含有中國傳統元素，也感受到國民黨一直努力讓年輕人瞭解中國幾千年的歷史；看了故宮、老蔣紀念館，感覺老蔣就是個根正苗紅的中國人，也從沒想過台灣要獨立，只想著怎麼光復大陸，統一中國，哈哈。只是在他兒子蔣經國時代，晚期開始實行了美式民主，於是乎一個叫「民進黨」的政黨誕生了。如今蔡英文執政的民進黨據說想炸掉蔣介石紀念堂，說那是獨裁極權的象徵。我想蔣經國要是還活著，一定哭暈在廁所……

喧鬧的西門町，大馬路這邊一隊人揮舞著大旗高喊「台灣獨立」，而馬路對面又有一隊人馬用著高音喇叭在喊「兩岸一家親，同是中國人」，更有偏激者喊「不做中國人就不要說中國話」，引得過馬路的小青年在嘲笑說，那美國人都不能說英語了！還好兩邊沒打起來。

西門町有點像東京的原宿，是年輕人聚集吃喝玩樂的地方，只是比原宿更草根一些，隨著大陸的發展，這裡消費感覺有些便宜。街頭上也有一些趣味的演出或流浪歌手，只不過看過了歐洲的街頭文化，就覺得這還挺小兒科的。

標誌性的101大樓，齊聚了世界各地名牌，可因為民進黨搞台獨的政治原因，商場顯得冷清，跟我16年在首爾商場的熱鬧景象形成天壤之別。我想是因為在民進黨人心裡頭，他們覺得自由民主比經濟發展重要，我個人覺得是有閉島鎖國的感覺才沒辦法跟中國友好，但大勢所趨，真沒必要拿雞蛋碰石頭，最終損壞了台灣老百姓的錢袋子，影響生活。

曾經的亞洲四小龍，現如今台灣經濟發展卻墊底了，兩蔣時代確實不民主，但那時代是台灣經濟最騰飛的時候，現今，如我經常看雅虎台灣網站裡網友評論說的：台灣發展得只剩下民主了……

從墾丁的阿飛到在台北接觸的大多數台灣人和物，都讓我感受到人情味。大家說話好親切，好熱情，讓人感到溫暖，這確實不是那些高樓大廈可以媲美的。我還是很喜歡台灣，我想我還會再去，因為那裡讓人感覺滿滿的

人情味。不過我想，隨著大陸大多數人的物質條件變好，對金錢名利沒那麼渴望貪婪時，會越來越注重精神生活，那麼我們大多數人也會變得能對陌生人微笑，變得更有素質，那時社會自然就會是溫暖有人情味了。

台灣前總統馬英九在台北政治大學演講時說道，回望中國幾千年歷史，天下大勢，合久必分，分久必合。哈哈，我就祝兩岸人民都能過上幸福的生活吧！

2016.4.19

看上去很美

6月中旬一日，早晨帶母親去浙二做體檢，恰逢當天上午我開會，我把母親帶到體檢處交代好流程準備離開，可母親因為不識字膽小不願意，威脅我說不做體檢了，於是我留下來陪她做完體檢。

我的腰不好，本預約排隊排到了那天拍磁共振檢查，因自己忘記時間，結果又往後推遲了一個月，想想拍個片子都要等兩個月，要跑醫院3次，也是醉了。體檢完在送媽回去的路上，路邊一家高湯麵店散發出濃郁的香精味，我心想，這個老闆如此黑心，放這麼多味精來增加香味，不顧食客身體健康，他晚上睡覺時是否能安然入睡？

計畫總是備受影響而出現變化，只是自己努力去克制；隨著年長，經常有人引薦朋友見面交流，可因工作忙碌，實在身不由己，時間恰好不對時請朋友多包涵。

與杜尚建國店同時開業的隔壁鄰居「金店」，6月時已悄然關閉，有些惋惜，但做生意就是這樣，大家都可能倒閉，只是時間早晚。杜尚建國店開的這6年間，這一排店面90%都已經換過商家，有一部分還換好幾次了。

　　曾寫過我社區對面「三個勵志小伙」的故事，在一年裡同一個店鋪先開炸雞店，不行改開棋牌室，再改成洗腳店，最後還是沒能堅持下來，上個月關掉了，不過他們看著還很年輕，相信他們未來會更好。

　　我工作效率低，搞七搞八的偶爾要深夜才下班，鎖門時經常看到隔壁建築設計公司有個高額頭男人還在加班，大大的公司就剩他孤身一人，我心生敬佩，心想是怎樣的一種力量在給他支撐著，同時也反思，與他相比自己真算不上吃苦了，慚愧慚愧。但可能他經常加班熬夜用腦過度的原因，我看他頭髮很稀疏，在燈光照耀下，高昂的額頭散發出淡淡的光芒。

　　上次在公司地下車庫停車時我看到了光頭物業隊長，原來他為了省錢，住在空氣不好的地下車庫的一個房間裡，那幾日老婆和女兒從老家過來，我看他沒穿工作服，隨性帶著女兒一起打鬧，跟平時嚴肅威武的形象判若兩人。想到這我也開心的偷笑著，孩子可以改變這父親。從那以後，我若是停車在他房間邊上的停車位，會特意多留出一些空隙，以方便他和家人出入。

　　家住社區地下車庫，進出總是有兩個老先生在照看，因為空氣不好，他們還要長時間在此工作，其實是會對身體健康造成影響，我也因此在每次回家停好車後，都會把車上垃圾帶到地面上扔掉，不忍心放在地下室的垃圾桶，也因此我很反感有些車主進出車庫時不願意喊話叫他們，而是按著高音刺耳的車喇叭干擾老人。

　　杭州9月要開G20峰會，這一年來整個城市都在整修翻新，很多馬路綠化帶放置了需高成本維護、不可長期維持的各種美麗植物，充分體現了政府集中力量辦大事的能力，佩服政府的高效，這是歐洲民主社會遙不可及的，因為歐洲人不喜歡這種快速表面的東西。

　　峰會前期的建設使杭城變得吵鬧，空氣差，交通壅堵，我上班原本10分鐘的車程現在有時要開30分鐘。可是G20前夕，那個藍天白雲，嶄新的馬路，美麗璀璨的燈光秀，我會忘記曾經的不快，也覺得政府高瞻遠矚的做法

是對的。確實因國家發展的狀態不同，在乎的點是不同的，中國現在很需求的是認同感，這種感覺非常重要。

談談工作。總結上半年，對自己其實並不滿意，一些計畫有些失誤，在做調整應對時也滯後了，覺得沒有百分百去挑戰自己，沒有新的突破，不喜歡有些安逸的自己。每每去到一些喧鬧的大場面會有種感覺：我有點過於封閉自己了。

我去年對今年的預期，現在看來很多事情發展的變化比自己想像要多，也因此要求自己要立即調整思維，不但要跟上，更要跑在行動的前面帶路。我曾覺得自己是個放蕩不羈的人，但之後因為親人，因為另一半，時間變得更加身不由己，加上責任因素，確實要做一些妥協。

隨著年長，自己變得比較理性，小心翼翼，會克制自己，不要太在乎一個人，這樣很容易患得患失，讓自己更隨遇而安，叫什麼「你若盛開，蝴蝶自來」，呵呵。工作與生活我其實一直都在努力控制，不希望出現大的失控，因為自己畢竟不年輕，沒那麼多青春資本可揮霍了。曾看到過周星馳上節目，好像是楊瀾的訪談，問他的感情生活，有人說周星馳找不到最愛的歸屬，因為他最愛的是自己。看到這，我似感受一陣涼風吹過。

老和尚和小和尚一起下山化緣，遇到一個無法過河的女人，老和尚二話不說背起女人過河，之後兩人繼續趕路，翻過了幾座山，小和尚終於鼓起勇氣問老和尚：「師父，你不是說出家人不近女色，你怎麼能背女人過河？」老和尚說：「徒兒，在我從背上放下女人時就已經忘記女人了，而你過了這麼久卻還想著女人。」

曾看到一個朋友微信朋友圈發的一段話很欣賞，雖然我做不到，但在日誌的最後寫出來：學會付出，學會去愛，不計較付出和得到；用愛對待身邊的人與事。

2016.7.13

225

生活不苟且

　　X是我工作上非常好的夥伴，也是好朋友，除工作外我們也聊人生理想和苟且生活，他人帥有才華，比我小三歲，已婚，工作特有激情，他基本一周工作六天，每天工作12小時，這讓自稱能吃苦的我都有些慚愧。但我們身體也為工作付出了代價，前幾日去他公司時發現他戴著一個脖頸護套在工作，主要是他長時間低頭工作引發的頸椎職業病；而我呢，因為前幾年長時間同一姿勢坐著辦公，導致腰肌勞損。為了能活久一些，這兩年我特別注重身體養護，呵呵。

　　那天開車出公司門口，看到老P在我公司附近匆匆趕路，他沒看到我，看他的眼神不知怎麼的感覺「特別可憐」。我思考「為什麼老P眼神中顯出可憐」？我想是因為：一，他在農村生活太久，在城市裡一直沒有歸屬感，所以一直保持著農村裡的那個氣質；二，他好酒，酗酒的人眼神會不一樣，也更容易顯得蒼老。

　　杜尚的濱江店和龍湖店都是讓老P施工，除了施工品質還不錯，還有個原因是我有時覺得他挺可憐，想想就讓他做吧，反正讓別人做價格一樣。我希望他能務實一些，把工程做好，那樣我們都好。

　　和H也是十幾年的好兄弟，他結婚後因為有家庭，我們來往少了，前幾日他老婆出差，便找我聚，那晚為了配合他，讓他喝醉了，我們竟玩到凌晨四五點，哈哈，以前我們年少時也曾這樣，現在為了身體健康，不輕易這樣了。

　　G20期間我回老家補辦身份證，看到大姑父頭髮白了很多，顯得很蒼老，因為回家次數少，這種變化讓我很感傷歲月的飛逝。年少時我年輕的舅舅們，現在看上去也都挺老了，外婆的臉上也堆滿了皺紋。而我呢，漸入中年，彷彿有中年危機，不過還是得努力讓自己身體和思想保持年輕，畢竟有很多明星比我大很多，看上去還是非常年輕，值得學習，不是有個詞說「靈

魂不老」嗎？哈哈。

　　大姑父跟我們吃完中飯還要繼續去抽水灌溉稻田，老家差不多兩個月沒下雨，據說是20年未見的乾旱，因為大量抽取導致地下水整體下降了3、4米，我家井水差不多都見底了。記得我小時候政府修過一條水庫引水渠，但因為缺乏管理維護，現已無法使用，而這些將導致老家以種田為生的農民本季水稻減產，甚至虧損。

　　因為龍湖天街杜尚店的團隊特別優秀，所以我們在天街邊上又拿下一家店，但因G20期間停工放假等原因，讓我們損失了一些，原本前幾日想想終於可以開始施工，不知又會有政府部門需要某些手續導致停工，前幾日也煩過，怪自己準備不足，每個區域的法規及執行力還是不一樣，有些是扶持，有些是按規矩辦事，有些是故意刁難，而這些都是需要搞關係的活，也是比較讓人頭疼的，不過既然已接下來，就要勇敢去面對。很感謝團隊的夥伴，大家一直積極找辦法解決，相信我們會盡快把困難克服，也會因為這些經歷讓我們變得越來越成熟。

　　15年對我來說是壓力非常大的一年，本以為16年會輕鬆一些，沒想到又給自己攤上一大堆活，可能就是不喜歡自己安逸輕鬆，喜歡沒有安全感，從而促進自己挑戰，仍然保持創業時的初心，這樣其實也有種年輕的感覺，嘿嘿。

　　以前總想著以後要怎樣怎樣，現在會有點變化，有些事還是要趁早做，因為等老了，即使你想，身體也心有餘而力不足了。比如說在墾丁學衝浪，在衝浪板上漂久了，我就會發暈需要休息會兒，而身邊那些少年們卻還是越玩越嗨，真是羨慕他們。

　　對於學習英語，我自己也是貪婪的，因為需要持之以恆花時間和金錢上課，也逼著我為了學英語割捨了其他一些事物。

　　對於感情，我希望避免因衝動而去談戀愛，說話與做事不能搞得太絕對，因為我自己的心理治癒能力很強，可女生的治癒力有時沒那麼強，讓對

方受傷我心裡也很愧疚，如果可以，寧願讓自己獨自承擔受傷。

謝謝曾愛過我的女生，因為一些原因沒能走在一起，但我希望妳們過得越來越好，真心謝謝。

有時我也會責怪自己，沒有按父母親友的願望過上生兒育女的婚姻生活，年紀越大還對這個世界越好奇，越想去體驗，追求自己內心喜歡的生活，而不是按他人期望那樣生活；因為我畢竟就這一輩子，而且還如此短暫。在此我要懺悔一下，沒聽父母的話，我太自私了。最後一句話，送給最近的自己：要勇敢，沒什麼不好意思！

2016.9.22

我犯的三個錯

晚上因為燈箱的事與某商業工作人員爭吵了下，事後覺得是自己不合時宜，可能因為最近事多，有些壓力，然後借事發洩了下吧，呵呵。不過話說回來，在商業上很多事情自己太好說話不全是好事，有時還是需要強硬點才能爭取到權益。

今年以來工作上我算是犯了好幾個代表性的錯誤，讓我一直銘記在心，提醒自己吸取教訓。第一個錯誤是3月份拿了一個門面，結果沒開成，房租和押金也沒拿回來，損失了7、8萬，導致上半年開店計畫落空。

第二個錯誤是7月份濱江店因為生意忙位置不夠，我們租了旁邊一個門面擴大，我授權給同事簽合同，後來自己也沒上心審核，導致簽了一個弱智般的不平等條約，我們租的門面，但是「門頭沒有使用權」，當我們在拆門頭時，對方台灣老闆來制止，指著合同裡狹小的這一行字。我當時真是哭笑不得，覺得無厘頭又有點氣得想吐血，想著他X的，不帶這樣欺負人的。我當時口氣也是挺

硬的，過了一會兒，覺得不要讓自己太生氣，得冷靜下。想想既然已簽約了，就不要那樣紛紛擾擾鬥個你死我活，後來還是讓同事去談了，最後變相加了租金，買回了門頭使用權。事後想想都被自己蠢哭了，哈哈。

第三個錯誤是為了達成我和夥伴們之前的約定，8月份時我們在下沙又拿了一間鋪，按照舊有教訓和經驗審合同，合同確實沒有問題，只是後來每年物業費多出3萬元，讓我吃了一驚，怪自己粗心大意，後來協商不成也就認了，另外就是轉讓費自己也認為談得不夠漂亮。

問題的關鍵是接下來一直麻煩不斷，因為我們喜歡有創意的空間感，對樓梯和部分結構做了改動，這原本是很簡單的活，卻遇到G20及國慶日，施工需要在相關機構辦一系列手續，於是裝修施工硬是活生生脫了一個半月才動工，前後造成直接損失約10萬元，我很慚愧，對不起杜尚信任我的夥伴們。現如今裝修已近尾聲，終於可以喘口氣，等著迎接接下來的挑戰。

其實在被勒令停工的那些天，我看著工地狼籍的大窟窿，同事跟我說，要不算了就不要改動了，按原有結構裝修好了。可如果我們那麼容易妥協，那麼不追求力所能及的完美，就不好玩了，我說還是繼續折騰吧，很抱歉。

貪圖享樂是人性的本能需求，但也需要平衡下，有段時間我經常喝酒，甚至會影響工作，這也不好，給自己敲警鐘。前些日子還很年輕的小舅舅查出了食管癌，我陪他去做檢查，看到虛弱的小舅，感覺非常可憐，難以想像他聽到醫生說自己只能再活一年左右，心裡要承受多大的痛苦。後來換了醫院及醫生，相對樂觀一些，希望他能康復或者穩住不再惡化。

從醫院出來的路上，我在想，假設有天我也這樣近的面對死亡，我會如何面對生活？所有我曾在乎的、悲傷的，或許都變得不重要了吧！如何不後悔？我想就是此時抱著好好活每一天、活一天賺一天的心態，那樣即使遇到那一天，也沒有遺憾了，呵呵。

當很多人說你很棒，有的人很容易就把自己當個人物了，給自己戴上面

具，將擁有的認為是應該的，不知感恩他人，卻不知虛榮只是個面具而已，它是很容易滑落的。任何時候都不要忘記原來的自己，我希望勉強自己能一直保持謙卑及感恩的心。

　　這幾個月來自己更忙碌，感覺不是很好，用裝X的方式來表達就是：都沒時間靜下來好好看書。這確實不是我想要的生活，希望接下來把它調整好，找回自己。

　　真正的力量不是來自面目猙獰、拳打腳踢，而是來自內心。這句話送給自己，勉勵自己做個內心平和、有力量、有愛的人。

2016.12.9

2017

成長的煩惱

　　早上6點多就要起床出差，但想想還是寫下日誌，因為難得心能靜下來，畢竟停了三個月了。日程表每天大小事項我得提醒自己不要排太多，因為發覺自己一天下來大多做不完，從而對自己會有些不滿意。潘石屹書中說到他以前也是這樣，後來只留下重要事項，不然自己會像個機器人，會覺得時間過得很快，這樣不好，失去了一個人活著的意義。

　　想想好笑，我有時勸身邊朋友要留些時間去發現身邊一些細小的美好事物，譬如說窗前的植物又長了新的枝葉，公園裡一隻螞蟻在尋找救兵一起運食物。然而自己如今卻沒做到，我走路很快，跟朋友一起走路時他們有時會抱怨。

　　我希望自己是個有情趣、有意思的人，也希望杜尚未來能成為一個有內涵的品牌。可能是性格的問題，也可能是人到中年總想著少整些虛的東西，多整些實在的東西，因為只有這個才能走得長遠。

　　記得過年發佈年假時，原本年三十至年初七放假，後來一個朋友在我微信朋友圈下面評論說：「那樣很多外地人回家不就吃不成年夜飯了嗎？」我想想很有道理，覺得自己太殘忍，和經理商量多放了一天。這樣做當然公司在金錢上的損失是滿多的，可同事跟家人吃年夜飯也很重要，平衡一下吧。

　　在經營上，我的商業頭腦不算是很靈活的，因為我身邊有些朋友他們生意做得很大，涉及很多行業，還有想著融資上市的，所以有些人為我好建議我把資源最大化，但我沒動搖，還是只做美髮，我想是因為自己單做美髮就已經這麼辛苦了，做其他真的沒精力，覺得太煩。聽我這樣說，朋友JS說我是設計師思維，還有個原因是因為喜歡日本經營理念，我很欣賞日本前輩企業家稻盛和夫和松下幸之助的思想，目前公司發展尚可，且讓我們再固執一段時間，未來若是虧損，也許我的思想會發生改變。但我真心不想看到那一

天出現，呵呵。

　　工作中經常會面對一些在我看來挺艱難的抉擇，我瞭解自己的性格優柔寡斷，為了治這病，我設定自己必須在短時間內做決定，徘徊時慢慢有了一個基準，就是如果這件事是對未來有幫助的，那麼即使當下成本高了很多，我覺得還是要去做。

　　因為工作挺忙，自己的生活沒打理得很好，最簡單的就是自己的住所，我想今年得花些精力改善下居住環境。

　　在拉斯維加斯旅行時順便玩了德州撲克，哈，那晚運氣不錯，小贏了些，於是我就開心的回去睡覺了。回杭州時和朋友們周末也小玩玩德州，卻連輸了兩三次，我把德州定位在娛樂，可發覺自己的思想開始有點把它轉成賭博，於是我告誡自己一個月不要碰，再有下次，禁玩一年。其實從德州中我也學習到怎樣控制自己的貪婪欲望。

　　過年回家感受到父母是要面子，我沒結婚沒小孩讓他們有點失面子，他們生活的圈子與我不同，要面子的形式也不一樣，因為人很渺小，而我們都被環境改變了。

　　今年因為妹妹不願與父母一起開店，父母應會回老家，隨著他們慢慢老去，我想自己也該預留一些錢和精力做一些預防，希望自己有能力做這些，呵呵。

　　SY是個有品味的人，如果把一些工作交給他那我會省很多事，可我目前還請不了這樣的朋友，誰叫我們現在還是小公司，還得繼續奮鬥呀！

2017.3.13

預見

　　自小父母因賭博的事經常吵架，因此年少時我就給自己定規矩不賭博。三年前朋友聚會玩德州撲克讓我有了興趣，當然我們就是朋友間聚會小玩而已。德州有個好處是能鍛煉控制自己的欲望和貪婪，人很多的禍與痛都源於欲望和貪婪。

　　關於控制力，人在每個年齡狀態是有區別的，過年在拉斯維加斯時，那晚我玩籌碼200刀的局，台上7、8個人，美國老頭打得非常沉穩，收放自如，後面來了個亞洲小伙，輸了幾次後，上頭，玩法攻擊力很強，結果沒一會兒輸了，連加了好多次籌碼，我想這就是沒控制好自己的欲望吧。有時候不能因為自己投入很多就拚死命要翻盤，其實控制欲望立刻停止就是止損，但這需要智慧。

　　近來還是有開心事的，譬如跟著我剛開始創立杜尚做洗頭工的黃純勇，在他自己勤奮努力下，今年升上杜尚寶龍店的店長，娶了賢妻，上個月還在杭州買了房子，很為他開心。第二就是兩年前認識的開工作室的朋友EV，去年加入了杜尚，前幾天我們半夜電話聊天時他跟我說了些感激的話，挺讓我感動的，因為我一直怕他不適應，心裡做過一些壞的打算，畢竟他開工作室好幾年，自由散漫慣了。 第三件事就是父親前幾天買車，我後來加了他一些錢，讓他換了個比期望中好很多的車，父親電話裡跟我說了聲「謝謝」，讓我一下子不知道怎麼接話。長這麼大第一次被父親說謝謝，挺開心的。我與父親一向話不多，因為自小以來父母吵架我都是站在媽媽這邊。

　　這幾個月回到家就開始責怪自己，杜尚每家新店裝修我都盡心盡力想讓它變得更美，但自己住的地方卻很簡陋，沒有花心思讓它變得更美。可當我開始覺悟時，杭州卻開始限購了，扼殺了我的計畫，但我想真是要對自己好一些了，讓自己的生活更有品質一些。

　　還記得杜尚灝瀾山店裝修時，因為施工隊出現拖延失控的狀態，那幾天我每天在工地監工，滿身塵土，搞得我去飯店吃飯都怕被其他客人嫌棄，多是等人家吃完飯店空了再進去吃，哈哈。

　　關於感情的事，身邊有朋友情傷，看上去很嚴重，我會做些思想工作，畢竟我也是經歷過的人。感情的事讓人心情不好的根源還是因為動了心，產生了愛，而愛又是個自私的東西，當對方沒按照你想要的方式，那麼你就會不開心。如果知道不可能就不要越陷越深，如同玩德州撲克一樣，放棄也是智慧的方式。因為你再怎麼優秀，也不能讓所有人都喜歡你，感情事如果努力過就算沒有遺憾了。幾年前見過一朋友跟很愛的女朋友分手，原本很自信的一個人，變得消極頹廢，我覺得這樣很不好，一直以來無論咋樣，我還是會調節自己做一個內心平和且有自信的人。

　　我也試過去叫醒一個裝睡的人，努力過一段時間還是以失敗告終；我之前受過感情的傷，後來總結都是報應，因為這樣想心裡會舒服些，想著自己也傷過人家的心。慶幸自己在漸入中年時還能如此單純用心去喜歡一個人，實屬難得，要感恩，哈哈。

　　有段時間你會遇到一些很有意思的朋友，還有段時間你會遇到一些三觀不正的人，但我們要守住原則，堅守正確的價值觀，因為這是我們種的種子，一個人沒有原則，三觀不正，遲早會遭受惡報。最後我跟朋友說：反正這個世界誰跟誰都會離別，早晚而已。他說：我本將心向明月，奈何明月照溝渠，哈哈。

　　我要向黑石基金蘇世民學習，70歲的人了還那麼勤奮，忍受痛苦，孤獨；我還很膜拜特斯拉老大馬斯克，他不光造車，還研製火箭，他的夢想是拯救人類，把火星變得適合人類居住；不過我更想膜拜的是他在跟第二任妻子離婚後說：「我要安排更多的時間來約會，我需要找一個女朋友。」哈哈。

2017.5.15

斷捨離

　　在羽田機場出境關口處，我看到一個女孩伸頭往裡張望，順著她的眼光我看到一個小伙在不遠處排隊安檢，男孩時不時回頭張望，兩人四目相接時女孩臉上露出幸福的笑容，一會兒男孩離開視線，女孩有點神傷，但她沒離開，還在那伸頭張望，期待再見一面。過一會兒男孩安檢好，又出現了，女孩興奮的揮了揮手，又露出幸福的笑容。最後進關口後，距離已是很遠，隔著很多障礙物，已看不清遠方。這男孩就在我身邊，他跳起腳，用瞬間的眼光尋找女孩，是的，女孩還沒走，男孩興奮得跳著揮手……

　　作為路人甲，看著這對小情侶如此難捨難分，鼻子一酸挺感動的，羨慕呀，年輕真好，可以愛得那麼純真。步入中年的我，感覺被現實理性佔據了大腦，很難像他們那樣純粹。不過哥年少時也曾像他們這麼純真愛過，呵呵。

　　我很佩服好友JC常在朋友圈發表自己的想法，不管他人的看法，而我會在乎，有時候會刪，會放不開。我想這跟性格有關，還有他比我優秀很多，他是個非常自信的人，他的思維已經跳出了普通人的層次。

　　我很崇拜的萬科創始人王石，以前經常發微博談一些感想，在去年寶能入侵萬科股票後，王石稱寶能為野蠻人的部分言論遭到輿論攻擊，從那以後一個很善於在微博秀生活秀工作的老男人再也不發微博了。

　　上個月萬科開媒體發佈會，王石自己宣佈退出董事會主席，從工作上來看，完全退出了萬科，我想作為萬科創始人他有太多不捨，這像是對自己養了幾十年的孩子告別。不過從華潤的退出，深鐵的進入，恆大的表白態度，保監會對寶能的懲罰，郁亮被新推為董事會主席，這些來看萬科又重新歸入王石想要的國企為主要股東、職業經理人主掌大權的狀態了，他這時退出也算是功德圓滿了。

　　妹妹之前杭州房子因拆遷，他們計畫買在離爸媽十幾公里遠的地方，那

天妹妹交買房定金時，媽微信語音跟我說時哭了，我一開始有點不理解，說幹嘛哭呢，都在杭州，開車過去也就半小時，後來想想就很理解媽了。因為妹妹和父母在杭州十幾年來一直都住在一起，一起開店，這十幾年妹妹從小姑娘到現在結婚生子，外甥一直是外婆帶大，所以說妹妹一家搬走對媽媽來說有太多不捨、不習慣，會那樣傷心是正常的。我媽是個沒文化的人，她頭腦簡單喜歡嘮叨，經常跟他人意見不同，說別人不好，但很快一夜之間又變好了；她很善良，從她身上或DNA上我也學會了善良。

6月時，我住在老小區裡，晚上下班從社區回家經過一戶一樓人家，一陣熟悉的香味撲鼻而來，我抬頭看，院子牆上一大片金銀花，這花在我老家叫「蜻蜓花」，那裡的田野、河邊有非常多，開花時一大片，很美，很香，混在田野的新鮮空氣中讓人很享受。而花開時也正是春暖的時候，小時候特別喜歡聞這種香味，有時候也會摘一些插在瓶子裡放在房間，只是這些年很少在春天回老家，很多年沒聞到這香味了，那幾天我晚上回家特別期待路過那戶人家的院子，特別走慢一點，多聞會兒香味，呵呵。

6月末我搬離住了4、5年的老小區，住到了濱江，離開了金銀花，老小區住了很多老人，會讓年輕人不習慣，但他們對我很友好，讓我感到很親切。搬家時我有些不好意思面對，讓幫我做飯搞衛生的大姐叫的搬家公司搬的。

跟了我4、5年的大姐隨著我搬到濱江，她每次過來搞衛生要長途跋涉，讓我很不好意思，這幾年感謝她的照顧，她做的飯菜雖不是最好吃，但是營養均衡，讓我這幾年體質感覺棒了很多；家裡電燈壞了冰箱壞了都是她幫忙叫修，有她在我基本省去了處理家裡的一切生活瑣事，有次周六我酒喝多了很難受，那天本來她休息，還特別過來給我燒湯做飯，真的很感謝。

以後就不讓她這麼熱的天跑這麼遠來給我搞衛生了，她離我單位近，繼續給我做飯就好了，而家裡衛生就近另找個大姐弄了。其實自己有很多的不習慣和不捨，然而生活就是這樣，任何的人和事都會有離別，只是時間長

短，無論你是否捨得都要面對，只是讓自己更珍惜這份緣，在一起時彼此多尊重。謝謝張大姐。

隨著年紀漸長，經歷的事及認識的人多了，經驗多了，買的衣服也多了，自然事情也變多了，時間嗖一下就過去。成長過程中確實會面對一些坎坷，或自己所謂的尊嚴被踐踏，但其實這都是成長必須付出的代價，只能換個角度想，把它轉換為動力。我所能做的就是讓自己努力保持不懶惰，這樣就算對得起自己了。

今天跑了好幾個地方，開了很久的車，也碰了下「鼻灰」，身體很累，心情有點沮喪，晚上回到辦公室後小睡休息了會，睡醒後，我靠，滿血復活呀！

我仍希望能做好減法，能禁得住誘惑，能專注去做事情，能靜下心來看事物的本質，在激烈的市場競爭中能跟得上時代，並最好能領先一點，能一直保持謙卑，敢於離開舒適圈，能挑戰突破自己。最後希望自己能調節好時間，把每周健身再增加一次，但願自己能自律做到，哈哈。

2017.7.21

不安分

八月，妹妹一家因為房子要拆遷，搬到我這暫住一段時間，於是乎，大清早就能聽到外甥在看動畫片的聲音，偶爾他還會跑到我房間來故意把我吵醒。一開始不習慣，因很早醒來影響了我睡眠，不過自我調整一周後就還好了。

從小我和妹妹一起長大，不過從18歲我來杭州後就基本很少住在一起。時隔這麼多年，能再住一起一段時間，我還是挺珍惜的，因此有幾天我還特意讓自己早點下班回去。妹妹與我話不多，幾乎每天早上醒來她都會燉點湯給我

喝。前天她發微信跟我說，新家弄好了要搬走。我淡定的回覆：噢，恭喜。

晚上回家時看著空著的房子，彷彿又回到他們第一天搬進來時我很不習慣的感覺。人是有感情的，時間久了也會成為習慣。而我也告訴自己，我會習慣這個空房子的，因為這麼多年早已習慣了。

八月還有件挺重要的事，七月時我把自己原先一套房子賣了，於是乎開始新的買房之路，閒暇時間我都沉迷於線上APP研究房型，在樣板房現房之間無法自拔。不過到如今也沒買成，沒有太責怪自己，因為這對我是大事，所以放任自己思前想後扭扭捏捏一段時間吧。

八月，我最得力的工作夥伴，我們運營總監吃夜宵時摔了一跤，摔成了腰部骨折要動手術，必須在床上躺數月無法工作，當時讓我一懍，我立即在工作上做了一些調整，以保持正常運作。從這事件還是有學到經驗，我必須要想到每個人包括自己，都有可能會病倒數個月，所以我們的組織還有很多需要優化。此外也要注重健康，因此從八月中旬過後，組織店長們在每周開會時先集體到游泳館游泳健身再開會，把游泳健身納為大家工作的一部分，希望讓大家更重視身體健康。

小舅幾個月前查出食道癌，治療一段時間後回家調養，八月已惡化嚴重到無法進食，家人找我幫忙又弄到醫院，住了幾天後聽表弟說，日子不多了還是接回家吧。

看著幾個月前還是壯年的小舅，如今瘦得如小老頭，心裡很難受，我媽作為他姐姐更是經常哭泣。小舅才40多歲，前幾天在家裡把一些後事交代給表弟。我能感受到小舅對求生的強烈欲望，但無力回天，只能聽天命過著餘下不多的日子。年少時經常有講師上課說假如今天是你生命中最後幾天，你會想做什麼？而小舅如今卻真實的在面對。我知道有一天我也必須面對，為不留遺憾，那就把當下每天活好，樂觀一點吧！那麼在生命中最後那幾天，我感到的不會是絕望，而是樂觀和滿足。

　　末尾勉勵提醒自己，在商業社會中不為利益而煩惱，世上任何事在生死面前都是小事。

2017.8.31

向死而生

　　這個標題有點沉重，本想換成「樂享人生」，但還是覺得不及我的本意，沒辦法，我就是這麼自私，呵呵。

　　9月下旬，小舅在與癌症抗爭幾個月後去世了，才47歲，我趕回去參加他的葬禮，小時候是很怕葬禮的，但隨著年紀漸長就適應了，對生死看淡了些，很快調整了自己的情緒。

　　回杭州沒幾日，爺爺摔了一跤，之後聽叔叔說檢查出來也是癌症，因癌細胞擴散影響了腿部神經，所以導致了腿部癱瘓；爺爺80多歲，醫生說他的體質無法做化療，建議還是保守治療。希望他能活久一些，我會儘量抽時間回去看望他。我們萬達新店的施工包工頭，9月份裝修進行一半忽然腦膜炎突發昏迷癱瘓躺進醫院，聽他兒子說，估計要住院治療1個月以上，而且好了之後大腦可能有損傷，很難再做包工頭了，於是他兒子自告奮勇挑起大樑，只是在經驗上還是太嫩，這1個月來裝修走了很多彎路，我們受了些損失。但也沒辦法，就像我跟設計師說的，他們家裡出了這事情，這時換裝修隊太不講人情了，工地上我們還是多花點心思幫助他兒子吧。

　　想想這幾個月連續遇到一些身邊的人面對生死的事，讓我感到憂傷，不過很快也想通了，想想每個人都會死，只是早一點晚一點而已。預先想到自己未來有一天會死，那活著時也會灑脫些了，哈哈。

2017.11.3

儀式感

初來杭城時是為了生存奔波，即使近年來日子好過了些，過生日、過節，自己也沒怎麼在意，甚至覺得過生日是件很麻煩的事，大多懶得過。年紀越來越大，也參加了無數個生日趴，漸漸覺得需要給自己一些儀式感的東西，讓平淡的生活多一點色彩。

C也說過我太隨性了，不顧禮節等。每每去拜訪年長前輩，臨走時前輩總是送點禮物告別，那時我總會有些慚愧；慢慢明白，我自己不在乎面子、禮節，無所謂尊稱，但這個社會是有講究的，社會是一個大課堂，活到老學到老吧。

就如同我們有些門店，上次同行的前輩一行參觀指導，指出我們員工也是過於隨性，禮貌用語還是欠缺，對此我也在深深反省之中，確實要注重這些，畢竟我們是做服務行業的。隨著門店的增加，自己依舊終日忙碌，變得挺沒有情趣，適時調節讓自己放鬆一下，可惜此事古難全，有一方滿足也就罷了。

回首這月，回去看了爺爺，已不能進食，基本植物人，大姑每天用食管輸送營養液，我喊著爺爺，他只能抓住我的手，沒有任何言語唯眼神表達。大姑是個好女兒，每天用食管打食多次細心照料，延續著爺爺的生命。

人生短暫，我們不過是來世間旅遊一番，那日看到叔叔發爺爺年輕時文化大革命平反後的入檔照片，那時的爺爺膠原蛋白真豐富，真帥，至少比我是帥多了。

今年台灣兩個有名的文化人去世，一個是誠品書店創始人吳清友，他的誠品書店對培養台灣人看書習慣做出了巨大貢獻；一個是被台灣媒體評為與唐代李白杜甫齊名的「詩神」余光中。我終日忙著生計賺錢，沒啥文化，對很多名人都是後知後覺，像張國榮，我也只是在他去世後才開始熟知他的很多經典作品。

余光中我之前也只知道那首著名的〈鄉愁〉，為了緬懷，前幾日買了他的精選集，晚上閒時翻了一會，看那首〈飲一八四二年葡萄酒〉，竟把一杯葡萄酒寫得那麼有生命，深情滿滿，連我這粗人看了都很感動。不免感歎，唉，人與人差距真大，他喝杯葡萄酒就出來一首飽滿深情的詩，而我呢，喝杯酒就只想到玩骰子，六個六開，呵呵。

人到中年，我似乎是有中年危機感，一是怕掉頭髮，哈哈，自己本來額頭就高；還有就是怕小肚腩不斷崛起。這是在面對身體機能發生改變後對自己的一種不安全感。松下幸之助先生在書中提到「人要遵循自然法則」，這句話說中了我的心，好吧，我逐漸開始妥協了！

2017.12.28

2018

年度總結

　　年後那日和Y、H、W幾個小聚，一不小心喝多了，回家吐，非常難受，第二天睡了一天才緩過來，我也算是能控制自己的人，然而一年中總有那麼兩三次會喝多，有些傷身體，心疼自己。

　　旅行總是讓人快樂，這次在巴黎時自己每天走路十幾公里，竟然也沒感覺累，每日晚間找一家好吃的餐廳，然後來一杯啤酒，那感覺真是享受。去過巴黎的人很多都說小偷比較多，也經常聽到有人說自己被偷的經歷。我還算是運氣比較好吧，而且我還是住在13區，治安相對更亂些，不過我還是挺享受每天路過那些廉價露天菜市場的感覺。值得開心的是，我在逛巴黎春天百貨時把錢包丟在櫃檯了，過了半小時後發現回去找，竟然還找到，真是感動死我了。

　　一方水土養育一方人，吃中國菜長大的我，基本上每天都要在巴黎找一個中國餐館回味一下，感嘆巴黎的華人真多，還吃了兩家中餐比國內的地道，那些鵝肝、蝸牛、牛肉啥的法國菜偶爾吃就好，每天吃不如我們的炒青菜蘿蔔白米飯。

　　中國五千年的飲食文化真是厲害，老外應該很難相信咱中國隨便一家小飯店都能燒出四五十道菜。法國的美食文化還算比較有名，感覺對很多美國人來說吃飯就是填飽肚子，如此隨便，我想也許跟他們國家才兩三百年歷史有關吧，哈哈。

　　那天早上在巴黎中國城，早餐吃豆漿油條，隔壁一對華人老夫妻跟我說，他們從香港移民過來47年，中國現在經濟強大了，看在西方人眼裡，華人地位也好了很多，中國強大了他們也很開心，他說自己十幾歲時在香港坐公車，有洋人上公車都要華人讓座的，唉，沒想到民主社會也這樣啊！

　　走過全世界很多大城市，發現移民國外的華人真是多，中國城也都有

點規模，為啥移民國外的華人如此巨多，我想這與中國近兩百年戰爭不斷有很大關係，一百多年前八國聯軍欺負我們，還有日本侵略我們的時候，我想那時人們為了活命躲避戰爭，有條件的大多移民國外了吧。後來隨著國共內戰，政權不穩，又是一大批有錢人移民國外，緊接下來是文化大革命，又走一批；於是乎我們華人遍佈了地球，哈哈。好在英明的鄧大人改革開放，習大大的民族復興，現在有海外華人回流的現象了，真可謂實力說明一切。

像如今美國推倒了敘利亞、利比亞、伊拉克等政權後，這幾個國家出現了如以前中國一樣的境況，大量百姓為了躲避戰爭逃亡到世界各地。在巴黎街頭，偶爾還能看到一家老小卷著被子睡在街頭的難民，想想那麼冷的天，真是可憐。

讓我感到奇怪的，荷蘭是個黃賭毒都合法的城市，然而到了荷蘭阿姆斯特丹後，發現荷蘭的治安遠比巴黎好多了，人們對藝術的喜愛依舊，我想可能是跟對外來人口的政策限制有關，按照巴黎原居民的話來說，大家的素質修養都很高了，只是大量周邊窮國的窮人闖入巴黎，而巴黎又是個有包容性的城市，但這些窮人大多沒受過什麼教育，所以就出現了一個兩級分化的社會，讓來巴黎旅行的人一邊被巴黎的浪漫、藝術氛圍所陶醉，一邊又被亂七八糟的治安所煩惱。

我印象很深刻的是阿姆斯特丹竟然可以推自行車上地鐵，還有專門固定自行車的架子，這種人性化設計對百姓來說確實好，不過那也是人少好管理，而且畢竟是發達國家，人均素質很高了。那裡的人真是太熱情，我的退稅單需要買郵票，有個主動上來幫忙的荷蘭大姐帶我一程才買到，那種對陌生人如此信任的感覺確實挺美好的。

之前看過一篇文章說，這些年很多到國外留學的年輕人選擇回中國發展，究其原因，有一個說澳大利亞天真的很藍，空氣舒服，人與人之間相處也輕鬆自在，但整個國家對他來說像個巨大的養老院，他覺得自己還年輕，

想回國奮鬥，不想這麼快過老年人生活，哈哈，我只能說人各有志。我其實也很愛自己的祖國，就是這個空氣要是再好一些就好了，因為這樣的空氣確實讓我們這一代人都減壽了，大家都逃不過。

一回到工作中彷彿又投入了名利場，商人的目的就是合法賺錢，企業家就是在賺錢的同時考慮到情懷，對行業和社會做貢獻，或者至少不能對社會有危害。我自己鑽進名利場有時也會過頭，所以還是得把自己往回拉一拉，找到自己內心和表面都舒服的點。

回望17年，工作總的來說還算可以，但還是有很多不足，面對顧客投訴增加也是挺煩惱的。對生活上的總結嘛，一般般，至少感情生活不樂觀，哈哈，當然我還是心懷希望的。物質上的滿足會讓人快樂，精神上的滿足同樣也是一種快樂，這兩者我都需要，光有物質會讓自己變成行屍走肉。

2018.3.18

我的爺爺梅武乃

爺爺生於1935年10月26日，對爺爺最早的印象應該是我5、6歲時，那時爺爺調去梅竹殿小學當校長，聽說那之前是一座寺廟，記憶中夜裡爺爺和奶奶打著手電筒，帶著我穿過很多田埂去學校過夜。

曾爺爺是個地主，童年還讀了幾年私塾，只是不久發生蘆溝橋事變日本侵華，曾祖父帶著一家老小到山村避亂，1949年解放了，同年曾爺爺被列為惡霸地主被處極刑，曾奶奶忍住巨大的悲痛仍然教育10個兒女：「不怨共產黨，只因為改朝換代，你們的父親在劫難逃。」那年爺爺15歲，之後聽三爺爺和小姑奶奶和我談天時說道，爺爺那時每天砍柴去賣，為養活10個兄妹出點力，小姑奶奶說，要不是爺爺，她小時候就餓死了。

　　1956年黨中央出了政策，說給地主兒女成分不好的一條出路，革命道路可以選擇，爺爺便多次求情，終於求得一個介紹信可以有資格考試。雖然爺爺只讀了幾年私塾，但智慧過人，當年宣城1200名考生中他考了第一，之後加入老師隊伍，於是開始教了40年的書。

　　我讀小學時是跟著爺爺奶奶住學校，隨著爺爺調去白洋做校長，我在三年級時也轉學跟去了，也因此留了一級。記憶中，奶奶很疼我，但她在我讀五年級時就去世了。

　　爺爺一生桃李滿芳園，教了好幾代人，鄉村裡很多父子檔都是爺爺的學生，他們都習慣叫爺爺「梅老師」。奶奶去世後，爺爺開始酗酒，我一直陪著爺爺睡，爺爺半夜經常說夢話，夢裡和奶奶說話，有時候也會哭。

　　因為爺爺是教書人，對金錢淡薄，加上年輕時因為是地主後代成分不好，也仍然貧窮，奶奶生了我叔後，因為養不起，送給舅爺爺寄養。據說叔叔讀小學時都沒鞋穿，還好叔叔也是聰明，後來也考上做了老師。

　　父親和大姑沒考上，做了農民，爺爺對兒女的教育算放養式，後來父親經常對我說，他年輕時爺爺對他不夠好。可我倒覺得爺爺的做法沒錯，爺爺兒時經歷過戰亂，父親身亡，他其實對兒女變得無所求，也許認為，能活著，足矣。

　　爺爺退休後政府讓他去鎮上做文化站站長，那時我在讀初中，很感激那時我可以免費借很多書看，不過看最多的也就是〈讀者〉，但在那樣的鄉村，這已大大豐富了我的知識。

　　考慮到爺爺年老，怕太孤單，也需要有人照顧，後來託人介紹找了個奶奶一起生活，爺爺的生活品質好了很多。隨著年紀越來越大，爺爺退去「站長」工作，搬了幾次家後，最後回到汪村住在我們自己的家，算是祖屋。我因為年少就到杭州闖蕩，越來越少看到爺爺，但要求自己每年至少回去兩三次看望他們。

　　我挺喜歡每次回家時和爺爺聊聊天，喜歡爺爺那種與世無爭平淡的心境。很多農村人一生都很在乎鄉鄰朋友的看法，即所謂面子，為了眼光和偏見鬧矛盾起爭執。但爺爺是極少數看淡這些的人，過著自己喜歡簡單平淡的生活。這一點，我的父親到現在還沒達到爺爺的境界，其實在當今這個普遍受教育程度很高的時代，依然有很多人在世俗眼光和價值中失去了自我。

　　2010年我因創業遇到了在當時認為很大的挫折，心情很沮喪回了老家，和爺爺聊天時問了他我接下來該如何走？當時爺爺和我一起在菜園，他一邊挖地一邊和我說：「其實你現在就像是在十字路口，隨便走那條路都是應該走的路，沒有對與錯。」

　　爺爺在去年9月摔了一跤，大姑和姑父把他送到醫院，醫生最後查出來是腦癌，且已經是中晚期。叔叔和大姑們忍著不敢告訴爺爺，怕他受不了。我到醫院看望時他還說，「過段時間就出院回家」。我後來和叔叔溝通還是不要瞞，委婉的告訴他真相，遲早要面對。

　　11月份，爺爺偶爾進入半昏迷狀態，父親也回到爺爺身邊陪伴他，記得有天半夜，爺爺像個孩子一樣求父親拿杯酒給他喝，因為平時醫生不讓，父親倒了酒，還給爺爺點了菸，當時爺爺特別享受，說，「我兒子真好」。我想那時父親和爺爺之間的感情應該是有史以來最濃的吧。

　　因為爺爺來日不多，我也經常趁休息日回老家看望下，到了12月時爺爺基本已大半昏迷，完全靠大姑用食管打食維持生命。爺爺病重這三個月大姑最辛苦，付出最多，經常白天黑夜照顧，自己都沒睡好。我說讓大姑不要這麼辛苦，大姑說她不放心別人照顧。大姑的性格很像我奶奶，心地特別善良，不顧自己，一心想著付出所有對親人好。我已去世的小姑也是這樣的性格。

　　爺爺逝於2018年1月，享年83歲。爺爺，祝你在天堂快樂，我會一直想念你。愛你的孫子。

2018.5.11

日落大道

　　無意中聽到梁博的〈日落大道〉，讓我想起了洛杉磯的日落大道，那時在地圖上看到這個美麗的名字，於是我開車從比弗利山莊回洛杉磯市中心時特意選擇了從日落大道走，還路過了好萊塢。洛杉磯也是我很愛的城市，冬季溫暖如春，海邊還可以衝浪，充滿了度假的味道，以後有機會還想再去。

　　是啊，這個世界誘惑太多，那麼多美麗的風景，而生命又是如此短暫，還是要把身體愛護好。今天早上跑步時看了兩個老戲骨演的電影〈遺願清單〉，讓我也挺觸動，男主角在最後三個月終於完成了年少時的遺願清單。

　　前幾天去D32店，看到有6、7年未見的俞媽媽，很親切，我們拉了會兒家常，她看上去老了挺多，不過我沒說出口，她說我胖了挺多，這我確實要反思，哈。朋友X是我很好的合作夥伴，比我小兩歲，他真的很拼，有時我們半夜11、12點還講電話聊工作的事，要知道他是有老婆孩子、早上6點就起床的人，有時看著他，也是在鞭策自己不要偷懶。

　　過年回老家本想著今年不要去城裡睡酒店了，在家裡睡，農村的夜晚真的很冷，我本想著裝空調，結果姑父說電壓不夠，悲慘，後來買了兩個暖氣片，怎麼說呢，效果還行，沒有被凍死。真沒想到我們村裡基礎設施還是有一點點落後，心裡有點小難過。

　　我的英語老師M是美國人，他女朋友是中國人，他很愛女朋友，但中西文化差異挺大，他有時也有點頭疼，向我傾訴說丈母娘不喜歡他，哈哈。每當提起女朋友，他臉上總洋溢著興奮和幸福的表情，這種真情讓我挺感動的，我覺得他的這份愛很純粹。

　　休息日在濱江天街吃完中飯順便逛了下西西弗書店，看著安靜看書的人們，我有點慚愧，現在很少能靜下心來選書看書，倒是把時間花在酒精上了。曾經我也是個在圖書館能待半個月的人，書籍能讓一個人的內心世界變

得豐滿不孤獨，呵呵。

　　漸入中年，雖然我對婚姻不急，但看到關於油膩男的文章，時不時還是要提醒下自己，防止油膩，哈哈。不油膩人家最多叫你聲大叔、小哥，變油膩，那人家可叫我大伯，太慘了！

　　近來的經濟大事，算是祖克伯格的臉書因為洩露了使用者資訊，遭到美國媒體瘋狂攻擊，導致股票暴跌，公司瀕臨危險，要知道小祖可是80後的無敵代表啊，富可敵國，如今遇到這樣大的危機，不久前還被美國國會叫去聽證會，慘啊！不過小祖還是堅強的挺過去了。

　　第二件事，中國通信設備出口的二把手中興被美國封殺，一下子導致中興瀕臨破產，然後70多歲已退休的創始人當晚連夜奔赴美國去談判，希望能有挽救餘地。

　　唉，人家那麼大的巨無霸公司，都有忽然間的致命危險，更何況像我們這樣的小蝦米公司，所以任何時候還是要居安思危，保持警惕，否則辛辛苦苦幾十年，一夜回到解放前，慘……

　　3月，辦公室忽然有4個員工同時離職，雖然表面上是主管的責任，但我作為主管上級也有很大責任，我對主管幫助不夠，以及沒有即時瞭解基層員工的真實想法，因此我也沒過分責怪主管，我相信她，和她一起努力克服過去，並吸取教訓，希望下次不再犯同樣的錯誤。時間來到6月，現在情況好了很多，但我想依然要保持多一些溝通。每次到現場門店我是有滿足感的，我其實對每個店都有感情，我喜歡觀察店裡的人事物，努力把自己想像成顧客那樣，看此刻自己是否滿意，這樣能發現很多不完善的地方。每當和夥伴討論如何優化不完善的地方時，我其實是充滿幹勁的，呵呵。

　　是呀，每隔一段時間就想去外面世界看看，感覺老是在一個小圈子裡思維會變得局限狹窄，怕自己為雞毛蒜皮小事鬧矛盾；其實世界那麼大，可以包容大山大海，而我們的思維也可以如大海那樣遼闊。我想或許多跨過一些

山和大海，就會擴大思維包容心吧，哈哈。

　　我是想讓自己簡單點，在這個充滿誘惑、喧鬧、浮躁的社會，我知道挺難，但為了活出自我，還是要努力克制欲望，不能啥都想要，要知道自己要什麼及必須割捨掉什麼。努力做一個自己喜歡的人，簡單安靜的中年大叔，耶！

2018.6.13

自由 ....

　　我經常工作到半夜，也享受於此，當然跟我沒結婚有關係，未來如果有老婆孩子，老是這樣也不好意思吧。夜裡的杭州馬路通暢安靜，這時的杭州彷彿變得很小，從武林廣場單位開到濱江家裡也不過十幾分鐘。我很不喜歡白天開車，路上堵，停車也麻煩，經常用「曹操專車」打車，讓轉個不停的大腦休息一下。

　　我是個勞碌命，工作有規律，對身體健康很好，如果在家休息待久了，容易頭昏腦脹，腰酸背痛。年少時喜歡用時間換錢，現年紀漸大，手頭寬裕了些，就喜歡可接受的花費「買時間」，比如有人去歐洲為了機票便宜些選擇轉機，對我來說寧願多花點錢直飛，當然，隨著以後年老，用錢買時間的作用也越來越小。

　　以前出差或旅行時總喜歡把時間卡得特別緊，出遠門坐飛機都是起早貪黑的，坐早班機節約時間可以多工作半天，或者節省一天的酒店費用，搞得夜裡只睡3、4個小時。現在年紀大了，身體不允許了，前些日子這樣趕著趕著，老腰就開始抗議了。這是老傷，在勞累時它就會給你傳遞信號，酸痛干擾了我的精力，那日我連續工作幾小時後注意力開始無法集中，沒辦法，只好回家躺養。那時覺得自己有些孤單，情緒有些低落，不過我會努力去調

整，做一些讓自己開心快樂的事。

年少時，半夜各路朋友找我玩大多會去，可現在工作越來越忙，沒精力，大多不參加了。我有糾結過為工作是否付出太多，但我知道，我並不聰明，不付出多一些，工作怎麼能做好？在我的價值觀裡，想要工作事業更勝一籌，沒捷徑，不過是把別人約會談戀愛的時間割讓了很多用在工作上而已。

7月時大姐因為母親去世，回老家十多天，於是家裡開始亂了，感覺自己喪失了自理能力，我把媽叫過來幫忙整理，但還是有些不方便。父母滷味店沒開了後，我把原來給我做中飯的大姐辭了，算是聘請媽給我做一餐飯，這樣做是讓她工作日可以每天看到我，會少一些微信語音嘮叨催婚，只是後來發現微信語音嘮叨並沒有減少……。以前臨時有事外面吃，沒吃送的飯，大姐不會說話，而我媽會狠狠說我一頓，說不尊重她的勞動果實，想想也是。

如果按照傳統，我這年紀確實應該談婚論嫁，有時也想找個女朋友，精神上可以交流的；但我也挺喜歡當下自由的狀態，所以就這樣一天一天過去了，哈哈。愛到一定深的程度，一旦出現了決裂，很容易變成相同深度的恨。我其實挺怕人家恨我的，年紀大了越來越「佛系」，呵呵。

感謝8年前剛開杜尚時一起打拼的老王，雖然他五年後離開了杜尚，希望他越來越好；感謝現在杜尚工作的夥伴們，大家的努力及拼搏也鞭策著我。年紀大了，內心寧靜多了，就像修行，讓自己一直心懷好信念。

2018.8.1

戀戀風景

8月年假時出國，雖然一個人，但因為巴賽隆納人的熱情讓我有了非常難忘的旅行，路上結識新的朋友，我們一起在達利的故鄉，美麗的卡達奎斯海

濱小鎮，海灘邊聽著海浪喝著啤酒，吹牛侃大山喝到凌晨兩點半，真是非常美好的回憶。

我想旅行的意義就是，在平凡的生活中，有壓力很煩惱時，你想起一些特別美好的回憶，讓嘴角不自覺的微微一笑吧。在巴賽隆納看佛拉門戈演出結束時，兩個60多歲老奶奶觀眾還在隨著音樂跳舞，看穿著不像是富貴人家，其他觀眾受她倆感染，一起為她們打節拍喝彩，隨後也有幾個觀眾一起跳舞，氣氛很好，若在國內，也許有人會說這是窮開心吧！不過，快樂是不分貴賤的。

我曾對巴賽隆納認識的朋友們充滿感情，也對加泰羅利亞人為何想獨立很同情理解，然而我知道隨著時間過去，我可能都會淡忘，也很少靜下心來思念，因為我的生活節奏挺快的。猶如以前在美國一起玩的小伙伴，他們的世界要簡單很多，對待友情真誠用心，他們會專程一起飛過來杭州看我，而我卻因為「忙」，沒有專程飛去看他們。這些年自己轉變為一個商人，為了適應在商業的競爭中活下來，思想變得複雜許多。

坐在巴賽隆納往馬德里的高鐵上，聽著手機裡〈let it go〉的音樂，那一刻我其實好感性，懷念很多的人和事，有些傷感。很多時候我不喜歡聽傷感的歌，我不想懷舊，我總是對自己說：「向前看」。

當然，我非常熱愛工作，經常休息天在家裡躺久了頭暈時，只要一去工作，頭就不暈了，感受到存在感，在發現工作一些問題時內心充滿喜悅。我有時懷疑自己是不是有些變態？

友人L問我為啥不談戀愛，我說對待感情我怕擔負不了這責任，有懼怕感，他說是自私或不夠喜歡吧，我覺得都很有道理，呵呵。

前段時間我做夢夢見自己得癌症了，嚇了我一身冷汗，醒來發現，臥槽，還好是夢，不過那一刻真提醒自己要對自己再好一些，多養成一些有益身體的好習慣。當然再會保養，人生也不過一百年左右，到了80、90歲也是

皺皮包著骨頭，容顏已經變得不再重要，那時是看內心的安寧了，呵呵。

是啊，一百年對人類算是長壽，但對於地球只是一個瞬間；而地球對於浩瀚的宇宙來說，不過是一粒塵埃，或許還算不上。我們來這個世界幾十年而已，所以窮也好富也好，一定要懂得開心、快樂。結尾又要說那句我很愛說的話：做人嘛，最重要的就是要開心，哈哈！

2018.9.18

秋日夕陽

秋日的夕陽溫暖而迷人，夾雜著城市的霧霾，有些朦朧感，分外美麗。吹過來一陣風，與冬日的冷風不一樣，它溫暖的撫摸你的臉龐。是啊，秋天很美，只是很快就要進入寒冷的冬天；是啊，夕陽無限美，只是近黃昏。

陽台上望下去，社區外北塘河的河堤上有個老人正揮著鋤頭種菜，這在城市中是一種別樣的風景，嚴格來說河堤上是不允許種菜的，我想可能是社區裡某位居民的父母是農村來的，種了一輩子田地，被兒女接到城市生活，閒不住，找點農活幹幹吧。

國家經濟快速發展帶來的城市化進程以及科技互聯網巨變，人們的生活方式也在快節奏的發生改變，我們年輕人大多能適應並享受於此、從中受益。在歐洲旅行時和友人聊起過這事，他說總的來說是好的，只是經濟快速發展會讓大多數中國人缺乏安全感，會更勞累，怕被滯後淘汰。而老年人大多是跟不上這種知識結構的快速變化，變得彷彿與這個社會脫軌。而這如果在發展已經成熟的歐洲，老年人與社會的融合會好很多，因為這與他們年輕時的社會改變並不大，因此幸福指數也會相對高些。當然任何事物都有好和不好的一面，總的來說是好的，只不過在享受利好時，年輕人要對與社會脫

軌的老年人多一些關愛，例如可以教教他們玩微信或下載個抖音。

因工作忙，朋友也多，漸漸對新生事物也是後知後覺，如抖音、小紅書，我個人其實一開始是不屑的，覺得浪費時間，漸漸發現身邊的年輕人都在刷抖音，這似乎變成了普遍的現象，出於適應時代，我也玩了。

我當然認為這如「王者榮耀」一樣，它是某個時間段流行的產物，是一種現象，火爆程度很難持續三年以上，因為人們喜歡新鮮感，只不過抖音也會不斷改變以適應時代潮流，過段時間如果抖音還存在的話，可能早已變得物是人非了吧。

就如客戶黏性做得最好的社交軟體微信，曾經它的「朋友圈」讓大家上了癮，可近年以來，隨著抖音、小紅書、直播軟體的火熱，加上大家對朋友圈好友的生活瞭解幾年後，感受不了驚奇，於是微信朋友圈火熱度明顯感覺下滑了很多。

是呀，想想95後的年輕人哪有那麼多微信好友，他們很需要瞭解外面的世界、外面的朋友，再加上微信的老友們很多都把朋友圈設成了三天可見，就相當於對好友遮罩了自己的朋友圈，這也讓我們這些中老年朋友感覺抖音擁有全中國朋友的有趣視頻來得更有意思。

我工作以外的生活是無拘無束，自由的，我目前享受於此，對此我仔細問過自己，這是真的；我偶爾會愧疚總結一下，怕自己自由過頭。對於我的自由無拘無束，父母是極反對的，隔三差五會說我，我很抱歉偶爾影響了他們的心情。隨著時間過去，我想我會變吧，就像以前很享受一個人旅行，而最近一次西班牙旅行，在馬德里的最後幾天我開始有些不喜歡一個人旅行的感覺，所以下次旅行時我會好好考慮至少要有幾天是有友人相伴。也許未來某些時候，我會覺得自由是有毒的東西，希望換另一種生活方式，期待有那一天，哈哈。

我要克制自己不要貪圖享樂，誤了工作，事情的主次之分一直要弄靈

清。未來工作上會面對更多新的挑戰，即使現在煩惱困難也很多，但需要花時間去梳理、思考、溝通、求助。另外，我需要勉強自己去做一些對未來拓展有意義的事，我需要把自己一些短板補上，給自己一個月時間，11月份一定要付諸行動，做一些成果出來。

今年發現在杜尚有一些進步很快的夥伴，有時候我下班了看到他們還在拼，讓我為之觸動，也鞭策自己，在很多方面需要向他們學習，提醒自己不要懶惰，我很感謝他們影響了我，我為能和這麼多積極上進的夥伴們一起共事感到慶幸。

隨著年長，漸漸發現人生幾十年匆匆而過，眼前的一切都只是暫時擁有而已，死也帶不走。更進一步來說，我們所得的一切其實也是社會給予的，因人不能孤立的存在，所以成熟的人要懂得奉獻，給社會，給家人，給同事，給朋友。這種奉獻可以是一個微笑，一些鼓勵，幫助幹一些事，給一些金錢，或是一份積極樂觀的生活態度。我有些前輩用他們的行動影響著我，這也是他們的奉獻，未來希望我能慢慢學習，傳承下去。

2018.10.29

找到自己的風格

晚上叫了份龍蝦外賣，然後又忍不住泡了一碗老家的「鍋巴」，很有罪惡感，明天運動把它消耗掉吧，現年紀大了新陳代謝變慢，正常的飲食和生活如果不追加運動就發福了。

這兩天下雨，我還是挺喜歡的，雨後的空氣特別新鮮，呼吸都很舒服。這確實有點諷刺，誰叫冬天空氣乾燥後杭州這連續的霧霾天呢，當霧霾達到130以上時，我有明顯呼吸不適的感覺；這時你會發覺，在這個城市生活，你

再有錢再有權有毛用，還不是照樣吸霾。要不你就得像寵物和動物園的動物一樣，把自己關在屋裡（籠子裡）不出門，如果真那樣，我倒寧願走出去吸霾了。

在思考工作時我喜歡安靜，我辦公室窗外可以看到一望無際淹沒在霧霾中的中河高架川流不息的車流，夜晚特別能感受這城市車水馬龍的繁忙景象，然而即使關上窗我也能聽到一點噪音，這讓我心裡有點遺憾。我的耳朵挺敏感，感覺這是我的特長，因為一首歌的音源好壞，音響之間聲音的區別，我很容易聽出來，而我身邊有朋友聽不出來。我因為耳朵特別靈敏，導致耳朵接觸到的訊息會干擾到大腦其他的訊息，所以我想事情時就特想安靜，就像現在我喜歡凌晨寫日誌一樣，因為此刻特別安靜。

我挺喜歡看人物傳記的書，以旁觀者的身份去看作者敘說自己的人生點滴，最近最喜歡的算是季琦吧，受他影響，我打算以後也用精油沐浴露了，還有就是談到人生的意義，把哲學的一些思想與經營放在一起融合。我們常常為了業績目標而努力，而哲學會偏向於過程以及意義。有時候跳出經營思維去看，是不是還有另一條路？我的經營理念也是在不斷的自我肯定然後自我懷疑否定，再重新定義，再自我肯定……覺得企業若想好好發展，就需要一直這樣的循環。

就像我現如今就常有一種危機感，偶爾會否定自己在經營中所欣賞的事物，自問95後的年輕人想要的會不會不是這樣，經營應該考慮的事，在需求之上一點點，甚至會有一點引導性，而這些需要結合我這些年的經驗和現在流行的審美訊息。一個好的企業，它的客戶應該是有傳承的，就像以前肯德基設立兒童區讓孩子們從小就喜歡肯德基一樣。

今天和X聊近年流行的各種類型網紅店，X的總結是因為抓住當下某一種潮流，一下子通過網路等媒體的方式火爆而成，其實很多都是根基薄弱的。我想也有一定的道理，我在思考，一個網紅店如果不回歸把根基打好，把品

質和團隊管理做好，那麼潮流一陣風過後也是倒閉了，靠行銷炒作的企業不可能成為一個長久良好發展的企業。

當然，網紅店的概念是年輕一代必然的產物，因為長江後浪必須要推起來的，如果年輕人仍然用以前人的創業方式，那麼他永遠會被前人踩在腳下，現在年輕人用前人沒有用過的互聯網等工具彎道超車，先搶到一份蛋糕，之後再完善團隊、品質、管理，以達到與前人平分天下，以及幹掉前人。

雖然杜尚這一兩年來在本地美髮同行中發展速度算排在前三了，但今年以來我還是會在面對一些網紅店的發展時感受到威脅，或許95後喜歡那樣的？雖然現在不是主流，但他們壯大後也會做經營轉型，所以還是向他們的一些優點學習吧。

未來的美髮市場會是怎樣？這些東西還是要多去瞭解學習。杜尚想要什麼？能做什麼？不能做什麼？這些大框架不能隨意亂改變，但可以不斷迎合市場做一些微調；如果真活不下去，那也不管了，只能大動刀。

我和同業兄弟聊到，服裝品牌有愛馬仕、LV，有巴黎世家，優衣庫、ZARA、無印良品、HM，其實它們的定位各不相同，但都是很成功的企業。我想美髮行業也同樣如此，在這個中產階層越來越龐大的社會，需要不同個性的美髮店，這樣才會讓這個社會更美好。而杜尚想成為哪種定位呢？其實每種定位的美髮店做到極致都可以很成功。所以在前進的道路上，努力做到學習優化、強化品牌自有風格，我想那樣未來的路應該不會差吧。

對11月的總結，自己沒有完成預定計畫，心裡有很深的歉意。12月努力一戰，把上月失落的追回來，達成預期目標。另外就是最近有點自我膨脹了，過於出挑了，唉，少吹點牛，多考慮點人群中其他人的感受。另外自我要更節制，把一些自己認為好的習慣一定要堅持，還要注意身體，健康可說是人生中最重要的東西。說到這，真後悔剛才吃了夜宵。

2018.12.5

2019

自控力

這世間的誘惑實在太多，很多都想要，然而每天只有24小時，於是乎總有遺憾，搞得自我抱怨。小時候語文課本有猴子抱西瓜的故事，這個想要那個也想要，抱到了最後一無所獲，對我來說也是在提醒自己。

隨著年齡增長，朋友越來越多，經濟也寬裕了些。貪圖享樂是人的天性，但人不能跟隨天性去生活，我的自控力最近有點弱，對自己不夠節制，常給自己約定的事情卻在實施中經常受到其他干擾，導致跑偏沒有去做，效率低下。

我試著做減法，回絕一些邀請，那確實有些痛苦，這樣似乎對朋友不仁；然而有時也這樣想，也許朋友只是客氣叫你下而已，不要把自己想得如此重要。經常晚上肚子總會餓想吃夜宵，看家裡的那些食物，條件反射的感覺都是這個好吃那個好吃，可仍然告訴自己要忍一下；唉，這也是個挺痛苦的過程，連吃這麼美好的享受都給自己克制了，可是仍然告訴自己，要保持體型不要發胖。

年前門店特別忙碌，月業績也翻了幾乎一倍，創了歷史紀錄，然而卻沒有特別開心，因為投訴和差評也多了很多。很抱歉，讓很多客人失望了，年後和團隊一起繼續優化改善。

2018年的成績是開了8家新店，整體盈利狀況都還不錯，年後我們還有3家新門店即將陸續開業，因此又會有新挑戰，早兩年開一家新店往往緊張得睡不著覺，現在隨著心寬體胖也不怎麼緊張了，也許這就是成熟吧。早些年性格暴躁好賭的父親，隨著年齡漸長現也變成一個農民哲學家了，呵呵，時間真的會改變人。

前幾日HH來杭州看我，他事業遇到很大的挫折，幾乎垮掉80%，他跑過來和我商量，我陪了他一天，讓他住我家裡，邊喝酒邊聊天好好安撫。他是我

前輩，這些年風生水起，誰也沒想到今天會有這麼一齣。人生啊，在你順境時千萬不要得意忘形，因為人生還挺長的，人不大可能一直順風順水。徹夜長聊後他回去了，我祝福他，也相信他能處理好這些事情，重新步入軌道。

W和女友離婚後經常找我玩，我跟他偶爾聚聚，他彷彿釋放了壓抑很久的天性，感覺出來他曾經過得挺憋屈，然而他現在玩的頻率太高了，終於今天和我打電話說他生病了。是呀，玩當然開心，可連續多天那樣玩，身體是吃不消的，畢竟自己已不是20歲的年紀了。

我因為杜尚在快速發展期，自己更加不能過於放鬆，要保持勤奮，保持冷靜學習新生事物、新生思想；冷靜的花更多時間思考、總結，這是必不可少的，否則我預感就會出現德不配位。自控力是一件對自己挺殘忍的行為，然而能做到的話，那對自己的工作、生活、健康都是極好的，我目前只做到59分，希望未來可以做到80分，不過那樣也許會犧牲掉一些友誼了。可自古以來，人有悲歡離合，月有陰晴圓缺，此事古難全，學會欣賞讓遺憾也是一種美吧！

再過3天就要結束這一年的工作，回老家農村了，感謝一起奮鬥到最後的杜尚夥伴們。也祝福我的朋友們，新年快樂：）

2019.1.31

春天的錯

年後犯了一個很大的錯誤，導致虧了不小的數目，按良心來說，不能讓底下夥伴們來承擔，應該以我為主承擔，做帶頭負責任的人。這件事告訴我，在面對重大事情抉擇時千萬不要感情用事，親兄弟也要明算帳，因為我代表的是公司的利益。夥伴們如此信任我，我下次還是要請他們多多提出意見。

　　有點心痛，但想想城哥曾跟我說過的話，事物的流失或是損失很多難以挽回，大局已定，但你要更加努力，要進步，要變得比以前優秀，這才是最重要的。

　　媽媽這幾天做了清明煎餅，微信裡發了圖片給我看，我們老家話叫「蒿子粑粑」，這是小時候媽媽每年都做的，裡面有餡，外面用菜籽油煎得脆香，寫到這我大半夜的忍不住流口水，還好周一或者明天就能吃到。

　　媽媽在城市這麼多年還是保留了農村裡的很多習俗，喜歡隔一段時間就包餃子，喜歡手工給我們做拖鞋，小時候衣服也是她用縫紉機給我做的，相當合身，哈哈。

　　2月因為喝酒沒注意控制，過量了傷身體，加之有事早起，身體免疫力忽然掛了，重感冒，緊跟著咳嗽，直至今日。想想兩三年沒這樣了，6、7年前有過這種轉季時咳嗽，後來注重保養身體後就沒再犯。今年算是身體給我的一次教訓，我對身體不夠好了。只有在生病時才能深切感受健康的價值大過財富，我之後應該要減少些應酬夜生活。

　　人的工作跟運氣都會有不順之時，我有時也會迷茫或困惑，從而給自己增加煩惱。每當這時我還是要給自己打氣，去擁抱工作，用心把工作做好，去現場聆聽員工和顧客的聲音。把今天做好，把明天做好，把每一天用心做好，我相信老天爺不會辜負用心做事的人。很多的迷茫在每天用心工作中慢慢也就消失了，會有答案的。我相信！

　　隨著杜尚的夥伴馬上要突破500人，大量的新員工進來，原有的企業文化並不穩健，很容易沖淡，形成各種不同的聲音和矛盾。我想這些需要點時間去優化，我也漸明白管理方式需要做些改變，否則很容易走下坡路。目前從客戶差評投訴來說，我感覺有增多了。

　　我們必須直面自己的缺憾，努力改良。我希望能有更多的心思和夥伴們一起想如何提升顧客的滿意度，讓小伙伴們有更多的收入。然而總是有各種

事情干擾我的精力，我會努力的去排開他們。

　　年三十早上老家大霧，我跑步時經過爺爺和奶奶的墳墓，跑過小時爺爺任教的學校，跑過了好幾個村莊，村莊依舊，而當時的少年已成中年。爺爺已不在，腦海中還是會記起他對我說過很多次的話：「出門在外，不求你富貴，只要你不偷不搶不犯罪，身體健康，有吃有穿就好。」我想說：爺爺，我基本做到了！

2019.3.24

循序漸進的改變

　　天氣慢慢變熱，在這樣的夜晚已能聽見一片高低起伏的青蛙叫聲了。4月出差去了一趟北京，原本計畫待4天，但時間寶貴，提前回杭。一是因為學習的東西不如想像的好，讓我再在京城玩幾天我也無心欣賞；加上北京的天氣確實要冷很多，讓我這剛剛咳嗽好的人又開始不舒服，真是抱怨這霧霾的空氣。

　　我試著搶回杭的高鐵票，竟搶到了，於是馬不停蹄打車去北京南站，原本不堵車20分鐘的路程，結果坐了40分鐘才開1/3的路，我下車去坐地鐵，可因下班高峰，排隊進站都花了好些時間，之後竟然排隊一兩趟都上不了地鐵。我心急如焚，求著人家讓我先上，硬擠上了車，擠得差點無法呼吸。

　　針對之前對新媒體的落後觀念，4月開始做一些落實工作，然而這只是一些很表面的東西。在會議討論時我們決定要做一些改革，讓專業的人做專業的事，然而到我這裡執行時還是很糾結拖拉，畢竟長久下來是一筆不小的支出。

　　每次公司新增大筆支出我都會糾結很久，包括這次總部的再次擴大，我也是思考了很久。其實這浪費了很多時間和精力，我確實需要決策快一些。我想是因為這兩個新理念與我之前的思維有些矛盾，一直以來我對推廣行銷

的定位是錦上添花，不能當主菜，然而現在從微博、抖音、小紅書等新媒體的風靡，讓行業裡出現個別品牌把行銷當主菜也可以瘋狂發展，所謂風口紅利，在當下其實是很誘惑年輕人的，但這些東西人人合適嗎？能好多久？未來也好嗎？這是需要思考的。

二是在我的思維裡，認為總部的功能只是後勤，能用就好，不追求華麗高雅，然而上次有員工說我們總部不夠大氣，哈哈。再加上行業裡有部分在宣傳一些高大上的總部，其實我知道很多都是虛的，實力不咋地，可是這讓一些不是很懂的人覺得很有實力，在宣傳影響力上是贏了。哈，這確實也讓我思考是否要改變一下。

我以前總認為做人要低調，尤其是美髮行業，然而現在有很多高調炫富的個別同行竟還獲得了很多粉絲和很大的影響力，這又讓我需要思考思考。之前和C哥聊天，他說某些時候還是要高調一下，不能讓行業裡只有一種聲音，讓更多人知道成功的方式其實有很多種，不是就一種，這樣對行業也會更健康。我想我會嘗試做一些循序漸進的改變。

5月的工作依然忙碌，大量的工作信息撲面而來，以前我可以逐條梳理，剛晚上試了一下，發現新資訊多得幾天幾夜也處理不完，看來我的工作方式確實要做一些改進。從流程到制度，不斷強化「專業的人做專業的事情」。

5月的生活，依然需要自律克服懶散工作效率低，依然要做減法，並要告訴自己不要想太多，不要想太遠，不要給自己增加莫名的煩惱，去經歷當下，享受當下，用自己喜歡的生活方式享受每天閒暇時的每分每秒。

2019.5.10

離別

　　吳大姐昨天離開杭州，去南京給他兒子開的飯店幫忙了。昨天上午她來我家裡時我還沒出去，她跟我交接了鑰匙等一些東西，很細心。我心裡有些難過，畢竟幫我做了快兩年的保潔了；我佯裝面無表情，沒說兩句話，就推門離開了。

　　晚上回到家，看到她把我冬天的保暖拖鞋都拿出來洗了曬在陽台，看到她幫我買了好幾桶水，酸奶也比平時多買了好多，花又換了新的，陽台上植物的水澆得快要漫出來。我想著，她是想巴不得把我這輩子要用的東西都備好吧。

　　今天上午我給她轉好工資，多給了她大約10天的工資，其實沒多少錢。我微信給她留了言，之後她回了我兩條語音，硬是把我眼睛聽得模糊了。

　　她感謝我一直對她這麼客氣，從來沒說過她，說這兩年每周六天來為我打掃，感覺是在照顧自己兒子一樣，每次給我弄的早餐，看到我有時候沒吃她就心裡愧疚，想下次應該變個花樣弄給我吃。

　　原本她一天只需要來一次，但她因為在附近做鐘點工方便，自己寧願每天多跑一趟，早上給我買早餐或做早餐，知道我還在睡覺怕吵醒我，下午再過來搞衛生。

　　大姐不識字，剛開始來我這裡時她有點擔心我顧慮，我說無所謂，都是小事，用語音講更方便。她不善表達，有的只是把我當家人一樣的行動。留言中，大姐說昨天關上我家門時心裡很捨不得，說這麼久了真把我當「兒子」一樣了。大姐，祝你在南京給兒子兒媳幫忙開店一切順利，祝你身體健康，長命百歲。

　　人生中會面對很多離別，越是上年紀離別越多，直到有一天會面對自己對這個世界的離別。離別總是傷感的，會讓人痛苦，每次為了避免過於痛苦，我一般都不會刻意的沉浸其中，而是給離別的人祝福，然後向前看，聽

上去有點冷血。

去年巴賽隆納友人在車站送我時我們相互擁抱了一下，那一剎那心裡很難受，我知道此一別可能這輩子再也不再相見，因為離別後大家都為了生活到處奔波，不見得有機緣再見面。

我的小舅舅、二姨，還有爺爺，在這一兩年相繼去世了。前年小舅剛查出癌症時我帶他去省腫瘤醫院，他表情痛苦，但看上去還算是個中年人，在我眼裡是個小伙子一般，因為他只比我大十來歲。然而四個多月後，他已經是一個幾乎禿頂的白髮老頭了。他容顏的改變讓我感受到病魔讓時間快轉的可怕，在痛苦中仍然抑住悲傷，知道離別很快就要到來。媽跟我說，小舅去世前拉著她的手，很不捨，但那時已說不出話。媽作為姐姐，當時電話裡對著我嚎嚎大哭。

然而這就是人生，我們與身邊的任何人、任何事物都會離別，只是時間早晚而已。上個月，華裔最牛的設計師貝聿銘老先生102歲去世了，很多國人撰文紀念他。我想他老先生在離世時應該會坦然面對一切吧，畢竟人在七八十歲後，身體器官老化，生活品質大不如前，如果有病纏身，那麼真離別時或許也不算是什麼壞事。

小時候覺得時間過得慢，盼著暑假寒假，盼著過年，而越是年長就覺得時間過得真快，一晃又是一年。就如當下，轉眼間，我來杭州已經18個年頭。

是啊，人固有一死，我們終究會面對死亡，面對離別。無論是活到七八十歲還是兩百歲，對這個地球來說其實也是極其短暫的，不過是一個瞬間。所以我們能做的就是熱愛生活，熱愛自己的餘生，看開每一場離別，學會善良地去對待他人，那麼我想這樣的人生就挺圓滿的。當有一天自己要告別這個世界時，希望我心裡充滿感恩和愛，餘生學習做個善良且懂得感恩的人。

2019.6.9

樂

前幾日和E聊天，他說壓力大，長時間失眠，喝酒都很難麻醉，挺痛苦的。這也讓我有些新的認識，因為E其實非常優秀，那為何這麼優秀的人還很苦惱呢？我想原因有很多，主要應該是他給自己畫了一個圈，還在圈裡添加了很多痛苦，然後自己在圈子裡繞啊繞的不肯走出來，最後開始自我否定。殊不知這個世界好大，痛苦與快樂在我們的腦子思維裡其實只是一念之間。

成年人在面對瑣事和殘酷的市場競爭確實要懂得釋放壓力，調節好心情，不然會造成心理不健康。人很奇怪，沒有欲望好像有點無能，可欲望太多實現不了，自己心情也會沮喪。哈，難搞哦！

我想現在公司也幾百號人了，在關乎保持健康心理積極樂觀面對壓力和挑戰，這些方面我覺得是要注重加強引導教育了。我自己是個千年老妖精，任老天虐我千遍我仍然對生活如初戀。希望以後能影響到身邊一些心情容易抑鬱的人，讓他們也能樂觀一些。

王石說要保持寫作的習慣，即使我沒啥文化，但我想堅持下去，這是一個好習慣，其實寫日誌也是讓身心放鬆的一種方式。好的習慣確實要勉強自己堅持，譬如我要堅持學習英語，堅持健身，堅持看書，堅持學習，堅持熱愛工作，保持勤奮，還要適度控制自己的欲望。自由過度會影響身心健康，有節制的自由才是真的美。好了，各位晚安！

2019.8.13

卑微與勇敢

周末的休息日通常我會和朋友在外玩耍，今夜算是克制了自己。這好像

很難，這是怎麼了？是呀，我覺得自己是需要反省下了。

　　我開了一瓶喜力啤酒，喜歡這種微苦的麥芽味，我酒量不好，威士忌對我來說酒精度太高了。喜力在歐洲影響力很大，記得在巴黎玩時每個晚餐都會點杯喜力。在米蘭大教堂邊上的咖啡店，午後休憩點喝的，我與很多人一樣選擇喜力啤酒代替咖啡；記得在荷蘭阿姆斯特丹時，這兒是喜力誕生地，路過喜力啤酒博物館，但我那時還不是很喜歡喜力，沒進去，再去時一定好好去遊覽體驗一番。

　　我需要克制自己，這一兩個月為自己的放縱付出了代價。居安思危，這是我很喜歡的詞語，只是我沒控制好自己。慚愧，被人貶低過自尊，但我認命，這是因為自己修為不夠，更多的是自省。這些報應是必須的，也就是古人所說的德不配位。

　　從古到今，太多的人好不容易攀登到高處，然而很快就跌落下來。這本身就是個「賤」和「傲」的命題，有時你的「賤」和「傲」雖沒在他人面前表現出來，但在你的生活中已悄無聲息地散發，最後來一次報應。我相信因果報應！

　　在工作發展中也遇到一些新的困難是我從未遇到過的，一開始想授權他人解決，但後來想想，這是我在成長中必須要經歷的痛，然而當去面對時心裡還是有很強烈的不安全感和不情願。我開始說服自己，同時也在反省，我現在怎麼變得這麼脆弱？這麼懶？在面對挫折時怎麼變成這樣？曾經的我不是這樣的。我想是因為這些年積累了一些工作小成就，然後習慣了這點小成就的生活，現在因為一個問題帶來挫折，打破了我習慣的安逸生活，讓自己受不了了。

　　這其實是自己腦子有問題，我他X把自己太當回事了，其實我還是我，那些社會或事業給予我的標籤不是真正的我，我也不要太在乎那些標籤「面具」。真正的強大是內心強大，我應該回歸初心，像十年前一樣勇於拼搏、

勇於面對挫折，且越挫越勇；在乎的應是人生拼搏不斷往上的過程，而非一定要達成某一結果，因為人生的最終結果是死亡。

其實一個人獲得成就光靠努力是不夠的，還要考慮天時地利人和。年紀越大就越覺得自己渺小，年少時認為人定勝天，步入中年後發現天還是那個天，而很多人們卻老死了。我要對這個世界保持敬畏之心，如稻盛和夫先生說的「敬天愛人」。

我不敢狂妄，有一點成就其實是靠自己和團隊的努力、一點運氣，還有生在偉大祖國和平又是蓬勃發展的年代。想想如果我們生在敘利亞、伊拉克，那根本沒有這個機會，即使生在歐洲和非洲，也沒有這麼多機會能通過努力拼搏改變自己的命運。

我喜歡看〈中國新說唱〉，因為它的音樂形式很新，我喜歡年輕人認同的文化，恰好我自己又很喜歡音樂。新說唱的收視率現在應該超過〈中國新歌聲〉，我想這就是青春一代在對老一代音樂的喜好發生改變吧。任何時代，年輕人都會比上一代人更聰明。向年輕人學習，尤其是像我這樣做商業的人，如果不去瞭解年輕人的喜好，那就是偽商業。

做商業本身首先就是自我肯定，然後隨著社會變化再自我否定，再回歸自我肯定的過程。「自我否定」我覺得非常重要，它有助於我們去接受新的事物，所以近年來我一直在自我否定與自我肯定之間循環。

今晚看〈中國新說唱〉總決賽，楊和蘇奪冠了，他是我本期最喜歡的歌手，我非常欣賞佩服他的勇敢，他的勇敢也源於他確實準備好了作品，具有挑戰實力。說實話，我沒他那麼勇敢，我要向楊和蘇學習，學習為了自己愛好的事業和生活勇敢去爭取去拼搏，即使失敗了也無所謂，重要的是勇敢的態度，是擔當，是越挫越勇及願意接受失敗的心態。

人生的失敗與成功不能以某一刻的勝利與失敗而自認為決定了一生，這是極其幼稚的。如果你當下成功了，那麼請不要驕傲，後面會有一些挫折等

著你；如果你正遭受挫折，那麼請不要灰心，要勇敢面對挑戰，有了這個挫折經驗，我們可能會攀登更高的山峰，即使沒有挑戰過去，那活著本就是一種成功，哈哈。

記得去年我看余華寫的小說〈活著〉時帶給我很深的觸動，很感謝生活在這麼好的時代，在文中主人公的時代其實是沒有夢想可言，對主人公來說，人生的意義就是「活著」，在面對那麼多劫難後，主人公仍然在夕陽下與牛相伴耕作，忙碌而麻木的「活著」。

生活因美好讓我們變得矯情，在日誌的最後，我希望自己勇敢一些，不必太在乎結果，要在乎的是自己拼搏的過程，在乎自己的努力與勇敢，感動於自己的越挫越勇。

2019.9.1

攬月捉鱉

許久沒見，那晚T叫我，我雖不能喝酒，還是相聚，中途有友人的友人談一些合作，T偷偷把我拉出門，說自己這些年被朋友忽悠過多次，幾百萬是虧了，讓我謹慎一些，大環境不好，能守住現有的很重要。我心裡有數，但還是心存感謝。T是個很和藹的人，這幾年發展得不錯，我們雖不常見，但相聚時總是很開心。

傍晚W給我電話，跟我聊了些另外個兄弟的事，說是有些擔心他，但又不知該不該講。W比較會做人，呵呵。這要是我老早就直接說過去了，最後結論是跟那個兄弟去說，因為這是真心為他好，即使他聽著會不舒服。

W這兩年發展得風生水起，在我這行業裡沒有靠資本，只靠自己，算是發展得非常快，反正差不多是我的兩倍，呵呵。W是個非常樂觀的人，我有時會

跟他聊些工作困惑的事，他反而很少困惑，他謙虛地說自己是報喜不報憂。

他老是說，做事業嘛，開店嘛，到一定基數，出現些問題，某部分虧損是很正常的。我開完笑說，是不是虧的是我的錢你才說得這麼輕鬆！不過話說回來，也確實如此，凡事全情投入認真努力過，其實就算成功了，即使虧錢，不也收穫了寶貴的經驗。做事業的路上誰也不可能一直順利，有賺有虧是常態。

找了好久以前買的郭鶴年老先生的傳記，只因為他曾經在央視說過的幾句話：一是成功也是失敗之母；二是成功了之後要更加小心；三是成功了之後要懂得回饋社會。雖然我現在還沒成功，但學點思想還是可以的，哈哈。

最近一個月不能喝酒，感覺朋友少了好多，尤其今晚回家走在這寒冷雨夜，淒淒涼涼的，好在我內心還挺豐滿的，有時我也挺恨自己為什麼喜歡孤單？我有好多朋友極討厭孤單一個人在家，可是可惡的我大多時候還是挺享受，我希望我有一天會變，因為我是人，需要個家，還是要傳宗接代的，哈哈。

C那天說還想生第三胎，W也是，已經和他老婆在為第三胎做準備了。他倆覺得自己老了生病後讓幾個子女輪著照看比較不那麼累。他們這樣的速度我只能望塵莫及了，感覺我要是老了生病只能看天了，呵呵。

上月看了本書《最好的告別》，一個醫生很認真的告訴我們該如何面對生老病死，一開始看得我特壓抑，但覺得很有道理，於是細細品讀，看到現在還沒看完，不過看到後半段已經能把夕陽看成曙光了。人的心態很重要，至少目前受這本書的影響，有點不怕死亡，哈哈。

一直想寫篇義大利的旅行記，但心靜不下來，只好日後再說了。過年打算出去玩，一想到這心裡就莫名的興奮起來，感覺自己就這麼點出息。我的微信簽名是：在平凡的生活中發現美和魔力。其實這句話是梵古說的，這是前年在荷蘭梵古博物館裡看到的。那天和老張一起吃了頓燒鵝，感覺特滿足，他有些詫異，我告訴他，既要有上九天攬月的理想，還要有下五洋捉鱉

的接地氣，否則會被理想壓的得抑鬱症。

　　本來過年想去趟巴西，上網搜機票，我的天，國內坐飛機到里約最快也要25、26個小時，太誇張了，我後來查了下資料，原來巴西離中國實在是太遠了，當今世界最長途的客機也無法一下直飛到巴西，半路上需要找個中轉站加油。那麼只能等以後的以後，希望那時飛機能飛得更快一些。

　　以前以為地球很大，慢慢的發覺地球其實也沒那麼大，因為飛機正常幾十個小時也就繞地球一周了，如果一個人長時間旅行，還是很容易把大多數國家都去玩一趟的。正因如此，那些偉大的人們，譬如馬斯克大神，一直在研究說要把人類搬到火星上去呢！好了，不吹牛了，睡了。

2019.12.21

2020

心魔

　　大姐昨天跟我說學校開學，她因住在學校，學校為了保障學生安全，她第二次被隔離了；我今天早上沒早飯吃，打電話給她，她說要隔離一星期，於是我今晚下班回家開始自己做家務，洗了很多鍋碗瓢盆，整理衣物，掃地搞衛生……，事後覺得自己做得還挺快的，哈哈。

　　回杭半個月來，因為疫情改變了我以前的生活方式，開始過上自己動手豐衣足食的生活，就算叫外賣也要自己下樓跑500米去社區門口拿，很不方便，但自己燒菜做飯洗碗也是沒有辦法。一直以來忙於工作，沒想在做飯做菜中找到樂趣，算是為了活著才自己做飯。

　　以往下班偶爾和朋友聚聚，現在特殊時期只能宅在家裡，有朋友說「雲」喝酒，我還適應不了。如今的生活方式算是新鮮的，而我更喜歡以前的生活。現在這樣封閉，以家庭為單位的生活也算是為夫妻和諧離婚率低做了很大的貢獻。你看，外面的誘惑都沒有了，夜晚的大街空空蕩蕩，猶如你的心，哈哈。

　　好在這周一早上我開在復興大橋往中河高架的方向開始堵車了，我看著這樣的場景會心一笑，其實沒什麼，我就是喜歡堵車，喜歡車水馬龍，喜歡這樣的生機。長時間宅在家裡，我想應該很多人心理會出問題吧，就連我自己最近都覺得心理有點不正常，有些躁！以前我很能靜下心來看書，健身，學習英語，非常有規律的，最近大腦很不聽使喚，不願意做那些事，喜歡刷手機看那些無聊的新聞和資訊。我估計這次疫情期間抑鬱症患者會多很多，只是很多人對心理健康還不夠重視，就如霧霾很多年前就有，只是近期大眾重視了而已，但相信不久大眾會如關注霧霾一樣關心自己的心理健康。

　　以前以為自己喜歡獨處，今年這個疫情一個多月，才知道我原來只是喜歡短暫的獨處，我還是一個喜歡社交的人。在回國的頭幾天還不錯，可是待

十天後也夠了，開始想念和朋友聚聚吹牛小酌的日子。這種念頭時間越久越強烈，於是我主動約好兄弟聚聚，不管在家裡或是單位。有個別朋友很重視安全不出門，而我似乎是不怕死，哈哈。

隨著年長，越來越在乎精神世界的感受，如果自己的精神世界不開心，那我就特別要想辦法去調節，不能讓自己只是一個軀殼，即使在外人看來光鮮，那也是不可以的。精神世界很多時候跟金錢沒有太多關係，比如說周五的夜晚老友FH來我這，我們一起喝著幾塊錢一瓶的喜力啤酒，吃點花生米，吹吹牛，放著爵士樂，特別享受。

我一直期望自己能在平凡的生活中發現美，但有時腦子也會轉一下，要花好些時間調整，心理面幾個矛盾點在相互爭鬥，最終善良戰勝了邪惡。

新的一年認識了一些新朋友，很聊得來的朋友，但也失去了一個老朋友，有心痛，有反悔，可事實就是如此，只能說聲道歉，餘生希望你好，我在心裡默默祝福你，不知道能祝福多久，但至少這段時間是。希望自己能吸取教訓，不要再犯傻，導致失去一些在我心中認為很不錯的朋友，sorry。

我會慢慢忘卻，現實如此，此刻我像是懺悔，然而如一場儀式般結束後，我調節自己恢復如早日的暖陽。末了還是要不斷提醒自己做個善良的人，努力不做壞人。

2020.3.4

年度總結

這篇文姍姍來遲，還好我對待生活並不像工作那麼嚴格，所以遲到也罷。去年很多不快，好像隨著時間也忘記了，回望這一年，算是給自己打個65分吧。去年犯了好幾個錯誤，虧了一些錢，曾經也折磨我好幾個月，不過

一切都過去了，總體成績算還可以，另外，自己的抗挫折能力又強了一些。

去年開了十家新店，業績算是有很大增長，從這塊來看還算是可以。團隊逐漸變大，系統也變得臃腫起來，所以近來要給系統做些減法，希望把它變得簡單一些。

開年以來疫情在全世界鋪散開來，且越發嚴重，國內算是控制住了，向良好的趨勢發展。面對疫情我和團隊夥伴做好了最壞打算，公司準備了充足的過冬糧草。然而還是會有一些我喜歡的同事離職，有的還是老員工，心裡有點難過，好在不久後就想通了，員工離職很正常，要保持好心態。之後每年可能都會有一些我喜歡的同事離開，重要的是大家好聚好散，我們要更加努力進步，也祝願他們離開後發展得不錯。

從3月資料來看，竟然比我預想的要好很多。總結2～3月，我是個努力的拼搏者，一個保守主義者，因為保守也放棄了一些發展，因為放棄所以受到了一些損失，我有過短暫的後悔自責。後來調整自己，既然選擇保守就必然要失去一些，此事古難全。在2～3月整體經濟負能量這麼重的情況下，我確實沒有逆流發展的勇氣，也告訴同事們活下去最重要，留得青山在，不怕沒柴燒，今天失去了一個看似很好的機會，但只要我們夠努力，以後還是有大把的機會。因為有了一定的基礎，其實選擇和機會還是有很多的，所以心態要好一些。

4月對整體經濟形勢我算是樂觀起來，也調整公司一切正常發展，希望今年在疫情大環境不好的情況下能有個小逆流而上。當然也必須做一些調整，砍掉一些負擔特別重的，再創造一些新的，整體要減輕體重，2020，加油！

2020.4.28

無爭

先從床墊說起吧。買了個價值不菲的進口床墊，然而腰老不爭氣，找醫生看了，醫生說我還是適合睡廉價的硬板床，於是我又到市場買回了硬板床。這件事讓我明白，不是貴的就是適合自己的，哈哈。

事業做得再好錢賺得最多，最終還是會向身體妥協，飲食也是一種回歸，真正對身體好的主要還是水果蔬菜雜糧，魚類其實也是價廉物美。搬去新家後，多了很多事情，打亂原有的生活，還在適應中。

對我來說快樂其實是一種減法生活，只是容易受外界誘惑，內心很自然這個也想要那個也想要，這個也想管那個也想管，於是乎給自己增添了很多煩惱。每當煩惱升起時，看到父親每周發來的訊息，說他幫我去洗完車買好喝的水又給車加好油，母親每天幫我做我喜歡吃的菜和煲湯，這一切都是無聲而又規律的，讓我感到很溫暖。我給他們的很少，他們卻用心回報我很多，很感激。

身邊有些年輕人對父母各種抱怨，總覺得父母給的不夠多，然而，我想這是心態問題，看待他人我們要多去看優點少去看缺點。總的來說，我希望人們相處和諧，多往好處看，這樣自己的心情也會比較愉悅。

人為什麼會煩惱？我想也許是因為很多欲望沒有實現，或是哲學命題害怕死亡。我也想過死亡這事，以前想時會感到害怕恐懼，只是在經歷幾起身邊的親戚老人離世後，慢慢也坦然接受，這是個自然現象，珍惜活著的時候就好。

人到中年，身體狀況感覺不如20多歲時，這也是必須面對的現實，所以不能熬夜硬撐。雖然擁有的可能越來越多，但還是逼著自己減掉很多欲望，有點痛苦，但也沒辦法，還是想身體好些，活得長一些，哈哈。

有時想想與世無爭真的好嗎？其實在精力特別旺盛時是喜歡爭的，但現在的我工作的事情太多，覺得美好的事物也太多，所以算了就不爭了，留些

時間享受生活的美好吧。要更多減掉「爭」的事情，因為只要爭就會受氣及影響心情。只管做幾件特別喜歡的、內心感到快樂的事情就好。

再回到「與世無爭」，就是儘量做到不爭，那就必須能願意吃虧，也就是僅留住一些底線，底線之外的就讓它去吧，反正擁有能保證基本生活的品質就夠了。這樣做帶來的好處就是煩心事會變少，也會讓自己的心胸越來越豁達。

年紀越大，確實覺得精力越來越有限，多珍惜身邊那些能帶給你快樂的朋友，多去享受那些美好的事物，多在平凡的生活中發現美和魔力吧！

2020.6.8

義大利旅行記

第一次去義大利是2013年，那也是第一次去歐洲，還真讓我挺震撼的，走的是經典路線，羅馬、佛羅倫斯、威尼斯，看到人們過著藝術一樣的生活，城市中彌漫著自由、文藝、浪漫，建築實在是令人驚歎，這讓我想著以後還要再來義大利。

2019年終於又踏上了這個國家，這次計畫了不同路線，第一站米蘭，去看蘭博基尼和法拉利博物館，第二站是托斯卡納美麗鄉村，第三站就是一直嚮往的西西里環島。

米蘭的入住體驗是最好的，主要是我提前很久在airbnb訂的，從陽台就可以看到著名的城市森林建築。我們租了輛小車，開在米蘭顛簸的大鵝卵石路上，感覺歐洲人很尊重歷史，很愛歷史產物，從建築到馬路都是，這馬路當年應該是給馬車走的吧，還在用，這也是他們喜歡小車的原因，確實很多路窄，小車好穿梭。我想不是沒錢修路，而是他們適應了這種方式，也樂享這

種充滿歷史和故事的建築和路。

　　大教堂是整座米蘭的中心，當然，一個城市的建築之最也必然是教堂了，這是歐洲重要的文化，我想可能是他們曾實施政教合一的體制，還有延續下來的信仰。從米蘭開車到法拉利和蘭博基尼博物館約2小時，在一個偏遠的小鎮上，真的挺農村，不過法拉利廠跟蘭博基尼廠也就隔半小時車程，看來傳說曾做拖拉機的蘭博基尼先生去找法拉利老闆吵架，後一言不合從拖拉機改成做跑車的故事是真的。

　　從米蘭開車去托斯卡納約花了4小時，在問了個非常淳樸的大叔哪裡最美時，他給我指了村頭的最高地，當我站上那塊高地時大叫一聲「哇」，看到一個windows桌面一樣的風景，當時詞窮，只能一連說了幾句：臥槽臥槽⋯⋯

　　想起來一部電影〈托斯卡納豔陽下〉，此情此景確實很容易迸發故事，哈。其實我挺想在這裡住一晚的，只是老徐同志想住大城市，無奈我們待到天黑，開車前往羅馬。老徐跟我說，跟我旅行像探險，太隨興了，主要怪我每天吃過晚飯後才決定找住的地方，哈哈。

　　羅馬的房東其實人還挺好，只是房子有點老舊，儘管如此，房東還是收了羅馬城市維護稅，老徐興奮的買了一大堆菜，燒了個純正的中餐，說好久沒吃這麼爽了，哈哈。羅馬太熱鬧了，陪老徐逛了幾個大景點，我就迫不及待飛到偏遠的西西里島。因為受到很多西西里場景電影洗禮，〈海王〉、〈西西里的美麗傳說〉、〈教父〉、〈天堂電影院〉，所以我很期待。

　　先到陶爾米納看迷人的海岸線和火山，再開車去錫拉庫薩，然後穿過西西里肚子，開到阿格里真托看神殿之谷和土耳其台階。要問我為啥知道這裡好玩，我也是早上起床才搜的，一切都是那麼隨意。

　　西西里島地塊是戰略要地，有點像中國的台灣或海南，所以上千年來被不同族群和國家侵略和殖民，所以這裡的人感覺早沒有了家國情懷，你們隨意殖民，我過我的生活，哈哈。

這裡有大量的兩千多年前至今仍保存的古希臘統治時期的歷史遺跡，很多古希臘神廟和劇場，再之後貌似就被古羅馬給滅了，所以也有古羅馬時期的遺址，當然這個歷史我不大懂，說的不對歡迎指正。

最後回到西西里的首府帕拉莫，這地方就是〈教父3〉電影裡常出現的場景。大清早我一個人打了一輛殺豬的計程車去了傳說中的人骨教堂，因為太早，只有我一個人，買了門票，進去後發現是個巨大的地下墓地，有足球場般大，裡面掛滿了上下三層穿著衣裳的人骨骷髏，配合著昏暗的燈光，我整個汗毛豎起來，非常害怕，但心中又很想挑戰自己，想著自己有天也會死，就當面對一下以後死去的自己好了。

整個地下墓穴估計有幾千具屍體，年代估計有上百年，所以肉體早已爛光，剩下骷髏和殘缺的衣衫。第一次沉浸在幾千具骷髏中，確實震撼，整個頭皮發麻，好在後來在佈滿骷髏的小道中遇到了兩三個年輕外國人，讓我好過了些。據說一百多年前因為帕拉莫墓地不夠用，加上他們的宗教信仰，所以採用了這種把死屍掛起來的方式。從骷髏的衣冠能看出他們活著的時候家庭條件如何，還有些小孩躺在玻璃小棺中，這場景給自己帶來的感觸是確實我們與死亡離得如此近，人類真是太渺小了。走出地下墓穴後感受了溫暖的陽光，好舒服，活著挺好，哈。

回到住所，老徐在門口等我，他跟我說我們的車被偷了，臥槽，不過最後問了一大堆人，廢了九牛二虎之力，終於去員警那裡找到了車，因為我們車停的地方不對，被他們拖走了，後來交了1千多人民幣罰款才放行。

好了，義大利冒險就這樣了。這段因疫情不能出國旅行的日子，在這裡回憶下吧，也是種美好，希望全球新冠疫苗早點出來，這樣我們又可以開始驚奇冒險之旅了，哈哈。

2020.8.17

浮生若夢 ....

　　那年隆冬，飛機降落在戴高樂機場，本想著坐火車去巴黎，買票才得知火車司機全罷工了。而後只能打車去，我入住在一個街區有周末市集的旅社裡，每天晚上回旅社都會有樂隊演奏，來自世界各地的旅人喝酒聊天，我因英語不怎麼好，加上中國特有的含蓄文化，沒有融入其中，但還是很享受這樣的氛圍。

　　巴黎真是博物館天堂，超大型的羅浮宮、奧賽、蓬皮杜當代，都值得花多天遊覽，更別說其他各種藝術館了。我還曾坐了很久的地鐵到郊區的LV博物館，展出的是和MOMA合作的當代展。

　　幾乎每個國際大都市都有一個海灣或者大河，紐約有曼哈頓大海灣，東京有東京灣，香港有維多利亞港，上海有黃浦江，悉尼有悉尼灣，巴黎有塞納河，倫敦有泰晤士河等等，海河促進了運輸貿易，對近百年來大城市發展起到了關鍵作用。

　　很快又是一個新年到，原本每年新年都會去國外走走，今年因為疫情算是停滯了，相信很多人都想出去體驗異國風土人情吧。這次疫情中國算是交出一張漂亮的成績單，這有點像二次世界大戰時歐洲和亞洲都在戰爭中，而美國本土卻沒有戰爭，能安心發展經濟並可以賺戰爭軍火的錢。

　　歷史算是開了個玩笑，近百年西方民主制選票出現，歐美主流國家都變成小政府，即市場經濟政府少管。然而這次疫情，中國大政府發揮絕對優勢，因為在下達命令，全國上下龐大的各級基層幹部在認真執行，對戰勝疫情起到了決定性作用，相信這次疫情可能也讓歐美國家想要往大政府方向傾斜。疫情拖垮了全球經濟，然中國及少數幾個小國一枝獨秀，這將幫助中國增強國際影響力，加快拉近和美國的差距，美國前3季度GDP同比下滑了10%左右，歐洲也差不多。

　　當下這疫情全世界是不可能靠隔離控制住了，唯有疫苗，所以希望全世界的人能早點打上疫苗，讓世界恢復常態，現在就相當於又一次世界大戰，但這是沒有硝煙的戰爭，是全人類和新冠病毒的世界大戰，全世界至今已犧牲了幾百萬條生命。

　　期望著可以去東京和朋友在居酒屋把酒言歡，期望著坐在塞納河邊和遊客們一起曬太陽，聽著邊上的街頭藝人彈著飛舞的鋼琴曲子，直到臨近黃昏，教堂的鐘聲響起，天氣變得異常寒冷，找家餐廳吃一頓熱騰騰的晚餐；期望著在西西里首府帕拉莫菜場集市小店吃一份早餐，坐在門口看路邊行人匆匆。這一切都成了美好回憶，難以再現，然而一年一年過去，我們慢慢的老了。今天是西方的重要節日，祝大家耶誕快樂！

2020.12.25

2021

慾望都市

　　生活本是平淡而快樂。年後讓父親在老家幫我處理一些事，父親回了兩趟老家，但並不順利，於是他把「火」發到我這裡，說了一些很難聽的話，我在氣頭上回了兩句，便把電話掛了。

　　我們算是很多年沒有過大爭吵，因為生活基本沒什麼交集，那天是休息日，讓我本該放鬆的心情變得不好。後來努力調節自己，想想為什麼要不開心？我想是因為欲望變得更多及期望得到更多，我期望父親幫我為老家做一些事，而父親對事情不順利的情緒忍耐力有限，且是不可控的。所以我要調節，對待老家那些事自己要佛系；對待託父親做的事也不要給他壓力，要安撫父親也佛系，不要急。對待他，無論做與不做，無論結果如何，我都要感謝，不要有任何抱怨。

　　我希望自己開心一些，不要因為一些欲望不可得而落得心情鬱悶。若因欲望不可得而鬱悶，那就告誡自己砍掉捨去它就是了。人的欲望是無止境的，而人的欲望也會隨著身體健康或年齡變化而變化，再多的欲望都會輸給不健康，然而等到健康時欲望之火又開始熊熊燃燒，不管怎樣，健康是最重要也是不能割捨的。

　　人在順利時會得到很多，但是還想要更多，於是覺得自己空虛、失落。那該怎麼辦呢？也許只有在漫漫長夜想想那些比自己辛苦很多，日子過得拮据的人們，其實我們已經幸福太多了。我們一邊努力爭取，一邊失去，爭取的可能是物質或精神的富有，失去的是青春歲月。人要遵循自然，愛中年的自己，也愛未來佈滿皺紋的自己，愛老去的自己，愛病時的自己。我活得明白嗎？我認為只有六成明白吧，還有四成要隨著年紀閱歷慢慢去明白。

2021.3.5

江湖

　　學習會讓人有踏實感，畢竟在面對市場多變的不確定性，無論傳統行業還是新興行業，有時打敗你的可能都不是同行。於是會有焦慮感，會有壓力，適當壓力會促就進步，但壓力過大平衡不好時就會傷害到身體和心理健康。

　　人多的環境就形成了江湖，江湖有江湖規矩，而我有時像是個不按常理出牌的農村土劍客，會為了江湖大佬從了一部分規則，融入江湖中有時會有些不適，我說服自己，當作是學習，畢竟是我選擇了更大的江湖。

　　江湖中有很多俠客都喜歡自訂規則，試圖傳播自己的成功準則或者威望。像我這樣的土劍客，偶爾還是會觸犯個別人訂的江湖規矩，那麼問題來了，我本身也算是個土劍客，武藝雖不高強，但還是可以用劍幫村民屠牛宰羊，劈柴生火，算是有點價值又解決了溫飽，於是我就會有很多不care了。

　　工作已經很辛苦，江湖中還有人硬要你按照他的方式去生活和辦事，聽話的人慢慢活出別人期望的樣子，而我呢就活出個異類，可能很醜陋，但那是我喜歡的自己，哈哈。然而在江湖和個人中我也在努力平衡，有的人很直接以金錢事業的成就去對人分成高低等級對待，我個人不喜歡這樣，我反思自己有時是不是也這樣在對待他人，因為江湖像一面鏡子，也能看到自己。我能要求自己做的就是去愛，多去看待每個江湖中人的優點，少去看那些讓人不悅的細節，誰沒有缺點啊。也控制自己心中不要有恨，那是在傷害自己呀！

　　5月，個人做了幾件大事情，一是老家祖宅的事，弄了一年多，終於把最難搞的一部分搞定；我一個做投資的朋友聽我說這件事時，說我是那種小富即安。其實我倒無所謂他如何定義我，重點是我是在深思熟慮後覺得是在做一件很有意義的事情就好。

　　有次跟陽仔去一家網紅日式居酒屋，他說是因為看到很多網紅發，所以選擇這裡。體驗後我感覺一般，東西也不便宜。老闆娘過來跟陽仔說都是溫

州老鄉待會打個折，但後來陽仔買單時老闆娘卻沒打折，還挺傲氣跟他一朋友在隔壁桌商討開分店戰略。我對這種言而無信的做法有點不舒服，尤其做生意，那天跟陽仔喝了挺多酒，於是就直說了一些我感到不滿的地方，並說如果這些不做好，分店開了也容易失敗，哈哈。老闆娘的朋友們聽到非常生氣，差點要跟我幹架，我後來很自責，反悔，跟陌生人以後不能毫無遮攔說人家缺點了，以後喝酒不要做這麼傻的事情了。

土劍客有土劍客的生存方式，他講究不忘自己的根是土，也認可自己的土，只是在江湖中土劍客在學習怎樣在泥土中長出美麗的花來，當人們看到美麗的花兒，劍客的土與花香混合在一起，慢慢的人們覺得泥土味也變得有點芬芳起來。

馬上六一兒童節了，看著自己的老臉，還是忍不住祝福自己節日快樂，永遠能保持一顆童心，哈哈。

2021.5.30

7月你好

7月的天氣悶熱，熱得懷疑人生，走路穿過十字路口時感覺自己要被融化，記得去年體檢時顯示缺少維生素D，醫生說多曬太陽就好了。想到這，這烈日陽光感覺柔和了起來。

下午去巡了一些店，我確實因為一些需要糾正的事有對門店夥伴說了很直接讓人不舒服的話，從和諧角度來說，我的做法也許不恰當，可現階段也只能這樣了，只好安慰自己其實是發自內心希望他們好。

外婆前段時間來杭州，已經91歲了身體還是挺好，只是媽好幾次微信我，說外婆走丟了，還好總是虛驚一場。今天表弟把外婆送回安徽老家，離

別後，媽在微信群裡語音感慨說著說著就哭了，我咋一聽覺得有些矯情，可是細細品味，心裡也是觸動，母親與女兒的感情就是這樣濃烈，祝願外婆可以活到100歲。

去北京讀書後，我的工作節奏快了一些，還是要把該做的工作做完，保持健康合理的運作。我把英語學習課程減少了一些，希望之後能調整回來。同學聚會中經常喝白酒，而我是真的不喜歡白酒，幾次下來，現在也能喝個幾杯。慶幸自己從事的美髮行業雖規模小，好在不用太多白酒應酬局，否則我的喉嚨要燒死了，哈。

W同學下午應酬酒喝多了電話裡跟我說，讓我早點結婚，說我不能太自私，說應該要結婚生幾個孩子，感受不一樣的人生，等老了後會感覺很幸福，他雖然比我年齡小，但感覺老我一輪。他說了很多，很像我老父親說的話，我想我是有一絲動搖和反省的，我會留時間思考思考這個事。

7月是拓展隊同學最後一次在一起上課了，大家都非常珍惜，隊長和副隊們在籌畫著把大家在一起相聚的那幾天怎樣過得更有意義。其實去上了兩次課，可能我這企業規模小，又或者是我年少讀書就笨，老師上的課我不大聽得懂，對我來說最大的收穫就是增長了見識，之後自己的格局應該也會有一些提升。

啥叫格局，我的感覺就是曾經你看到一個牛人牛事會激動的「哇」一聲，現在你不會激動的「哇」一聲，但其實內在還是那個自己，只是心態不一樣。然而要想事業更上一層，還是要用行動去幹，沒啥捷徑可走。

我會自卑嗎？我想不會；我會謙虛嗎？當然，比你優秀的人多了去了。我應該主動嗎？如果主動是高調那就不主動，如果主動是獲得更多的學習機會，那我覺得還是要主動；可能在別人那裡會認為是高調，可是管他呢，無論怎麼做都做不到讓所有人滿意，那就選擇主動的爭取更多學習成長的機會吧。

8月可以休年中假了，可以去旅行，想去新疆或者想再去一次西藏；今年

是我有些透支的一年，我會努力平衡的，大不了就是做減法去除唄，哈哈。菩提本無樹，明鏡亦非台；本來無一物，何處惹塵埃。再次送給自己。

2021.7.8

那個男人

那個男人站在快建好的工地向遠處眺望，依稀可看見錢塘江，不久的將來很多建築將拔地而起，眼前這條江也將埋沒在大樓裡。他很努力，有時有點傻，但我覺得他是大智若愚，他在最好的年紀選擇了婚姻，後來他說，唉，啥也不懂的時候就結婚了。

那個男人，他站在了北高峰上，遠處的西湖依稀可見，還能看到山下的茶園，有很多人趕著上山。山上的視野確實遼闊，讓人心曠神怡，他想著如果攀上更高的山，那裡風景應該更秀麗吧。

在遙遠的肯亞安博塞利國家公園，夕陽西下，在漫天的塵土飛揚中，遠處的乞力馬札羅山上頂著一輪火熱的落日，像極了一幅油畫。男人好想登上去，因為他欣賞的王石登過，還有他一位可敬的同學也登上去過。那樣登山的日子應該很苦吧，但人就是犯賤，安逸的生活過多了，喜歡苦中作樂。

那個男人犯了挺多的錯，也曾自責，也曾借酒消愁，即使他看上去這麼理智，我想我有點理解他，我勸他不要對自己要求太高，這樣容易失去快樂。有一些錯誤自省過，儘量下不為例就好。你常年累月積累的成果，不會因為一點錯誤就毀於一旦，放輕鬆，挺起你的啤酒肚來，放輕鬆，對，就這樣，relax。

那個男人，有時很單純，他願意相信人，願意吃虧，但他確實是個30多歲的男人，我覺得他有點可愛，在這滿滿談成功談智慧博弈的人中，這也算

是一種可貴的品質，我很欣賞。

　　和友人玩德州撲克我經常輸，有的人打得特別好，我自歎不如，演技和技術都不過人，幾次過後漸漸敬而遠之，朋友問我為啥不續，我只好說學費太貴，條件不允許。生活中很多事就是圖個開心，但凡讓自己有壓力不快樂，那就不要也罷，及時止損也是好事。這世間很多事不必一定要爭輸贏，最好是培養自己就算輸了也能豁達的心境。

　　那個男人，手中夾了根菸，我仔細一看，這個老菸鬼也開始抽電子菸了，只是吐煙了一會兒，車裡還是雲霧繚繞，我實在受不了，把車窗打開。遠處是錢塘江，他說那個大樓是他當時負責建的。嗯，我說，可如今跟他也沒啥關係，從他言語中聽出曾經他在那裡流過很多汗，有過一幫出生入死的兄弟，還有過一個愛得死去活來的前女友。現在他們都在那裡？都在幹什麼？他們快樂嗎？我問道。可是，目的地到了，男人下車了，要忙了，而我呢，也沒有瞭解的興趣，是呀，又跟我有啥關係？在這個城市中，我們又開始各自忙碌，也忘了我們曾聊過的這個話題。

　　我們認識好多的人，可有時候我們也會覺得孤獨，也會懷疑自己，但這其實就是一種生活常態，對自己寬容，接受不完美的自己，愛努力的自己。

2021.8.17

雨人

　　濱江下了一場雨，往城西方向看，那邊還是晴日，這景象在這樣的季節很常見。雨後的天氣格外涼爽，舒服得讓人感覺到了秋天，很美的季節，我喜歡秋天的金黃色。

　　去武漢錯過了飛機，一波三折換了高鐵，好在快到肥東站時看到窗外大

片的莊稼，好美啊，這也讓我想起了家鄉，小時候在種莊稼時我咋沒發現。

城市在快速發展，很多東西大同小異，只有在那些跟不上時代的小巷裡或老人中，才能特別感受地方文化的差異。文化是個很奇妙的東西，它與賺錢不同，很難速成，需要一點一點的沉澱積累，充滿風土人情、歷經滄桑的，就更別有一番風味。

那天在微信朋友圈看著台灣墾丁的阿飛，仍是曬得黝黑的皮膚披著長髮，熱情的教學生衝浪，我留言好想再去找他玩呀，台灣陌生人間的熱情好客，讓人很爽。

我身邊有一些很牛的商業前輩，我掐指算了算，無論我如何努力也做不到他們那麼大的事業，賺那麼多的錢，因為一是知道自己幾斤幾兩，二是跟行業屬性也有關係。就如我和小倪同學在三亞玩時，他指著海邊的豪華遊艇跟我說：「老梅，這東西，生下來有就有，生下來沒有就沒有了⋯⋯」。

雖然我做不到其他行業前輩們那麼大的事業，但我還是很熱愛自己的美髮行業。通過奮鬥還是會有些成就的，加上工作和生活中有那麼多有意思的朋友和有趣的事情，這樣想想也挺幸福的。人到中年後，臉皮開始厚了起來，已經不太在意他人的眼光，因為臉皮厚得自己看得起自己，自己能說服自己了。

抖音刷到張艾嘉找李宗盛去做節目，年輕時代好友的邀請，李宗盛還是沒去，他說：「我花了幾十年建造了一個『李宗盛』讓大家熟知，然而人生如打麻將，我現在已經打到了『北風』，不想再待在這個自己建造的『李宗盛』裡，就淡淡的做自己就好，我還是會寫歌，因為那是我的愛好，而不是為『李宗盛』而寫歌，希望我們以後可以聊聊天。」我看到下面有網友評論李大哥「好像什麼都沒說，好像又說了很多」。

我會控制自己刷抖音的時間，偶爾刷抖音時跳出最多的就是各種動物，朋友說我的是動物園抖音，我也不知道，但是很多動物真的很可愛，動物的

快樂好簡單，而人與動物間的和諧共存又是多麼溫暖，等疫情結束還想再去非洲看動物。

世界好大好神奇呀，即使今天在我們國家一個很忌諱的事，可是在別的國家文化裡又變成一個很喜慶的事，世界包羅萬象，同一個世界可是有上萬種各式的文化，每種都有很多有趣的地方，這讓我們感受到人生很有趣。

小馬認識了小羊，小羊認識了小牛，小羊跟小牛為了吃嫩草鬧掰了，回頭發現小馬已經長大了，變成了一匹野馬，浪跡天涯去了。幾十年後，老羊和老牛遇到老馬回來了，老馬說牠遇到了伯樂，可在老羊和老牛眼裡那不過是個普通的獵人。努力活出真實快樂的自己，努力不做壞人，做個善良的人，努力！

2021.9.17

失控

最近兩天睡眠不好，氣色也差了些，身體變得有些不受控制，多少讓人有點焦慮，我要努力的去平衡調節。

在上海上課的幾日，因為每天要起早，本應該休息一兩日早睡，還是忍不住去喝兩杯弄到1點多，也是管不住自己的腿。有計劃的規律生活對身心健康是有好處的，而我的放縱正在與健康背道而馳，所以出現疲憊也是理所當然，我想是我自己貪婪，想要更多快樂，或者放飛自我吧。

總結最近，感覺自己太過高調，喜歡刷存在感，在跟有些朋友相處中有點自尊心過強，還不夠謙卑；這些都是自己不喜歡的，所以覺得變得不喜歡現在的自己，要調整下，是的，我有些失控了。

我為有時說了過激的語言可能讓有些友人不舒服而抱歉，每個人都有優缺點，我要多看大家的優點，欣賞學習大家的優點，看人性美好的一面，這

多陽光呀，學會愛我身邊的朋友。

　　華晨宇在很有名的時候非常有才華，大家認為他很開心，可他自爆得了抑鬱症，抑鬱時創作過一首〈好想愛這個世界〉，據說那段期間想過自殺。我身邊也有過親人和認識的朋友因抑鬱而自殺過；我喜歡的歌手許巍有段時間也得了抑鬱症，他有天踏上窗台準備跳下去時，妻子一把抱住了他，後來經過一段時間父母的關懷照顧走了出來，所以最近幾年許巍的作品有些像是在佛門修行的音樂。

　　人在社會中面對複雜多變的環境，努力生存或創造價值理想，但一定不要忽略培養精神世界與我們一起成長，我們的肉體是一個人，肉體裡面還住了個虛擬人，就是我們的精神世界。有部很棒的電影我經常推薦給人看，叫〈神探〉，劉青雲主演的，它講了每個人身體其實都住了好多個「人」，有膽小的小孩，有惡人，有善良的人，有驕傲的人，有憐憫的人，在我們面對很多事物抉擇時內心的幾個「人」經常在相互鬥爭，當惡人贏了，我們就幹壞事，當善良和小孩贏了，我們就做善事。從這部電影我學會了不斷給自己輸入善良美好的價值觀，這樣我心中的惡人就很難戰勝跳出來。

　　其實今天的自己有太多的感恩，能享受到和平安全的環境，能享受到美食，也有舒適的住宿，有一起打拼的同事，有親人和朋友陪伴，所以要感知到真的很幸福了；要經常提醒自己少做一點，不要貪婪，會做死自己，要對世界和社會充滿敬畏之心，並力所能及對社會有一些付出，即使是分享正能量的思想也是好的。

　　我要學會去享受一個人的時候，而不是耐不住寂寞，因為這是我自己當下的選擇，每個選擇的背後都必須要放棄一些，沒有一個選擇是完美的。從今天起控制好自己，讓自己有好的睡眠，保持運動，熱愛工作，熱愛生活，熱愛朋友，保持學習，最大限度不給他人添麻煩。相信我可以做到的，加油！

2021.11.3

我記得

　　在西湖音樂節上聽到趙雷唱的最後一首歌，旋律不錯，回家一搜發現是新專輯的新歌，花了25塊買了專輯後開始對這首〈我記得〉開啟客廳音響循環播放，一會兒樓下鄰居發來微信，「12點了，聲音能輕點嗎？」

　　歌詞開始：我帶著比身體重的行李游入尼羅河底，經過幾道閃電，看到一堆光圈，不確定是不是這裡……我佩服他能如此心靜，寫這麼深厚感情的詞，整首歌詞寫的是人的輪迴轉世情，那曾經的戀人，曾經的叔父，最後在來世再次相見，卻互相不認識，然而並沒有忘了思念。

　　趙雷是個能耐得住寂寞的人，看他簡歷，自己放棄了大學，做了流浪歌手，十幾歲就流浪去西藏雲南等地，成名後，感覺他還是有意跟媒體保持距離，沒有撈金最大化，仍然話不多，他的歌彷彿寫的就是他自己的生活感悟。只是隨著年長，他寫歌的題材越來越豐富，寫愛情的少了。

　　我沒法做到那樣，但心裡是很佩服的，我偶爾會縱容貪圖享樂，在虛榮和物質中麻醉，漸漸的成了一個有點失去自己的人。我是誰？應該如何克制欲望？如何讓內心得到安寧？社會的發展似乎變得撲朔迷離變化無常，我們開始降低了預期，朋友圈中也有很多抱怨，我當然也有，只是努力去克制，想想烏克蘭的人民，我們算幸福了。

　　其實我們都活在歷史中，百年後回望，這幾年也許是歷史上重重的一筆。可是回望歷史千年，很多國家很多朝代幾乎都做過類似撲朔迷離的事，譬如發達民主的美國在1921年也出了個奇葩的禁酒令，禁止在所有公開場合喝酒，而這個禁酒令竟然存在了12年才被廢除，那本著名的《了不起的蓋茨比》就是靠違法盜賣酒發財的，幾十年前的中國也出現了畝產萬斤的「浮誇」時代。

　　猶如趙雷歌詞寫的，我們的故事似乎總在幾千年歷史中反復輪迴，先人們愛恨情仇或犯的錯誤，每隔幾年又會反復的輪迴出現。也許這跟人類最長

生命只有一百多年有關吧，因為人的思想會隨著年齡及生老病死發生變化，孩童時天真無邪，少年時叛逆，青年時野心，中年時自省沉穩，老年時看淡一切，隨著生命結束一切也都跟著結束，然後開始下一個新的輪回。所以，大多數人無論表現得多麼優雅高尚，我覺得骨子裡還是脫離不了世俗與虛榮，我自己就是如此，我心平氣和的接受了世俗，向虛榮妥協，如何運用合理？只要沒給他人造成損害，那也還好。

　　很幸運自己有喜歡的朋友，也有朋友喜歡我，我們度過很多快樂時光，讓我覺得把時間浪費在他們身上很享受。我希望能像許知遠一樣，腦海中有個「烏托邦理想國」，在想像的世界裡遨遊，這樣就沒有時間想著煩惱了。

2021.12.15

2022

2021年總結

　　先是體重胖了4斤，體檢時脂肪肝再現，還有些小毛病，我問了醫生怎樣消除掉，醫生說畢竟年紀在這，這些都是正常的，以後只會越來越多，我無語。深夜，肚子挺餓，但我忍住沒吃東西，彷彿戰勝了自己的身體。

　　工作上，今年從門店數量和營業額來說有較大的成長，但到了年末，杭州突發疫情，封鎖了14天，生意急劇下滑40%左右，給我潑了一盆冷水，借此事件，這一年還是過於樂觀，有些被勝利沖昏了頭腦，我想接下來這一年還是要穩中求進步，做些調整。

　　最近在看二戰紀錄片，看到一戰時大勝的法國在面對德國希特勒入侵，法國因為過去的大勝，過於樂觀輕敵，導致一周時間就淪陷，希特勒把軍隊開到了巴黎鐵塔看風景。在席捲歐洲後接著入侵蘇聯，一路勝利的希特勒首戰就是攻打蘇聯軍事和政治重地──斯大林格勒，由於心態上覺得必勝而過於輕敵，最終被史達林的軍隊反包圍，導致希特勒百萬大軍全軍覆沒。

　　再有二戰時，日本侵略咱東三省發現特別順利，準備侵略全中國，美國害怕日本領土太大影響亞洲區域穩定，對美國老大造成威脅，於是阻撓日本停止擴大侵略，但日本不聽，後來美國開始經濟制裁日本，禁止給日本石油等軍事物資進口，最後同樣一直勝利的日本竟然自我膨脹到派大群飛機加航母艦隊偷襲了美國珍珠港，這也導致了美國開始正式介入二戰，向日本宣戰，等於也向同屬法西斯的希特勒宣戰。隨後美國把廣島等好幾個城市炸爛，把日本的八艘航母也幹掉，但日本還不投降，緊接著美國丟了兩顆原子彈到廣島和長崎，日本終於被迫無條件投降。想想要是日本不驕傲，不去偷襲美國，那或許歷史是要改寫的呀。

　　感覺無論國家也好，公司也好，偉人也好，普通百姓也好，一旦順風順水幾年就很容易錯把自己的能力放大，過分自信，導致下坡和悲劇。所以

呀，我年底時回望這一年，感覺自己就有這樣的成分，要把自己的順境當成是狗屎運吧，對這個社會和市場始終都要保持敬畏。

年假時去了一直想去的西藏，也算是克服了高反，戰勝了自己，滑雪的技能也獲得了進步，可以滑高級道了。來年繼續加油，努力工作，然後爭取更多的時間，可以去喜歡的地方旅行和做熱愛的事物。繼續努力，保持勤奮，保持學習，保持樂觀，保持對社會和市場的敬畏；成功來源於運氣，失敗來源於自己努力和智慧不夠。堅持！

2022.1.5

故鄉

離開故鄉安徽宣城近22年，現在杭州成了我第二個家鄉，以前爺爺在時每年會回家鄉幾次，爺爺去世後回去的次數少了。平時回家鄉村裡人也少，年輕人為了生存都去了城裡奉獻青春或實現自我，畢竟在這農村固定的幾畝田也玩不出花頭。

我家總共約10畝地，若種稻穀，運氣特好能畝產千斤，種稻穀一年減去肥料農藥啥的，純收入也就1萬多元，這對一個家庭來說，吃肉都要考慮省著點吃。因此村裡平時大多是留守的老人，剩下的少數壯年因為要照顧孩子和老人實在出不去，就承包了更多田地，還有鄉村有扶持一些種植業，日子也算不錯。但只有在過年時才能見到很多兒時的夥伴們，因為這時很多人都回家了，村裡恢復了短暫的興旺。

我嘗試過力所能及的在過年時給村裡的一些老人買點小禮物，但也盡可能不張揚，讓父親低調行事。凡是想求回報的，感覺就是性質變了。我一起長大的同村髮小跟我說，在村裡要謙卑低調一些，我覺得他說的很有道理，

我很感謝，以後會更注意。

回家鄉對我來說像是一場精神洗禮，因為回去得少，周邊十個村的人有很多也不認識了，一年半載回去一次，看到一些幾年沒見的鄉親，在他們臉上看到了時間流逝的痕跡。每年我都會從媽媽那裡聽到村裡某某或者隔壁村某某去世了，她說的大部分人我小時都有印象。

20年來，杭州日新月異，發展迅速，而我的家鄉似乎是停止的，發展非常緩慢，直到今年，在寒冷的冬天，家裡空調電力不夠都帶動不起來，我爸沒辦法只能買了一百多米線去掛公線借電，不過據說今年電改一定要成功了。

每年看到村裡曾經的壯年現在變成了白髮老年，因在農村裡幹農活日照強烈又不護膚，黝黑的皮膚上有一道道很深的皺紋，心裡不免憐憫。我很少與他們交談，因為也不知說啥，但我打心裡是尊敬他們的。

故鄉給我一種滿足感，一種讓人感受到時間飛快，很容易跳出城市的欲望雜念，去看人性中本質的東西。人生就是活著，本質的需求並不多，相對很多村裡的鄉親父老，我已經擁有太多了，應該要知足惜福，並對社會心存感激。雖然回到城市很快又會恢復往常對欲望的渴求，但還是會回想起在故鄉的所思所想。

當然，如果長時間待在家鄉我是受不了的，因為太無聊了。但它就是靜靜地在那，你不回去它也不會呼喚你，你回去了就有種親切感油然而生。我想之後每年過年會在家鄉多待幾天吧，那些一年或幾年回一次、幾年才能偶遇一次的鄉親夥伴，餘生我們也見不了多少次了。雖然我們步入中年，可我們見面時還是滿滿的回憶和小時候的印象，這就是故鄉和故鄉的人。

2022.3.9

啤酒

....

　　據說孤獨和痛苦能夠激發哲學和文學的創作靈感，於是前蘇聯出了很多有名的文學家，因為生活條件艱苦，還有那邊的冬天太冷了，冷得人想死，人在死亡邊緣容易大徹大悟。

　　在長江的校園文化中，很多有成就的前輩商人企業家日子過得很好，肚子和口袋都很圓滿，有很多都參加了挑戰穿越戈壁沙漠，那本是一件很吃苦的事，而或許如前所說，在那種痛苦的環境中容易大徹大悟吧。

　　當然我沒報名，雖然隊長今天還號召我了，我想主要是我現在的工作確實做得還不夠好，諸多問題待解決，自己有限的閒置時間也只夠享受下自己的生活。新的一年，企業內部出現的調整就足以讓我有些壓力和痛苦，彷彿經常走在荒漠上，我想就不必踏入真實的荒漠了吧。

　　當然我還是足夠幸運的，至少我還處在和平之中，像烏克蘭的人民，曾經做得再好的工作或事業，在面對戰爭時也只能放掉所有逃到鄰國避難。政治是極其複雜的，而我只是從個人角度出發，希望和平，不希望戰爭。

　　前幾日朋友寄了一盒台灣鳳梨酥給我，我看到發貨地還真是台北，味道確實不錯，吃完了今天還特意去淘寶找了一個賣家，又買了些。我隨手搜了下以前吃過一個日本沖繩的紫薯酥，淘寶查了下，運費竟然要60元，而且要45天才能發貨，立馬覺得時間又回轉到木心的詩，「從前車馬慢，書信很遠」，現在國與國之間也是這樣了。

　　我們的人生錯過了三年，開始了內卷，國與國的文化交流也少了，有意思的事情少了很多，大國之間的單邊民族主義也越來越強烈。世界很大，大到我們啥事都可以用正面反面去合理解釋。

　　昨晚和朋友小酌，我喝了喜歡的精釀啤酒，朋友喝喜歡的威士忌，我們彼此沒強求對方喝自己喜歡的酒，愉快的聊天。我喜歡這樣輕鬆的氛圍，喜

歡生活中的包容，喜歡多種價值觀交錯並相互尊重，沒有非黑即白。

雖然喝啤酒容易有啤酒肚，但我願意為了它明天跑步7公里。我喜歡精釀啤酒的麥芽香味和酒精度不高，第一次開始喜歡喝啤酒是在德國慕尼克狂歡節看到滿大街喝啤酒的熱情人們，看到啤酒和狂歡節融為一體；義大利米蘭大教堂邊上咖啡廳外喝著啤酒曬太陽的人，城市與遊人融為一體；還有巴黎地下爵士酒吧端著啤酒搖擺的酒客，不認識卻又彷彿都相熟的朋友；悉尼海港邊午後喝著啤酒吹著海風看海鷗飛翔的人們。啤酒對我來說像是一種旅行文化，讓我享受且回味其中。

最近看的最棒的電影算是〈教堂白煙〉，講的是梵蒂岡新舊兩個教皇在選舉時因價值觀差異導致互相敵對，之後一人因辭職而不得不面對面溝通，兩人談論宗教對社會、對政治的影響，並對自己往日的過錯懺悔……，兩人慢慢的相互理解、欣賞、退位、讓位，固執的老教皇改變了自己。

看到新老教皇相互懺悔，我也釋然很多，教皇聖人也曾犯過很多錯，何況我這個凡人呢！

2022.3.29

朋友

生活中很多苦澀其實可以慢慢消化，不用每個月在日誌中自我反思，如果真消化不了，看看之前寫的也能從中吸取點啥，總不能每月周而復始重複自己那點破事，寫點有意思的事吧。

認識「西」以後讓我的生活方式青春了很多，他甚至會給你洗腦去密室啥的，這讓我很害怕，導致有次手臂擦傷。我們經常一起玩，他給了我很多工作之餘的快樂。他的喜好跟王石有點像，當你以為他登過了最高的山就停

歇了，但後來發現他不會停下，他樂此不疲的跨越一座又一座的高峰。

「天」不一樣，他少年老成，長得一副帥臉，然而我不明白，他並沒有博得女孩喜歡，至今還是單身。他女友我倒是見過兩個，個子確實一米八以上，那上面的空氣我想一定格外新鮮吧。我們相識也有4、5年，在這個速食文化的年代，我也是感到很滿足了，他非常夠義氣，有時讓我很感動，當然我說不出「有你真好」，只能一切盡在酒中，我先乾為敬。

「取」是我的貴人，相識時我只開了兩家店，當時他已經40多家店，感謝他沒嫌棄我，把我當朋友，還毫無保留的跟我分享了他很多寶貴的經營管理方式，給了我很多幫助。我以前問過他為什麼？他好像說覺得我這人敢說真話，一些觀點還很新銳，哈，真是謝謝。至今我們基本每月都會聊天，一年也會抽時間聚幾次，很慶幸有這樣的良師益友。

「經」是個能幹務實的富二代，企業一年的利潤應該比我一輩子創造的利潤都要多，年紀比我還小，但很謙卑，做人低調，在公開場合說話謹慎，基本做到滴水不漏，雖然私下聊天時放蕩不羈，我想那可能是他平時憋壞了，哈哈。他經常說自己挺自卑的，從小被老爸不看好，接班後雖然企業發展了數倍，但還是覺得自己是接班不是創一代，底氣不夠。我經常嘲諷他，這是他的手段，他們這種臭有錢人給我們這樣的人一點台階下而已。

很慶幸身邊有一些能坦誠說真話的朋友，自己的企業做得不大，但好在應酬不多，好在還可以在飯局上拒絕喝不喜歡的白酒，這也算是某一方面做了自己，當然可能因為有些人不喜歡我，但如果有人真因為我不喝白酒對我有看法，那對我來說也是無所謂的。

可以拒絕掉一些應酬和不喜歡的社交，可以選擇和自己喜歡或價值觀相近的朋友一起玩，是多麼開心快樂的事。謝謝這麼多年曾陪伴我度過一段時光的朋友們，雖然有的朋友因為結婚或者離開了這座城市，使得聯繫少了，但我偶爾想起你們心裡還是很溫暖快樂和充滿感激，希望朋友們都好，可以

按照自己喜歡的方式過著快樂簡單的生活，如果不快樂可以來找我訴苦，我們一起苦中作樂，哈哈。

2022.5.11

春天很快樂

　　寫日誌通常是沒有標題，就是亂寫，然後發洩完隨便想個標題，所以我的日誌顯得淡而無味，唯有一點就還算是當下真實的心境。這心境或是混亂或是焦躁，但寫日誌時我都盡量讓自己靜下來，像是自言自語，也像在跟另一個自己對話，這對話無非是求個自己舒坦。

　　R老師是我很尊敬的前輩，我在2019年時遇到過一個較大的挫折，他幫了我，我心存感激。R老師很熱心，我這嘮哩嘮叨寫的日誌，他留意竟還看過幾篇，從去年開始就鼓勵我說找他們台灣的編輯幫我整理出個書，哈，嚇死我了，我何德何能！說心裡話，我每個月寫這些東西，一是在培養自己堅持的習慣，畢竟也斷斷續續寫了十幾年；二是自己深知讀書少，練習下文筆；三是純粹取悅自己。所以婉言謝絕，不過他最近又跟我說這事，搞得我差點當回事，還好去洗了個臉照了下鏡子又清醒了。但不管怎麼說還是很謝謝R老師，有個人一直在鼓勵你也是件很美好的事。

　　3月下旬上海正式封城，這在以後的歷史來看還是件大事，我們在經歷著歷史的大事件，從新冠病毒到烏克蘭戰爭，這個原本和平美好的世界瞬間變了。我有同行20多家門店因防疫全關了，損失慘重。杭州自去年以來也經歷了兩次疫情，部分區域封控，不過沒有封城，相較於同行朋友，杭州算是幸運的。當然今年要給團隊夥伴們一直宣導，做好最壞三個月疫情停業的心理打算，把最壞的結果想到了，那心態承受力應會好點，當然我們還是要做

100%的努力去突破和挑戰自己，把自己的工作做得比前一天好。

今年櫻花最盛開的時候我是知道的，但還是沒去看，可能也沒這個心境吧，大片的櫻花林杭州太少了，去外地又諸多不便。朋友想去北京環球影城，因為杭州有零星病例，還是被北京拒絕了。我們感到了很多行動不便，不自由了，可這也是相對的，因為相對真正在酒店隔離14天的人們，我們還是自由多了，我們是幸運的。當然在朋友圈也看到朋友在歐洲愉快的旅行，看著她發的朋友圈，不免心生羨慕，但還是要保持克制，不然會抑鬱，哈哈。

這世間，怎樣跟自己相處，然後讓自己心情保持長期的快樂，還是挺有學問的。感性上，傷感有時來得猝不及防，細細去品還是事出有因，如果品不出，那看來是心還不夠靜下來。

可能是上了年紀，現在也能理解以前我印象中有前輩打坐冥想，或是來個沉香，哈，貌似能進入一個自己想像的世界遨遊。

總結最近的自己是有點焦躁的，可能遇到幾個自己不可控的事情，或者未按自己的預期，所以顯得有點燥，甚至有點影響睡眠，我知道這樣肯定是不好的，我在說服自己看開些，人生短暫，凡事用心做了就給自己100分，不能凡事都要擁有，放棄也是一種美，因為你一旦放棄，把感情抽離，就能關注其他更多美好的事物，所以該放棄就放棄吧。

經營中我也經常提醒我們的管理者，不要過度留戀已離職的骨幹，這世界任何一個人都會離開你，只是時間早晚的事，把時間花在信任你及愛你的人身上吧。作為公司，要努力打造一個任何人離開企業都可以正常經營的狀態，公司不能被個人綁架。而作為個人，就是身邊任何一個人有天離開，都要帶著感恩的心，因感恩的心會讓人內心愉悅。不要長期停留在痛苦之中，要勉強自己熱愛生活，樂觀面對生活，這世界多美好啊！哈哈。

不說了，休息天去看快謝掉的櫻花，那些零星的殘花也有一種純淨的美。

2022.5.25

割肉記

　　上海終於解封，從3～5月這三個月，離上海越近的城市越不好受，逐漸輻射到全國，對經濟的影響也逐漸輻射到各行各業。很多企業選擇了保守，也有傳來裁員的消息，但這種負面消息大家能遮就遮，不能遮也是儘量低調處理。

　　日本在上世紀80年代也經歷過經濟危機，稻盛和夫的京瓷企業沒有訂單，生意一落千丈，不過他沒裁員，自己和管理層一起降了工資，為了不裁員工，員工沒事幹，他就號召大家一起給廠裡搞衛生，修花種草，稻盛先生後來成了日本四大經營之神。

　　當然這跟日本的國情也有關係，日本更像是社會主義，傳統日企對員工的聘用大多是終身制，後來優衣庫的創始人採用了西方的非終身聘用制，能者為上，招來了很多爭議，不過從生意規模來說，他做到了日本首富，確實有點諷刺。

　　杜尚作為一個中小型連鎖美髮企業，借前兩年國內疫情控制得好，保持較快的發展，我個人也是保持樂觀，只是從去年年末搞了兩次疫情，加上今年3月上海又搞，打擊實在不小，我個人心態其實還是可以調節的，只是在面對基層夥伴時還是會出現消極情緒，當然這是人之常情。

　　大家喧鬧的日子過慣了，忽然面對稀疏的人流很不適應，可那也得適應，還是把內功練好，把以前喧鬧時做得不夠好的細節現在靜下心來琢磨，要做得更好。

　　然而，大環境的影響不是馬上說好就能好的，從長期來說肯定會越來越好，但總會有部分虧損，在相當一段時間內很難有好的盈利效果，我們會為了健康活下去，不得已會選擇割肉。在割肉時其實自己是很痛苦的，在要不要割自己肉時我和夥伴們做過多次商討，儘量往後拖，以防止決策失誤，因

為代價挺大。

從經營來說，沒有利潤的經營就是失敗，利潤有兩個點可以提高，一是提升業績，二是減少支出，現在第一方案已經用到力所能及，所以就開始用第二方案。說白了，也就是讓整體的財務報表好看一點，多儲備點「糧食」，使公司能活得更久一些。待到春暖花開，豐收之日，我們還是會繼續擴張。

以我的年紀，如果美髮能經營好的話，我很願意幹到退休，因為一是熱愛，還有是其他啥也不會。如果因為自己的能力跟不上時代，杜尚有其他能人可以取代我，我當然也是願意的。人要遵循自然法則，以平常心看待長江後浪推前浪，我希望未來杜尚會有很多厲害的後浪，當然我也會不斷的學習更新自己。

希望我們能做好一個能不斷培養出行業人才的土壤平台，但現在還不夠，還需要多多努力，多聽取夥伴的建議，允許非議，辯論是好事，不應心懷不滿。

只要在經營的路上就一定會不斷犯錯，但不必害怕和過份自責，重要的是吸取教訓，爭取下次不犯，優化系統；也希望夥伴們能有越挫越勇的精神，至少我自己一直這樣鼓勵自己。當然還是希望在以後的經營中儘量做到少「割肉」，晚安。

2022.6.8

巴賽隆納

告五人有首歌〈從沒去過巴賽隆納〉，我想是台灣這幾年疫情哪裡都出不去而臆想的吧，不過估計他們很快就能去了，因為前幾個月原本同樣清零

的台灣，眼看西方都開放躺平，只剩下自己和內地在清零，預感這樣下去會越來越被動依賴內地，於是強制開放躺平融進世界。

我對巴賽隆納印象特別好，特別的文藝浪漫，好過了倫敦的嚴謹，可能巴賽隆納有我喜歡的藝術家高迪、畢卡索，還有達利，他們的藝術很當代，很古靈精怪，每個人心中都住著一個小孩。

畢卡索是巴賽隆納人，青年後去巴黎發展，去世之後捐獻了大量作品給家鄉，於是巴賽隆納給他成立了一個博物館，館藏特別豐富，從他小時候的繪畫到老年後做的陶藝作品，有趣的是我看畢卡索的作品，年紀越大畫的越童趣，哈哈。

而高迪呢，一個古靈精怪的建築藝術家，作品中最有名的當然是還未完工的巴賽隆納標誌性建築聖家堂了，算是創世之作吧，其內外的精美也是讓人歎為觀止。當然還有他的巴特洛之家、米拉之家啥的，他為這個城市留下了寶貴的文化資產，可憐的是他死去時挺淒慘，在巴賽隆納通電車的慶祝會上被電車撞死了，人們直到很久才認出這個躺在地上的孤獨老頭，當然這樣的結局也很符合藝術家，那麼的不可理喻。

藝術家達利，他好像是成名於美國，當然把博物館也設在了自己的家鄉巴賽隆納，他更古靈精怪，他的博物館頂上是一大片豎立的雞蛋，當然靈感也源於他的繪畫作品，他的作品充滿超現實主義及諷刺社會階級，最有名的算那幅融化的鐘吧。

當然我喜歡巴賽隆納勝過倫敦，還有它的美食比較合我胃口吧，不像英國的炸魚薯條，西班牙廉價的海鮮燉飯我非常喜歡，經常一個人點一大鍋，營養豐富，當然還有他們的美味火腿。杭州以前有個蠻正宗的西班牙餐廳叫巴特洛，但後來慢慢沒落了，再後來我吃海鮮飯會去萬象城那家布朗石西班牙餐廳，也算正宗了，有濃郁的西班牙味道，晚上飯點時餐廳還會有個女生表演弗拉門戈舞蹈，不過它們的海鮮飯改良過了，西班牙海鮮飯米粒是夾生

的，這裡為了迎合更多國人胃口，把米飯做成全熟了，其他火腿那些都還是不錯的，哈。如果未來有機會，我當然還是想去巴賽隆納，希望那天不會太遠。

2022.7.3

半年總結

回到現實，當然還是需要把當下做好，所謂「人在河邊走，哪有不濕鞋」；公司創立12年來，我們還沒關過一家店，只是今年迫於世事無常，還是出現了「濕鞋」，當然我們會說得比較好聽，調整優化內部。更何況往大佬海底撈看，人家去年還關了300家店呢！看淡當下所發生的事，看長期，往遠了看發展。

今天跑步時看了部韓寒的電影〈四海〉，真的很不錯，影片中有很多處讓我感動，人性中很多細小的面都有表達出來，而那些我曾經擁有，現在卻發現失去了。厲害，韓寒算是從一個作家轉型做電影最成功的案例了吧，很佩服，社會發展每過個十年左右就會有一次大變革，基本很多都是顛覆性的。所以十年前做得優秀的個人或企業，若一直抱著自我優越感，自然到十年左右就會面臨瓶頸，或下滑，或倒閉。杜尚經營12年了，我也快到不惑之年，但我們品牌還是想給00後，體現我們是一個年輕品牌，所以要多聽年輕人的意見，多發現一些年輕人才，跟他們共事。

算是屋漏偏逢連夜雨，我們有個很好的店也遇到了意外，這是個特別優秀的店長和團隊，最近受到了一些至暗時刻，為此我和經理們多次商討應對。我也檢討過，是我們太過自信了，遇到一些不按常理出牌的人，搞得我們措手不及，損失慘重。我和相關負責人確實需要痛定思痛、深刻反思，最

大限度以後不要再犯，另外，這個問題在解決後我還是要主動承擔一些責任，畢竟我也有連帶過錯。

值得慶幸的是，我們經理和相關負責人心態還不錯，還是很團結，大家都在努力解決問題，沒有互相抱怨。更開心的是店長和她的團隊遇到這樣的事也很團結，還是努力做好每一天，儘量減少損失，這些事讓我很感動，我想通過發生這些事讓我們團隊能力越來越強，所謂「沒有打過敗仗的將軍不是好將軍」。 在公司未來發展的路上，我們還是會出現很多新的問題，但我最在乎的是，每次面對問題時團隊夥伴是牢牢的團結在一起，有這樣團結的心，即使遇到再大的危機和問題我也不擔心，而是相信我們的未來一定會更好 。

每一個至暗時刻，都要當成是我們攀登山峰路上的墊腳石，路程是辛苦的，但爬上山峰後，看著遼闊美麗的風景，回望這一切都是值得的，曾經的至暗時刻也成了我們美好回憶的一部分。

2022.7.4

擁抱變化

吳曉波自6月開始應該是說了不該說的話，被禁言了2個月，我利用碎片時間聽他講經濟和一些感想有好多年，豐富了自己很多知識。今天看到有朋友在微信朋友圈分享他解封了，於是我很興奮的開啟了他的APP，還是那麼熟悉的聲音。

他在音訊中感慨了很多，用了隱晦修飾詞語來表達心境，從絕望到去寺廟修行，到自我激勵不躺平，我能理解他的痛苦，一個純靠互聯網知識付費的公司，瞬間沒有了收入，還不知道哪天能解除禁言。不過他說在這2個月時

間裡他沒有裁一個員工，員工們都努力找工作做，還是很棒的。

我這兩個月以來也是跳出自己的安全區，從我個人及公司都在自我革新，雖然我們千把號人改革會難，會遇到阻礙，但我們還是要努力去做這一步，因為在大環境不確定的情況下我們不能躺平，要不斷自省優化以順應時代變化。我們努力的希望夥伴們團結一致，這樣即使是人數眾多，但我們還是能像一個人那樣靈活「調頭」適應變化。

當然在革新中，因為面對新的未知可能會出現一些差錯，但我們要保持好的心態去應對。我很喜歡7-11便利店創辦人說的那段話：7-11組織能靈活地隨變化做出改變，可謂是一個「專門應對變化的企業」。我希望我們也能上下一致成為一個「專門應對變化的企業」，要擁抱改變，而不是只活在過往成功經驗中慢慢走下坡路，直至被淘汰。

從國外大的經濟機構預測，宏觀長期來說還是看好，所以積極面來說，疫情像是一個退了潮的海灘，把漲潮時掩蓋的問題在退潮後都展現出來了，這對我們來說也是好事，剛好利用這個時間去自省做內部優化調整，把內功練好，把公司產品的核心競爭力再增強，這樣我們就可以活得更久。

做企業不能一直求快，如果我們要做一個長久的事業，除了活得久，我覺得還要守住一些公司底線及核心價值，守住現金流。我希望我們不去抱怨外部環境，因為外部環境是我們小人物無法改變的，我們能改變的是把自己的心態變得積極，讓自己不躺平，比之前更努力工作，積極應對變化，適應並在一個不確定的時代活好、活久。

人生是短暫的，我們剩下的也沒幾十年好活了，別抱怨整那些沒用的，去熱愛生活，努力幹吧，努力到無能為力時，上帝會給我們開另一扇窗。

2022.8.18

村裡小人物的故事

　　我出生那一年聽村裡大人說村裡發了大水，倒了很多房屋。因為我是天快亮時出生，所以小名叫亮亮。不知真假，說我小時媽媽奶水不夠，是靠蕃薯糊長大，難怪我長大後對蕃薯有種特別的親切和熱愛，尤其是烤紅薯，只不過吃多了容易放屁，有點難為情。

　　家屋後面有個老爺爺，我們叫他聾包爺爺，因為他有個孫子叫聾包，老家話聾包大致意思就是傻子，哈哈，不過我們農村人不太在乎這些，順口就行。聾包爺爺沒讀過書但他有個手藝，就是村裡有人被毒蛇咬傷時他會用草藥治蛇毒，一般治好後村民會拿點吃的感謝他。聾包爺爺還很會挖「葛」，他孫子聾包也是好手，每到秋冬季，我也會跟著他們學挖「葛」，回家煮著吃很香很香。

　　我十多歲時經常跟著聾包爺爺去釣魚，他還教我用縫衣服的針做魚鉤，印象中有次跑了很遠去釣魚，翻山越嶺那種，最後他釣了一簍魚回來，我卻空手而歸。在我離開村十年左右，聾包爺爺就去世了，沒過多久聾包奶奶也去世了，他們的老房子現在還在那裡，是土堆砌的房子。

　　聾包爺爺邊上的鄰居叫王子厚，名字有可能寫錯了，我其實跟他並不熟，印象中他很喜歡打麻將，跟兒子媳婦關係不好，日子很拮据，老了以後也種不了太多田，況且那時種田每年一畝田算兩季稻，估計也就1千元左右的收入，同樣也是十多年後的一個冬天，有次聽我媽說，王子厚掉到東邊河淹死了。我還聽村裡人說是因為生病了沒錢看病，身體疼痛不堪，他選在半夜人少的時候跳河自殺的，直到第二天早上村裡人才發現。時隔多年，我對他的相貌也變得模糊了。

　　村子後面住了一戶人家，男的叫毛子，老婆叫冬梅，因為毛子好賭又懶又喜歡偷東西，所以常被村裡人說閒話，村裡婦女要是罵老公不行可能會說

「你跟毛子一樣的東西」，他老婆冬梅印象中有糖尿病，一直在吃藥，我離開村子沒幾年冬梅就去世了。今年過年回家時毛子還逛到我家，我客氣寒暄了下，他有點認不出我。

媽跟我說，我離開家在村裡串門時要把院子門鎖起來，我說為啥，她說：毛子會偷，我說：不會吧，她說：已經被發現過很多起偷村裡東西了，什麼菸酒吃的啥都偷，我說為啥啊？村裡人說，其實毛子以前也偷，只是以前不偷自己村裡的，現在70多歲，老了身體不行了，只能就近偷偷自己村裡的，好在村裡的就算被他偷了也只是罵罵，不會報警啥的。我看他其實挺可憐的，所以這兩年也有給個幾百現金零花錢，讓父親給他買點吃的。

前兩個月媽跟我說毛子死了，我驚詫道：為啥？她說因為毛子偷寺廟裡上供的香火錢啥的，被抓去拘留了，然後在拘留所病犯了，聽民警那邊說，他們把毛子送到醫院，過了兩天毛子自己把氧氣管拔掉死了，這應該也是屬於自殺。毛子沒有子女，姑父跟我說，他和村裡幾個男人家弄了個棺材，火化後把他的骨灰埋在了我們東邊的山頭上。

村裡我認識的老人越來越少，每回過年在城裡打工或定居的人會回鄉，而隨著老人的離去，他們回來的次數也越來越少了。

2022.9.20

最近發生的那些事

去做了人生第一次胃腸鏡，醫生看了片子說我有反流性食管炎，給我開了1個月藥，並讓我不能吃葷菜、不能喝酒，還要多吃蔬菜。這算是我吃得最久的藥了，心情很沮喪，重點是還不能喝酒，那人生少了很多樂趣。

開始的20多天我算是很聽醫生的話，酒都沒喝，到了月末時，眼看著也

沒啥好轉，加上有朋友說這食管炎沒啥大礙，很多人有，於是我就放寬了自己，偶爾也喝酒。這期間我也思考，人活著如果不快樂也是沒啥意義，還是要平衡下，哈。

抖音短視屏一個90多歲中國老父親跟兒子抱怨活著沒意思，兒子情商很高，說給你炒兩個菜，再給你搞點酒？老父親說，你陪我喝嗎？兒子說當然一起搞呀！老父親開心的笑了，兒子說，這樣活著有意思嗎？老父親說，有意思！

蔡瀾的書中寫到晚年他和金庸經常一起吃飯，那時金庸的身體已經不大行，愛人不讓他喝酒，他偶爾跟蔡瀾一起偷喝點紅酒，就像孩子一樣開心。Tik Tok上有段某博主採訪街頭90歲國外老爺爺的短視屏，老爺爺說，晚年的他感到很孤獨，尤其是這幾年身邊的人都離他而去，他渴望與人交流，與年輕人交流，他懷念年輕時喝著beer和whisky，哈哈。

人在不同人生階段想法也是不一樣，就像我現在大部分時間還是喜歡孤獨感，孤獨讓我分外清醒，感受到自己內在跳動不安的生命。最近有做錯事，事後也是挺後悔，想著自己一定要吸取經驗，下次不再犯，但往往過後沒多少天就會有些忘卻，此時深深自責，應該再提醒下自己，當下的一切已經很美好，譬如說可以自由的呼吸，可以有人生自由。

醫生讓我不熬夜，然而我習慣了晚睡，加上休息天偶爾還會去過夜生活，所以也算自我放棄，當然還是會找到一些類似醫學文章說，長期每天睡夠7～8小時也不算熬夜，這樣我心情就放鬆下來。近日頭髮日漸稀疏，我還專門看過醫生，奇怪的是醫生之間也會有不一樣的理論，第一個醫生勸我不要熬夜；第二個醫生卻說，「你找他看，他自己都快禿了，應該找我看」，哈哈。我其實一直以來挺注重健康，但事到如今，已經能接受自己身體有一些小毛病存在，不然會影響自己的心情和生活品質。

梁文道說過，有件事情是他自己從不願拿出來說的，就是嫉妒心。我想

人人都有嫉妒心和虛榮心，因為我感覺這是基本人性，只是從我們還是孩子時的家庭到未來長大的社會，都在修煉我們的心，讓我們的心越來越寬容，越來越友愛，但它並不是不存在，只是用我們成年人的愛和意志消磨了它、隱藏了它，當然還是有很多人輕易會把它顯露在外。

最近買了幾本好書，可惜還沒怎麼翻，總的來說，有個手機在身邊，一天中就會無形打亂我們沉浸在一件事情上的時間，把時間弄得很碎片化，也會導致工作效率低下，表面上你可以不用待在辦公室就可以處理工作，但另一方面，它也侵蝕了你工作之外的生活時間。這些是我不喜歡的，當然我也在囫圇過著，直到一天結束，回望，發現自己真的是在手機上浪費了很多時間。這點還是得多提醒自己要改，多把手機不要放到身邊。多留些時間去看一本好書，去留意下身邊細小的平凡的卻又美好的事物，譬如說電梯裡有人丟掉了5毛錢，我把它撿起來。

這幾個月公司內部做了很多改革，說好聽就是順應時代調整好活下去，大環境嚴峻，我想盡可能影響小一些，當然我非常佩服在這樣的環境下那些仍然在快速發展的企業，與之相比，有那麼一刻，我感覺自己跟不上時代要被淘汰了，不過一陣風吹來，把我吹醒，我又看到了內心堅強的自己。

今年很多知名大企業暴雷，所以在商業上即使你贏過人家十年二十年也沒啥好嘚瑟的，因為可能下個危機就會把你幹趴下。今年對我來說是具挑戰的一年，且應該是近幾年對我最具挑戰的，我們關掉了3家效益不好的店，當然年底我們也會有新的店開業，但總的來說，我們基本是求穩為主，把團隊基本功練扎實，讓大家一起都有靈活順應時代變化的心態。

讓一些在當下時代適應得很好的夥伴變成我們的榜樣，然而也會有少數不願意配合一起改變的夥伴可能離我們而去，我當然也會惋惜，但市場是殘酷的，團隊作戰自然是以整體利益為優先。如果我們坐以待斃，還不如主動做內部改革優化，優勝劣汰。

什麼是好方法？我也不知道，我想有很多企業也不得知，就像問你哪天會跟歐美一樣開放躺平，幾乎所有人都誤判了，也判斷不了準確的開放時間；我想我們能做的就是用堅強的毅力，越挫越勇的心態，走一步看一步。走對了繼續摸索往前；走錯了，舔一舔傷口，調整改個方向繼續摸索⋯⋯。在這個充滿不確定的時代，我個人覺得這也是一個方法。

2022.10.19

不能啥都想要

忙了一天，忘卻了生活上的一些事，雖然小有遺憾，但感受到努力工作會讓自己充實，有踏實感。而越是追求生活享受，反而讓我有虛無縹緲的無力感；所以當玩樂了之後，要更加努力的去拼搏事業。

夜晚下班回家，啥都不幹也是很舒服。我知道因為工作忙碌，錯過了一些人和事，但這也沒辦法，凡事有得必有失，不能啥都想要，不然只會增加自己的痛苦。

這些天每天都有世界盃球賽，可好像生活中還有很多有意思的事也沒時間做，所以球也沒怎麼看了。

隨著年長，未來毛病會越來越多，生老病死是自然規律，我們逐漸為了活得更久一些，減少些疾病痛苦，不得已減少自己原本喜歡的事物，比如說我喜歡熬夜，但醫生說熬夜對身體不好。一代人終將老去，但總有人正年輕，我也不可能永遠年輕，必須尊重自然規律，尊重自己的身體，不做與自己年齡過分抗爭的事，要妥協。其實我已經擁有很多，已經超越很多自己的生存需求，但還是貪婪的想索取更多，這像個黑洞，在索取的過程中容易被黑洞吞噬而葬送了自己。商人們為了利益，每天散播自己公司的利好消息，

讓觀眾看到表面一片繁榮，直到有一天忽然倒下。

L最近出來玩時有點心不在焉，因為喜歡上一個女生，我提醒他別跟以前那樣，太上頭容易失去自我，到後來別給自己加了很多戲，但人家根本不在乎你。可他轉述音樂人小柯的話「愛情就是失去理智！」回擊我；我說：好吧，那你開心就好，希望那不是短暫的荷爾蒙在跳舞。

關於喜新厭舊的病，這世界上有萬千新事物，但人的精力和身體是有限的，所以這個病得治。

我想可能是羨慕他的青春，我人到中年在生活和事業上背負很多責任，進入了很多角色，不知不覺的是不能失去理智，可能是因為輸不起，還有就是自我保護吧。

日本人有個很重要的價值觀「利他」，通俗來說就是優先照顧他人的感受，把自己感受放其後，所以在日本生活充滿了陌生人對我們的禮節和親切的笑容。而在我心中的利他是，與人相處時最大限度不給他人製造麻煩，不讓人有壓力；即使自己付出多點，也表現得輕描淡寫一些，因為有時付出太多也會給他人造成壓力，這當中可能需要很多自我理性的克制，最大限度的做到讓人舒服。

馮唐說文筆不好沒事，重要的是夠真實，不要虛假，那我確實文筆不好，我寫東西就是寫當月的一些真實感受，即使在未來回頭看時顯得幼稚，但至少在當時愉悅且慰藉了自己的內心，所以我日誌主要就是寫給自己看的。

現在的處境無論快樂還是悲傷，是我自己選擇的，沒有任何遺憾，學會享受於此。

2022.12.8

2023

老友記

下午下了一場雨，一陣微風撲面而來，X昨晚跟我說，若按照這樣發展下去，他明年收入非常可觀，我打心裡為他開心，他是個眼高手低的人，玩到了快30歲，現在終於找到適合自己的事業。那天我心情低落，他陪我夜宵喝酒喝到3點多，感恩有這樣的朋友陪伴，最近他氣色差了很多，說是因為工作起得很早，沒睡好，蒼老了很多，可男人沒事，就應該努力把事業幹好。

B在我一段特殊的日子，也是我無助的時候，給了我很多語言鼓勵及幫助，有時我需要她的另一種視角，不然容易迷失自己。很多事情也是會害怕自己當局者迷，雖然最後還是遵循了自己的內心去做，但朋友真誠的建議也是讓自己少走些彎路，我心存感激。

D幾乎每天都跟我打電話，有時我懷疑他是否是個同性戀喜歡我，可能因為我跟他這兩年很多方面有互補吧，因為在他感情迷失時我會作為旁觀者把他敲醒，他喜歡過不對的人，讓他很狼狽，我甚至還罵過他，總的來說我看著他受過兩次傷，也做過舔狗，但現如今他紅光滿面，自信心爆棚，真為他感到開心。

L最近情緒跌宕起伏，問後得知還是上個月感情的事，我忍不住告誡他，你這樣不好，會影響工作的，作為一個30多歲的男人，不應該犯這種低級錯誤，要學習像我做個沒心的洋蔥，好好愛自己，才有資格愛別人，且在他這個年紀，穩定的事業是最重要的，沒有事業就啥都沒有，社會是現實的。他說好，我真心希望他能聽進去，我還是會持續關注他，如果之後他還是這樣，我會聯合D一起把他罵醒，因為他也是這幾年我生活中最好的幾個朋友之一，我不希望他走下坡路。

這20年來身邊友人換了一撥又一撥，原因大多是因為進入了婚姻生活，但在這短暫幾年的交往裡，我們還是挺真誠的，每當想到這，再加上酒過三

巡，就會忍不住想流淚，感慨人生有三五好友知己，足矣。

這些年，曾在我心中排名第一、第二的渣男，現在也都開始帶娃，把朋友圈封面換成和老婆的合影了，那種巨大的反差讓我有種恍然如夢的感覺，也讓我開始相信渣男也有專一時，只是未遇到對的人。

最近身邊告別單身的兄弟開始多了起來，讓我似乎有了種孤寂感，難道我也要跟隨大流嗎？還是又需要認識新朋友了？哈哈。最後用長江廖運寬同學的一句話結尾：這一生就是一場不斷與自己博弈的過程，只有不斷戰勝自己，持續修煉自己，才能活好這一生。

2023.1.13

2022年度總結

談談工作，好夥伴L最近電話我有點勤，這也代表有些突發事情跟我商量，開年以來，也有幾個能力不錯的夥伴離職。我看到他的辛苦，有時一天連續好幾場談判，心裡挺感激，他為我擋掉了很多事情。當然隨著我們的平台越來越大，我也需要幫助，一起再找個人給他擋掉很多事情，不然他會累死的。

人整天若一直忙，容易碌碌無為，若是經營工作則容易周邊起火。於是我們得留出點時間精力，去想一些可能的隱患，或者看看書學習多一點思考。

人很容易有惰性，我也不例外，所以每日閱讀語錄提醒自己，還有就是看到身邊的老同事們他們如此擔當和辛苦，我同樣也會鞭策自己要勤奮艱苦奮鬥。而在當下，作為一個暫時的掌舵人，保持清醒的大腦很重要，因為可以減少一些錯誤決策，還有就是要多去發現事物的底層邏輯是什麼。每當我的感性佔據大腦大部分時，我就會努力克制保持理性，雖然挺難還挺痛苦，但這必須

要做到，因為你是掌舵人，你要對相信公司的那麼多小伙伴負責任。

這一年來面對疫情，我是萬萬沒想到，自創辦杜尚12年以來首次出現了負增長，公司整體雖沒出現虧損，但總利潤相較2021年下滑了近40%，這在很長一段時間裡讓我開始懷疑自己。因為我們已經連續11年，每年平均增長在35%左右。所以在2022年，更多的是對自我的反省，因為大家都不逛街，只能線上，而以前我們本沒很注重線上，為啥，還不是生意本來就挺好，懶得改。在2022年，我們要開始轉型，要把線上做好。

所以我自己也開始看新媒體方面的書和資料，其實我以前很少刷抖音的，一周差不多1次，落伍了。但我現在就改變了，基本每天都刷抖音，小紅書也看，還是要跟上時代呀，所以我自己也開始發抖音視頻，也發小紅書，雖不求做個網紅，只是想一點一點摸索，這樣即使招聘了新媒體同事，我自己因為懂較好溝通。

杜尚的未來是想著做一家互聯網公司，這是在2022重新的定位，所以我們這批中老年人更應該去擁抱當下紅火的新媒體。

2022年我們關閉了3家店，從原來的52家變成49家，2023年到今天，我們計畫還將關閉1～2家店，這樣一是因為止損了，財務報表會好看些，還有就是能去掉團隊中的一些負能量。

在去年關第一家店時我心裡還是有點失落的，但後來就麻木了，因為為了長期活得好，短期關幾家沒有所謂。面子不值錢，我也不要面子。另外就是2023年我們同樣也會再開幾家新店，當然重心還是要把現有的基本盤調整好，按照我們新經營思維去轉型調整，提高整體員工收入和盈利水平。

談談生活，過去的一年我習慣做個沒心沒肺的人，但看到日劇〈初戀〉那個中年老司機在跟女主表白時，雖然失敗，但我還是很感動，他真是真實而又膽大。而我們年少曾有的衝動，在中年時卻因為種種條條框框的壓抑而退怯了。

　　當然我這年紀95%的人已經結婚生娃，我算是一個奇葩，但奇葩的我還是樂在其中，所以我還可以談談感情，我覺得自己的心態還是有年少的狀態，無懼去愛，也願意追逐自己內心的真實想法。

　　2022年我看過最棒的一段話就是羅素那段「關於智慧和道德」，智慧就是：真實，實事求是；道德就是：愛是明智，恨是愚蠢。這句話在我偶爾迷茫時，它就像一座燈塔，一看到它，我就找到了答案，不再迷茫失落。

　　我們這一生在面對友情、親情、愛情時，會出現不知所措或者落入他人的套路，畢竟人心難測，可我相信我們遵循內心真實、實事求是的表達和行動，雖然在有些會套路的人面前這些並不受用，但沒關係，真誠是最崇高的品質。即使有一天我們被欺騙了，但我們仍然要記得羅素關於道德的話：愛是明智的，恨是愚蠢的。我們仍然要去愛，不要有恨。

　　從年輕努力到如今的中年，事業上算有點小成就，但我仍然喜歡不斷去挑戰自己，去攀登更高的山峰，因為這是我的信仰。當然面對新的突破就一定會面臨一些失敗，我會勉勵對自己的內心說：你已經很勇敢了，凡事你真心付出了100%的努力，即使結果是失敗的，那你仍然是個成功者，因為你不是一個逃避的人，是一個勇敢的人；最怕的是只在那裡想或光嘴巴講卻沒有行動，或者是自己用些歪門邪道套路，最後導致失敗，但即使是成功了，這樣的方式我也是嗤之以鼻，因為那是懶惰、是懦弱、是唯心。如果我這樣做，我會鄙視自己，所以我會一直勉勵自己，提醒自己不要這樣去做。

2023.2.10

立風和秀華的愛情

　　看〈我們民謠・2022〉喜歡上了鍾立風，一個浪漫主義音樂詩人，一個

即使皮囊日漸衰老但內心還是那個純真少年；他活在自我世界之中，當然也注定了是小眾歌手，不商業少賺很多錢；喜歡的會很喜歡他，不喜歡的就會很討厭他。

他的言行舉止每個動作都深情飽滿，會把余秀華的〈我愛你〉的詩改成歌曲，會解釋那句「一顆稗子提心吊膽的春天」，稗子為了和水稻在一起長得已經接近了，可春天時農民總是會想把它找出來拔掉；在唱〈愛情萬歲〉時，像在演一場音樂舞台劇，把觀眾、舞台、音樂全融入在一起成為表演的一部分，讓人非常享受，我忍不住隔著電視機螢幕鼓掌，他就是適合現場表演的歌手，會增添比歌曲多十倍的魅力。有的人寫詩，而他把自己活成了詩。哈哈。

演唱完有人問什麼是愛情，他說：該如何定義愛情？你不問我的時候，我是知道的，可你一問我，我就完全不曉得了；愛情好像也是這樣⋯⋯

在另一期，他歌唱完又開始獨白：「男主人公跟他深愛的女人說，你是我最重要的愛，但是我想告訴你，有人說愛是性，愛是婚姻，愛是早上六點鐘的那個吻，愛是一大堆孩子，我覺得這些都是對的，但你想聽聽我的感覺嗎？他說：愛是想要觸碰又縮回來的手。最後一句聽得我起雞皮疙瘩。

我其實挺欣賞他們這樣很純粹的人，也喜歡跟這樣的人交朋友，因為我自己定位是個商業庸俗的人，所以挺佩服他們這樣的人，我會刻意留出一些時間，每當受到他們一些感染，釋放所有感性，會覺得很幸福。

搞音樂、文藝、藝術的，大多有顆敏感和脆弱的心，尤其搞音樂的很喜歡寫愛情，我看我喜歡的歌手泰勒斯威夫特，每次失戀都能激發靈感寫出大紅歌曲，看來也是因禍得福。雖然歌詞中她寫的都總結的很好，可下一次戀愛時還是淪陷。我也算終於明白了那句名言：道理我都懂，但在關鍵時還是過不好這一生。哈哈。

因為鍾立風唱余秀華的詩，讓我順便刷了下余秀華的抖音，於是看到口

吃的她在江南的遊船上讀了一首挺美的詩：

先生，我在江南，看山看水看雲；

消磨了許多溫潤的時光，但總有遺憾悄悄爬上心弦；

若沒有你，這良辰美景，到底是虛設了呀；

想著當初，是因為我看到了你，過於欣喜而來不及準備，便潦草的把自己交給了你；

山一程，水一程，我走的悽惶啊，

好在你且在人間，我把手伸進風裡，全當被你握住了。

最後一句，好美啊！這就是一個農村「口吃婦女」她豐滿的精神世界帶給我們的感動，也是一個音樂詩人鍾立風帶給我的感動。

2023.3.1

自己

老家汪村東面有條河，村裡人叫東邊河，小時候村裡人洗衣洗菜基本都在這裡，於是每當早上或做飯前會有點喧鬧，尤其早上大家洗衣服棒槌拍打衣服劈哩啪啦的聲音，像是在演奏一場交響樂，我曾用一根雞腸在這河裡誘捕了很多小魚，感到很自豪。

夏天逢「雙搶」農忙時，父母早出晚歸，我和妹妹負責曬稻穀，經常要給稻穀翻面，大太陽下每次翻面都會曬得大汗淋漓，最辛苦的當然還是下午忽然間的暴雨，這時需要用最快速度把稻穀集成堆，再用塑膠膜蓋住防雨，不然會被父母大罵，搞不好還要挨打。還好十幾歲時媽讓我來給杭州表哥打工，不然我估計現在應該是個被淘汰娶不到老婆的農民，因為我做農活不太行，小時候一直被媽嫌棄。

　　超現實主義藝術家達利晚年回到家鄉菲格拉斯小鎮，我從巴賽隆納開車去那裡約兩個小時，快到時一路盤山公路，路兩邊有大片的葡萄園及滿山遍野的橄欖樹，這裡日照時間很長，這樣的葡萄釀酒更好。小鎮很安逸，因為靠近法國邊境，所以很多居民說的是法語。

　　看到達利小時候住的房子，面朝深藍色的大海，如此美景，也是能明白他滿腦子的天馬行空。達利生前堅持把自己的藝術館放在了他的家鄉，而不是巴賽隆納，因此有很多喜歡達利的人專門來這，順便也欣賞了他美麗的家鄉，從旅遊經濟上來說，他給家鄉做出了很大的貢獻。

　　長沙飛肯亞坐了17小時飛機，海關沒傳說中那樣需要給小費才好出關，很順利，約的司機黑人小伙舉了個我的姓名牌子，他笑起來牙齒很白很親切，讓我忘卻了這陌生地方充滿了恐懼。一路上他告訴我他大學畢業，我才知道在這裡能做旅行客司機也是個非常上等的工作。

　　坐了5小時車我如約見到了「學霸」，第一次見，他在澳大利亞讀的高中加大學，之後工作了兩年，賺了些錢，辭職計畫環球旅行一年，他很節約，有點背包客性質。一起旅行的十多天我倆成了很好的朋友，我很欣賞他的魄力，回到奈洛比時我們一起去看了最大的貧民窟，看那些打赤腳的孩子，髒臭的環境，簡易棚土房子，還有很多異樣看我們的眼神，幸運的是，即使這麼髒臭的環境，還是有個簡易棚搭建的教堂，讓很多窮人在絕望時有了一些精神寄託。後來因為疫情，學霸環球旅行沒完成，他回國在上海的微軟工作，21年我去上海時我們聚了聚，感覺他已經被工作磨掉了很多睿智和勇敢了。

　　在工作中，我經常被人叫「梅總」，一開始是不習慣的，後來也就適應了，我想是虛榮心吧，這是工作給了我一個「角色」，我演著演著就成真了，而忘卻了原本的自己。

　　有時候，人就想在社會環境或他人眼中證明自己，但很多時候是弄巧成拙，其實靜下心來細細想，最重要還是自己喜歡自己，自己證明自己，這是

最簡單的一條路。如果自己需要他人和社會來證明，那快樂就無法掌握在自己手中，因為他人和社會的標準會一直變動。心態有則好，沒有也罷。說服自己去接納喜歡平凡的自己，有缺憾的自己，失敗和失去後的自己。

有段時間我害怕聽安靜的歌，怕抑鬱，但為克服它我現在是直接面對，去直視導致抑鬱的原因和傷疤，讓心慢慢平靜下來，然後在腦海裡轉換成溫暖和力量。

隨遇而安，我們只能控制自己，其他的我們過於控制只會給自己帶來痛苦。不要把幸福寄託在他人身上，這樣注定不會幸福。

我曾遇到過在心中認為「天大」的麻煩事，與之相比的就只有死亡了，那時也瞬間覺得所有的感情挫折都是矯情，因為生存權需要放在第一位。我們多愁善感的思想不過是在酒足飯飽後給自己找點事做罷了。那既來之則安之，戲需要繼續往下演，但演著演著不要忘本就好了，也不要好了傷疤忘了疼。因為人到頭來都是要死的，來這世界不過是旅行一趟，人這一生除了死亡，其他都是小事。

有個前輩，有十幾個煤礦和數不清的產業，我之前去拜訪過他的幾十畝莊園，飯桌上有句話讓我印象很深，「今天我所有的一切，都是國家的政策好，如果有一天國家想全拿走，那我則一點也不會挽留，心甘情願。」我佩服他沒有不捨，仍然可以有兩袖清風的心態，我想也正是有這樣的胸襟，才能促就那麼多厲害的人信任他吧。

這三個月以來發生了很多事，我總結是自己心智成長了很多，體會了以前人生中不曾有過的體驗，雖有酸甜苦辣，但不曾後悔。回頭想想，我其實也擁有了很多，可還在貪婪的索取，這種欲望可能有一天會把自己害死，所以要警戒。所有的物質滿足，都不如內心滿足幸福。

在所有失去的人中，我最想念的是自己。

2023.3.13

附件：

美髮常識的六大「經典」誤區！

　　在平常工作中，經常會跟顧客朋友聊到一些美髮常識，其中我發現有很多顧客朋友在打理頭髮上有些誤區，於是我就花了點時間，整理出六個比較有代表性的例子與大家分享，以下觀點是我多年來所學的專業知識及個人工作經驗所得。

經典誤區1：每天洗頭會傷髮質，會脫髮，對身體不好

　　阿亮觀點：由於人體的新陳代謝會產生分泌物，尤其是油性皮膚會分泌很多油脂，每天洗頭可以清潔頭皮，加上適當的按摩還能促進頭皮的血液循環，使頭髮更健康。另外每天起床後洗個頭，把髮型打理好，人也會感覺精神輕鬆一些，形象當然更好了，做起事來更順心。（建議洗頭時間不要太長，以5～10分鐘為宜）

經典誤區2：吹風機熱風很傷頭髮，應該自然乾比較好

　　阿亮觀點：頭髮洗後如果不吹的話，自然乾的髮型感覺太貼順了過於呆板。我每天都會自己吹頭髮，髮質依然很好。頭髮約可承受100度以下的溫度，所以在吹風時溫度不要太高是沒問題的，況且每次洗頭上點護髮素，足可彌補這點微小的損傷。生活中造成頭髮損傷的原因有很多，如燙髮、染髮、陽光紫外線、乾燥的空氣、汽車尾氣、自來水裡的硫酸銅、頭髮自然衰老，等等，因此不用老是把頭髮損傷都加到吹風機上，它太無辜了。

經典誤區3：認為洗髮水泡沫越多清潔力越強，洗髮水就越好

阿亮觀點： 泡沫多其實只是說明洗髮水中幫助發泡的物質較多，不能作為清潔力的證明，過多的泡沫只會使頭髮乾澀。

經典誤區4：護髮素停留在頭髮上時間越長越好

阿亮觀點： 護髮素只是吸附在頭髮表面的一層保護膜，時間停留長是沒用的。另外，記住上護髮素時切忌不要塗抹髮根，因為這樣待會吹風時頭髮很容易貼順頭皮使髮型顯得呆板，你的頭皮不需要保護膜，它需要呼吸。

經典誤區5：做頭髮護理沒用，過幾天就沒效果了，都是騙人的

阿亮觀點： 頭髮損傷主要是表皮層毛鱗片打開造成頭髮養分流失。護理含有頭髮所需的角蛋白質、氨基酸等營養，其作用就是把頭髮流失的營養補回去，再用其所包含的蜂膠、橄欖油等成分修復毛鱗片。這樣做完後髮質會感覺好很多，但隨著每次洗頭都會洗掉一些養分，過一段時間就需要重新再做一次護理了。記住，頭髮不可能自行修護，也不可能做一次護理髮質就永久性的變好了。因此建議可以買一些性價比較好的護理品牌，可以在髮型店裡做，也可以自己在家裡做。

經典誤區6：染髮比燙髮更傷髮質

阿亮觀點： 除了挑染很傷髮外，一般情況下燙髮肯定比染髮更傷髮，燙髮是要改變頭髮的整體結構。通常，染髮顏色越暗對髮質損傷越低，顏色越明顯對頭髮損傷越大。

肯尼亞旅行馬賽部落

❶ 2023紐約惠特尼藝術館
❷ 2023紐約當代
❸ 2023紐約 梵高星夜
❹ 2023波士頓斯坦福

❶ ❷ ❸ 2023紐約

2021西藏聖象天門

2021西藏聖象天門

❶ 2019義大利
❷❸❹ 2019義大利西西里

❶❷❸2008西班牙巴賽隆納

❶ 2018法國
❷ 2018法國蓬皮杜
❸ ❹ 2018西班牙巴賽隆納

❶❸ 2016台灣
❷❹ 2016新加坡

❶ 2017美國美西大峽谷
❷ 2017日本

❶ 2013歐洲奧地利狂歡節
❷ 2013瑞士琉森
❸ 2014美國紐約當代
❹ 2014美國紐約

❶ 2015英國倫敦切爾西
❷ 2015倫敦橋
❸ 2015英國倫敦
❹ 2015英國大英博物館
❺ ❻ 2015英國劍橋

❶ 雪梨歌劇院《卡門》
❷ 澳門莫珀斯
❸ 西藏旅行
❹ 雪梨旅行

❶ 內羅畢貧民窟
❷ 肯尼亞旅行·疣豬
❸ 肯尼亞旅行·獵豹
❹ 肯尼亞旅行·火烈鳥

❶ 2022杜尚總部
❷ 2011年參加杭州電視台錄製節目
❸ 與同行前輩企業交流